中国FDI技术吸收能力

实证研究 | 张斌盛 著

华东师范大学出版社

序

中国改革开放 30 年也是中国外商直接投资(FDI)不断发展的 30 年,外商直接投资已经成为中国经济增长奇迹最重要的变量之一。

FDI 对东道国的影响研究一直来都是理论界和实践界十分关心的重要课题。学术界一般认为,发展中国家利用外资的经典理论依托主要有三:一是可以弥补发展中国家的资金短缺;二是可以获得发达国家的先进技术;三是可以吸收发达国家的先进管理经验。30 年来,FDI 使中国获得宝贵的资本资源,更重要的是它还带来了先进技术和管理经验以及国际市场和竞争压力。所有这些,对于中国的经济发展都是至关重要的。但是,由于中国经济的复杂性和特殊性,经典理论依托无法完全解释中国吸引外资的经济实践。譬如:到 2007 年 12 月末,中国国家外汇储备余额达到 1.53 万亿美元,2008 年还在继续上涨。与此同时,中国却是全球吸引外资最多的国家之一。一个具有如此庞大的外汇储备余额的国家,还在不断吸引外资,仅从弥补资金短缺的理论出发无法解释。20 世纪 90 年代我国实行"以市场换技术"的引资战略,期望 FDI 能够给我国带来先进技术和管理经验。但是,引资实践证明 FDI 的技术进步效应并不像我们所期望的那样显著。商务部发布的《2005 跨国公司在中国报告》中指出:"大量外商直接投资带来的结果是核心技术缺乏症,这的确让人不可思议却又不得不面对","让出市场却没有获得相应的技术提升,这离我们市场换技术的初衷还有相当大的差距"。

在开放经济的条件下,一国的技术进步是由该国国内投资内生的自主创新的技术进步和国际投资内生的模仿创新的技术进步共同作用的结果(程惠芳,2002)。学术界对发展中国家 FDI 的技术溢出效应进行了大量的理论分析与实证检验,发现 FDI 的溢出效应存在国别差异。一种观点认为 FDI 的溢出效应在发展中国家不显著,其代表人物有 Aitken 和 Harrison(1999)、Haddad 和 Harrison(1993)、Djankov、Hoekan(2000)和 Kinoshita 等(2001)。而 Damijan 等(2001)对保加利亚、捷克、爱沙尼亚、匈牙利、波兰、罗马尼亚、斯洛伐克和斯洛文尼亚等8 个转型经济国家进行深入研究发现罗马尼亚存在正溢出效应,捷克和波兰却存在负溢出效应,而其他国家则不存在明显的溢出效应。于是,学术界较为一致的观点认为,FDI 技术溢出效应存在国别差异的根本原因在于各国技术吸收能力的不同。

中国 FDI 技术吸收能力究竟如何? 它由哪些因素决定? 这是张斌盛硕博连读期间一直关注的研究方向。在此基础上,他提出以"中国 FDI 技术吸收能力的实证研究"作为博士论文的选题。我虽然认为这个选题具有相当的难度和一定的风险,但我同时也感到,博士论文选题应该要有勇气去提出和尝试解决一些有挑战性的课题,而且这个选题的理论意义和实践意义都很强,确实是现阶段我国利用外资方面迫切需要解决的重要问题。在多次交流与探讨的基础上,我感到他对该选题研究确实做了大量的前期准备工作,包括资料收集和预研究。再加上他近几年来在从事科技成果转化管理工作中获得的许多宝贵的经历与经验,特别是他所表现出来的那种坚韧的探索精神,我认为他完成这篇博士论文是有把握的。因此,我坚定地支持了他的研究选题。博士论文开题时,该选题也得到与会专家的一致首肯,同时对该选题如何进行理论的深入研究也提供了很多宝贵意见和建议。功夫不负有心人,他的博士论文在评阅和答辩中都得到专家们比较高的评价。同时答辩委员会的专家们也对论文中的一些具体方面提出了进一步深入研究和改进的意见和建议。本书正是张斌盛在他的博士论文的基础上,通过不断的修改、充实和完善而形成的。

本书重点研究 FDI 技术吸收能力与各决定因素之间的关系。首先,对技术吸收能力的基本理论和分析方法进行探讨,在建立 FDI 技术吸收能力的指标体系的基础上,通过构造连乘变量,对 25 个二级指标与技术吸收能力之间的关系进行实证检验。综合起来主要做了以下几个方面的工作：

1. 构建了 FDI 技术吸收能力的指标体系

外商直接投资的技术吸收能力是由诸多要素共同决定的,几乎不可能用一个单独的指标直接量化,这给实证检验带来较大困难。文献中学者大多用技术吸收能力的决定因素作为其间接量化指标放入模型进行实证分析,通过考察这些决定因素对技术进步和经济增长之间的关系,来证明一国技术吸收能力的强弱。但是,多数文献仅仅针对其中一项或者两项决定要素进行研究,其结果虽然具有一定的价值,但在系统性和全面性方面始终缺乏说服力。因此,构建外商直接投资的技术吸收能力的指标体系具有重要的理论价值和现实意义。本书构建的技术吸收能力指标体系包括基础要素和环境要素两大类,这两大类包括六大决定要素(基础设施、R&D、人力资本、金融市场效率、知识产权和市场体制),由 14 个一级代理指标,25 个二级代理指标共同组成,这一指标体系虽不能说是很完美,但是相对而言容易量化,适合进行回归分析,而且几乎涵盖了一国经济增长的主要变量,因此能够较为客观、全面地说明变量与技术吸收能力和经济增长的关系。

2. 系统检验各决定要素对技术吸收能力的影响

本书在上述技术吸收能力指标体系的基础上系统检验了各决定要素与技术吸收能力之间的关系。通过检验 25 个二级指标与 GDP 之间的关系,来检验和比较各决定要素与技术吸收能力之间的关系,以及同一决定要素中不同代理指标与技术吸收能力之间的关系。

3. 引入了部分技术吸收能力决定要素的新的代理指标

本书采用新老代理指标结合的方法进行实证检验,一方面有利于和已有文献进行比较,另一方面试图在决定要素的代理指标方面做一些有益的探索。本书采用的新的代理指标主要有:(1)年末手机用户数(万户)(MOBILE),代表现代化电信基础设施。(2)R&D产出指标。包括国内专利申请数(LAPP)、国内专利授权数(LGRA)以及国内发表的 SCI/EI/ISTP 三大论文索引(PAPER)情况来表示 R&D 产出。(3)人力资本流量指标:留学回国人员比率(BACK)和外企就业人员比率(FWORK)。人员流动是增强技术吸收能力的重要途径之一。因此分析人力资本的跨国流入以及人力资本由外资流向国内企业对我国技术吸收能力的提升具有什么影响,具有重要意义,从实证检验的结果来看也证明人力资本的有效流动对我国 FDI 技术吸收能力的提高具有促进作用。

4. 有关结论和政策建议对国家引资战略的调整具有一定的借鉴意义

本书的有关结论不仅较好地验证了我国引资实践,而且对我国经济政策的制定具有重要的借鉴意义。如在加强基础设施建设时应重视现代化基础设施的建设;不仅要加大 R&D 投入力度,而且要改善 R&D 投入结构,科学权衡自主创新和技术吸收之间的关系;要加大人力资本投资,改善人力资本结构,鼓励人力资本科学、有效流动;加强金融市场对科技创新创业的金融支持;加强知识产权的执法力度,科学运用知识产权保护战略,以及适度开放原则,以竞争促技术进步等结论,对我国制定经济政策具有一定的借鉴意义。

如前所述,本书的研究课题是一个非常难的选题,比如:数据分析与处理、模型的选择和建立、各决定要素与技术吸收能力之间的作用机理与作用机制、如何从微观层面进行深入分析,研究行业内、行业间甚至企业的 FDI 技术吸收能力等等,张斌盛博士在本书中也只是进行了初步的探讨。但是,我相信,张斌盛这本学术著作的出版将有助于我们对我国 FDI 技术吸收能力的更深入和更全面的认识,也将有助于学术界同仁继续深入地研究我国 FDI 技术吸收能力问题。随着中国经济的不断发展,对外开放和引进外资过程中还会不断面临新的问题,这些问题继续深入研究下去的必要性和紧迫性还将进一步凸现出来。我也期待张斌盛博士能够在这个研究领域取得新的更好的研究成果。

上海立信会计学院院长、教授

唐海燕

2008 年 8 月 26 日

目录

第一章　绪论 …………………………………………… 1

 第一节　问题的提出 ………………………………… 1

  一、现实意义：改革和完善引资战略的需要 …………… 2

   （一）中国改革开放的历史进程……………………… 2

   （二）中国吸引外资的成绩与困境…………………… 5

  二、理论价值：发展技术吸收能力理论的需要 ………… 8

 第二节　研究内容、结构与方法 ………………………… 15

  一、研究内容与结构安排 ……………………………… 15

  二、研究方法 …………………………………………… 17

 第三节　主要结论、创新点与不足 ……………………… 18

  一、主要结论 …………………………………………… 19

  二、主要创新点 ………………………………………… 21

  三、研究的不足之处 …………………………………… 23

第二章　文献综述 ……………………………………… 25

 第一节　技术吸收能力的理论基础 …………………… 25

  一、外商直接投资理论 ………………………………… 26

   （一）国际直接投资的动因分析 …………………… 26

   （二）国际直接投资与国际贸易的关系 …………… 30

   （三）FDI 对东道国的影响 ………………………… 31

  二、内生增长理论 ……………………………………… 34

   （一）技术进步内生化 ……………………………… 35

   （二）经济外部性与规模收益递增 ………………… 35

（三）R&D 活动与不完全竞争 ·············· 35

（四）开放条件下的内生技术经济增长 ·········· 36

第二节　技术吸收能力的理论发展 ·············· 37

一、FDI 技术外溢效应的经验研究 ·············· 37

二、溢出效应的国别差异及原因解释 ············ 39

第三节　决定要素与技术吸收能力 ·············· 46

一、基础设施与技术吸收能力 ·············· 46

二、R&D 与技术吸收能力 ·············· 47

三、人力资本与技术吸收能力 ·············· 51

四、金融市场与技术吸收能力 ·············· 54

五、知识产权保护与技术吸收能力 ·············· 59

六、市场体制与技术吸收能力 ·············· 66

七、其他因素与技术吸收能力 ·············· 70

第四节　本章小结 ·············· 75

第三章　技术吸收能力的理论框架与分析方法 ·········· 80

第一节　基本理论框架 ·············· 80

一、FDI 技术吸收能力概念的重新界定 ·········· 80

二、FDI 技术吸收能力的基本理论框架 ·········· 84

（一）基本理论框架 ·············· 84

（二）基本理论模型 ·············· 86

第二节　基本分析方法 ·············· 98

一、基础要素 ·············· 101

（一）基础设施（INF） ·············· 101

（二）研究与发展（RAD） ·············· 103

（三）人力资本（H） ·············· 104

二、环境要素 ·············· 106

（一）金融市场 ·············· 107

（二）法律制度 ·············· 108

（三）市场体制 …………………………… 108

第三节　本章小结 ………………………… 110

第四章　基础要素与技术吸收能力 ……… 111

第一节　基础设施与技术吸收能力 ……… 111

一、电话普及率与技术吸收能力 ………… 112

（一）电话用户数与技术吸收能力的实证分析 ……… 112

（二）手机用户数与技术吸收能力的实证分析 ……… 115

二、电信业务量与技术吸收能力 ………… 118

三、道路交通状况与技术吸收能力 ……… 122

四、简单小结 ……………………………… 124

第二节　R&D 与技术吸收能力 …………… 125

一、ADF 检验 ……………………………… 126

二、协整分析 ……………………………… 127

三、Granger 因果检验 …………………… 130

四、结果讨论 ……………………………… 130

第三节　人力资本与技术吸收能力 ……… 132

一、ADF 检验 ……………………………… 134

二、协整分析 ……………………………… 135

三、Granger 因果检验 …………………… 136

四、结果讨论 ……………………………… 138

第四节　本章小结 ………………………… 140

第五章　环境要素与技术吸收能力 ……… 142

第一节　金融市场效率与技术吸收能力 … 142

一、ADF 检验 ……………………………… 143

二、协整分析 ……………………………… 144

三、Granger 因果检验 …………………… 145

四、结果讨论 ……………………………… 146

第二节　知识产权保护与技术吸收能力 …………… 147

　一、ADF 检验 ……………………………………… 148

　二、协整分析 ……………………………………… 149

　三、Granger 因果检验 …………………………… 150

　四、结果讨论 ……………………………………… 150

第三节　市场体制与技术吸收能力 ………………… 152

　一、ADF 检验 ……………………………………… 153

　二、协整分析 ……………………………………… 154

　三、Granger 因果检验 …………………………… 154

　四、结果讨论 ……………………………………… 155

第四节　本章小结 …………………………………… 157

第六章　FDI 技术吸收能力的扩展研究 …………… 158

第一节　决定要素与技术吸收能力的综合研究 …… 158

　一、模型 …………………………………………… 158

　二、指标选择 ……………………………………… 159

　　（一）基础要素（BASE） ……………………… 159

　　（二）环境要素（ENIV） ……………………… 160

　三、回归分析 ……………………………………… 161

　四、结果讨论 ……………………………………… 162

第二节　FDI 技术吸收能力的扩展研究 …………… 163

　一、模型扩展及指标选择 ………………………… 164

　二、回归分析 ……………………………………… 164

　三、结果讨论 ……………………………………… 165

第三节　本章小结 …………………………………… 166

第七章　结论与政策建议 …………………………… 167

　一、进一步加强基础设施建设，为我国 FDI 技术吸收

　　能力的提高提供必要的基础性条件 …………… 168

二、加大 R&D 投入力度,改善 R&D 投入结构,科学

权衡自主创新和技术吸收之间的关系 ·········· 172

三、加大人力资本投资,改善人力资本结构,鼓励人力

资本科学、有效流动 ·········· 175

四、不断完善金融市场,加强对科技创新创业以及中小

型科技企业的金融支持 ·········· 180

五、切实加强知识产权的实际保护度,科学运用知识产

权保护战略 ·········· 183

六、坚持适度的开放原则,完善规范的市场环境,加强有

序的市场竞争 ·········· 184

附　录 ·········· 186

一、中国各年 FDI 技术吸收能力决定要素

相关数据 ·········· 186

二、协整分析的相关结果 ·········· 194

参考文献 ·········· 202

后　记 ·········· 217

第一章 绪 论

第一节 问题的提出

20 世纪 60 年代,伴随着科学技术的突飞猛进,跨国公司(Multinational Companies,MNCs)及其对外直接投资(Foreign Direct Investment,FDI)急剧发展,并已经在国际资本流动中逐渐占据重要地位。于是,国内外经济学家们围绕着 FDI 形成的动因、行为和作用等开展了广泛深入的研究,并逐步建立起了众多相关理论。在诸多理论中 FDI 对东道国经济影响的研究始终是研究的热点问题之一,而外商直接投资技术吸收能力是决定 FDI 对东道国经济和技术进步影响的关键要素之一。FDI 技术吸收能力指的是一国获得、吸取、转化和利用跨国公司在该国的分支机构的技术,从而产生动态的自主创新能力的能力。FDI 技术吸收能力是一国,尤其是发展中国家实现技术进步所必须具备的重要能力之一。中国在国际直接投资方面占有举足轻重的地位,2003 年中国引进外商直接投资超过美国成为世界第一大直接投资引进国。截止 2004 年 12 月底,中国累计批准设立外商投资企业 508 941 个,合同外资金额 10 966.08 亿美元,实际使用外资金额 5 621.01 亿美元①。中国多年来执行的"以市场换技术"引资战略,在增加国内就业、出口、促进产业结构升级等方面作出了重大贡献,FDI 是中国增长奇迹的最重要的变量之一。但中国让出市场的同时并没有获得相应的技术提升,带来的却是核心技术缺乏症,这的确让人不可思议但却不得不面

---

① 来自商务部统计网站 http://www.mofcom.gov.cn/tongjiziliao/tongjiziliao.html

对。正是基于这种探究中国经济现实困境的冲动,本书选择针对中国 FDI 技术吸收能力进行实证研究。这一选题具有重要的现实意义和理论价值。

一、现实意义:改革和完善引资战略的需要

(一)中国改革开放的历史进程

改革开放近 30 年来,中国吸引外商直接投资已经取得了前所未有的成绩。中国对外开放战略经过一个渐进过程,自从 20 世纪 70 年代末期确定把对外开放作为基本国策和经济发展战略的重要组成部分以后,就开始以区域性开放为主线加以实施。这就是说,中国的对外开放是以沿海地区为战略重点,分阶段、分层次逐步推进的。回顾中国改革开放发展历程,大体可分为以下几个阶段:

1. 起步阶段(1979—1983 年)

改革开放初期,中央先后批准广东、福建两省在对外经济活动中实行特殊政策和灵活措施,并在深圳、珠海、汕头、厦门四地试办经济特区,在特区内对吸收外资实行一些特殊优惠政策。经济特区是“以市场调节为主的区域性外向型经济形式”。国家对特区各类企业的自用货物免征进口关税和工商统一税;对于国外进口的商品,实行减半征收进口关税和工商统一税;特区自产的商品在区内销售,也减半征收工商统一税。但当时大多数国家对中国的投资处于观望期,仅有少数周边国家进行投资。五年间共吸收外商直接投资项目数仅为 1 392 个,实际利用外商直接投资金额不足 20 亿美元,平均单项投资规模不到 130 万美元,并且绝大多数集中在东部地区,中西部地区吸收外商直接投资几乎没有。

2. 发展阶段(1984—1991 年)

在这一阶段中国加大了改革开放的力度,外商直接投资出现快速增长。1984 年和 1985 年,国务院先后决定进一步开放上海、天津、大连、青岛、广州等 14 个沿海港口城市,将长江三角洲、珠江三角洲和闽南厦(门)、漳(州)、泉(州)三角地区开辟为沿海经济开放区,对这些城

市和地区在利用外资方面实行了优惠政策。1988 年,国家决定将沿海经济开放区扩展到北方沿海的辽东半岛、山东半岛及其他沿海地区的一些市、县,批准海南建省和设立海南经济特区,1990 年决定开发和开放上海浦东新区。这些规定和举措使吸收外资的环境得到了进一步的改善,外商投资有了较快的发展。1991 年,外商投资协议金额 119.77 亿美元,实际利用金额 43.66 亿美元,外商直接投资项目数12 978个,项目数是 1979—1983 五年总项目数的近 10 倍。

表 1-1　我国历年外商直接投资情况

项目单位:个　　金额单位:亿美元

年　份	合同金额	实际金额	项目数
1979—1983	77.42	18.02	1 392
1984	26.51	12.58	1 856
1985	59.32	16.61	3 073
1986	28.34	18.74	1 498
1987	37.09	23.14	2 233
1988	52.97	31.94	5 945
1989	56.00	33.92	5 779
1990	65.96	34.87	7 273
1991	119.77	43.66	12 978
1992	581.24	110.07	48 764
1993	1 114.36	275.15	83 437
1994	826.80	337.67	47 549
1995	912.82	375.21	37 011
1996	732.77	417.25	24 556
1997	510.04	452.57	21 001
1998	521.02	454.63	19 799
1999	412.23	403.19	16 918
2000	623.80	407.15	22 347

(续表)

年　份	合同金额	实际金额	项目数
2001	691.95	468.78	26 140
2002	827.68	527.43	34 171
2003	1 150.70	535.05	41 081
2004	1 535.00	606.00	43 664
2005	1 890.70	603.30	44 001

注：合同金额与实际金额均按当年金额计，单位为亿美元。资料来源：各年的《中国统计年鉴》和《统计公报》。

3. 持续发展阶段（1992—2001 年）

1992 年邓小平南巡讲话以后，国内掀起了经济发展的新高潮，同时也吸引了大量的 FDI。此时，中国进一步将对外开放范围扩大到沿江（长江）、沿线（陇海、兰新线）、沿边（边境）地区，从而全国范围的对外开放格局已经形成。1992 年，外商投资协议金额达 581.2 亿美元，实际使用额 110.1 亿美元，外商直接投资的项目数、合同外资金额和实际使用外资金额同比分别增长 275.74%、385.30% 和 152.11%，为历年最高。1993 年协议金额达 1 114.36 亿美元，实际使用额 275.15 亿美元。从 1993 年起，我国利用外商直接投资额已连续八年居发展中国家首位。1997 年东南亚金融危机的爆发，对中国吸收外商直接投资影响严重，但实际使用外资金额基本上未受东南亚金融危机的影响。2000年起逐步回升，到 2001 年实际利用外商直接投资 468 亿元，比 2000 年增长 15.14%。

4. 深化阶段（2002 年至今）

2001 年 11 月中国正式加入了世界贸易组织（World Trade Organization，WTO），中国的改革开放进入了一个全新的时期。外资进入中国的政策环境进一步得到改善，外商直接投资继续稳步上升。2002年，外商投资项目 34 171 个，合同外资 827.68 亿美元，实际利用外资527.43 亿美元，分别比上一年增长 30.72%、19.63% 和 12.51%。2005 年，外商投资项目 44 001 个，合同外资 1 890.7 亿美元，实际利用外资 603.30 亿美元。

(二)中国吸引外资的成绩与困境

吸引外商直接投资是中国对外开放政策的重要组成部分。它不但能使我国获得宝贵的资本资源,更为重要的是,它带来了先进的技术和管理经验,以及海外市场和竞争压力。

自 20 世纪 70 年代末改革开放以来,中国政府采取一系列优惠措施大力引进外资,外商直接投资逐年增长,取得了举世瞩目的成就。90 年代中期外商直接投资出现了新的趋势:国际大财团、跨国公司投资增长很快,在进入中国的外资中比重有所提高。据统计,全球 500 家最大的非金融公司中在中国拥有的投资项目已经超过 400 家,跨国公司在中国设立的各类研发中心近 400 家①。由于大型跨国公司投资比重的上升和资本、技术密集型项目的增加,外商直接投资项目的技术含量大大增加,使我国在国际产业分工中的地位大大提高。

世界开放格局的形成加强了国家之间吸引外资的竞争。国际资源优势必将发生新的变化,我国必须以改善投资环境、改进政府服务为重点,在政策上作出必要的调整,才能吸引更多技术水平比较高的项目前来投资创业。现阶段,中国的引资战略处在一个关键的转型期。

1. FDI 经典理论对中国引资实践解释乏力

发展中国家利用外资的经典理论依托主要有三:一是可以弥补发展中国家的资金短缺;二是可以获得发达国家的先进技术;三是可以吸收发达国家的先进管理经验。但在中国的利用外资的实践中,三个经典的理论依托都存在许多值得思考与反思的地方。

首先,在弥补资金短缺效用方面。中国改革开放早期确实存在资金短缺的状况,但实际上引进的资金非常少。真正大规模、持续不断地引进和利用外资是在银行资金出现相对过剩的 1994 年以后。在 1984—1993 年的 10 年间,中国实际引进 FDI 仅为 601 亿美元,1994 年在银行存款大于贷款 3 338 多亿元人民币以后,改变了长期以来贷款

---

① 吴敬琏著:《当代中国经济改革》,上海远东出版社,2004 年 1 月,第 288 页。

大于存款的局面,而且存贷差一直持续增加,到 2003 年底存款大于贷款 49 059 亿元人民币,比 1994 年扩大了近 13.2 倍。同时,1994—2003 年的 10 年间,利用 FDI 达到 4 379 亿美元,是 10 年前的 7.29 倍①。可见,目前中国并不缺乏资金,但确实存在大量引进资金的现象,为什么会出现这种状况,这是非常值得研究的问题。

其次,在获得先进技术效用方面。必须肯定的是引进 FDI 确实能给中国带来技术进步。但是很多研究同时也发现,外资给中国的技术并不先进,而是其已经淘汰或者即将淘汰的技术,真正的先进技术和关键技术,是引进不来的。发达国家普遍的技术封锁就是一个有力的证据。即使允许技术输出到中国,其知识产权费和价格也是非常昂贵的。也有学者认为外资引进的即使不是先进技术,也是适用技术和设备,并认为不管是高技术还是低技术,只要生产函数中 A 参数的微分为正,即有技术进步。但是,因为利用外资是有成本的,尤其是国内资本充裕,利用外资的直接成本和机会成本都非常大的情况下,引进外资的技术效应的要求就不得不更高了。

再次,在吸收先进管理经验方面。确实外资企业可以带来发达国家企业的先进管理经验,改进中国落后的管理。但是,有相当一部分合资企业的中方管理者认为,在合资过程中中国企业往往会丧失自己的品牌和管理经验,最后导致合资、合作失败。因此,中国在如何有效学习国外先进管理技术和经验方面仍然有很多值得改进的地方。

2. FDI 负面效应不容忽视

20 世纪 90 年代以来我国实施的是"以市场换技术"引资战略,希望通过开放国内市场,引进外商直接投资,引导外资企业的技术转移,获取国外先进技术,并通过消化吸收,最终形成我国独立自主的研发能力,提高我国的技术创新水平。应该说,该战略实施 10 多年来,对我国产业发展、生产能力和生产技术水平的提高起到了很大的推动作用。但也应看到,在外资企业获得了巨大市场份额,甚至垄断我国某些产业

① 数据来源于中国国家统计局公布的各年《中国统计年鉴》和《统计公报》。

的同时,国内自主研发和创新能力的提高却进展缓慢,甚至在一些产业内形成了严重的技术依赖。商务部发布的《2005 跨国公司在中国报告》中客观评价了 25 年来我国利用外资取得的成果,但同时尖锐地指出:"大量外商直接投资带来的结果是核心技术缺乏症,这的确让人不可思议却又不得不面对","让出市场却没有获得相应的技术提升,这离我们市场换技术的初衷还有相当大的差距"。为什么"市场换技术"引资战略未能达到我们预期的效果,市场为什么换不来技术?

首先,跨国公司逐利性的本质,决定其只会采取利益最大化原则转让有关技术。根据弗农(Vernon)的产品周期理论,只有产品到了成熟阶段之后,跨国公司才会向发展中国家转移生产,这就从整体上决定了其在中国投资企业不可能采用最先进的技术。事实上,跨国公司经常通过技术的内部转移或者技术锁定①等措施保持其母公司与海外的子公司的技术优势,这样能够使其在以后的投资活动与东道国的政府和企业谈判时保持实力上的优势,以提供先进技术为条件而逼迫东道国政府与企业做更多的利益让步,同时又不影响母公司的先进产品向东道国出口。许多跨国公司在中国投资了许多企业,但同时又向中国出口大量产品,如松下、飞利浦在中国建立了几家彩电合资企业,但仍然向中国大量出口了技术更为先进的电视机。在汽车行业,情况也是如此。所以跨国公司向中国转移在其母国已经比较落后和过时的技术,延长了对先进技术的垄断时间。90 年代以来,随着跨国公司在华投资规模的加大,跨国公司逐步加大了在华的研发投入,包括微软、IBM 等一大批跨国公司纷纷在华设立研发机构,因此,有专家称我国将继成为跨国公司的制造中心之后成为其全球研发中心。但是,我们应该看到,

---

①　技术锁定是跨国公司为了保证自己在技术方面的竞争优势,通过种种手段,在技术设计、生产工艺等中间关键环节设置某些障碍,限制和阻碍发展中国家获取核心技术和提高技术创新能力,以加强东道国对其的依赖性,从而牟取巨额利润。作为发展中国家的中国,也往往成为跨国公司技术锁定的对象。从汽车、家电到电脑、通讯设备等都可以发现"技术锁定",跨国公司的技术锁定战略削弱了"以市场换技术"战略的实施效果,加大了我国获取国外先进技术的难度。

这只是跨国公司争夺市场的必然选择,是看中了我国巨大的市场和丰富的人力和科技资源,而不是为了促进我国的产业技术进步。GE 总裁杰克·韦尔奇就曾提出,海外销售产品和设立生产制造基地只是全球化的初级阶段,为了适应经济全球化的发展,跨国公司必须实施研究开发全球化,人才利用全球化。

其次,我国在技术引进和吸引外商投资过程中除了"重硬轻软"、缺少信息沟通和协调机制以及相应的政府指导,造成重复引进等原因之外,造成"市场换技术"战略效果不明显的根本原因在于我国的技术吸收能力不足。其主要表现是:对引进技术的再创新一直是我国企业的薄弱环节,用于技术开发的费用严重不足。我国企业在技术引进过程中,往往将主要资金和精力用于硬件设备和生产线的进口,忽视技术专利和专有技术的引进,缺乏对引进技术的系统集成和综合创新。三个比例很有说服力:一是我国大中型企业引进技术费用与消化吸收费用之比,1997、1998、1999 年分别为 17.44∶1、14.67∶1 和 11.45∶1,其中国有企业的比例更高。二是大中型工业企业技术开发费用占产品销售收入的比重,1997、1998、1999 年分别为 1.21%、1.28%和 1.35%[①],而国外企业这一比重大约在 3%左右。三是全国技术引进合同成交金额与全国研发经费之比,从 1997 年到 1999 年虽然保持下降趋势,但一直都是两倍以上。我国大中型企业近几年每家平均技术开发项目还不到 4 项,新产品开发项目仅 2 项,40%的企业研发机构没有稳定的经费来源。这些原因造成企业技术吸收能力不足。而企业技术吸收能力不足影响我国企业对国外技术的引进、消化、吸收和运用,从而阻碍了"市场换技术"战略的实现。因此,技术吸收能力由哪些因素决定,其如何影响一国的技术进步和经济增长正是本书关注的核心问题。

二、理论价值:发展技术吸收能力理论的需要

技术吸收能力理论来源于外商直接投资理论和发展经济学理论。

---

① 数据来自中华人民共和国国家统计局网站:http://210.72.32.26/index.html

发展经济学经历了 50、60 年代的蓬勃发展形成了三种主要观点：发展主义(May，1970)、经济民族主义(Vaitso，1974)以及依附论(Baran，1973)，Chenery 的"双缺口模型"是其中较具代表性的理论。80 年代中期以来，伴随着经济增长理论的第三次浪潮的兴起，以 Lomer、Lucas 等人为代表的新增长理论对外商直接投资理论的直接影响就是新增长理论已逐渐取代传统的发展经济学，成为研究外商直接投资活动的理论基础。与发展经济学的观点不同，新增长理论强调通过经济对外开放、国际资本流动和开展国际贸易的外溢效应来加速先进科学技术、知识和人力资本在世界范围内的传递(Grossman 和 Helpman，1991)[1]。就发展中国家而言，大量 FDI 的流入对其经济增长的影响并不仅仅局限于资本积累弥补"储蓄缺口"的作用，通过学习和吸收发达国家的先进技术，发展中东道国经济存在利用后发优势，形成赶超效应的可能。因此，新增长理论以技术因素为核心内生变量，其表达方式有知识溢出、研发费用、干中学、人力资本、技术转移扩散、创新与模仿等内生技术进步，将 FDI 与经济增长有机地联系在一起。

80 年代中后期迅速兴起的内生增长理论[2]，摒弃了简单的要素积累论或者产业结构决定论，而代之以研究为保持持续的经济增长所必需的技术条件，以及技术进步所有可能的机制。经济可以实现内生增长的观点是新增长理论的核心思想。根据技术内生化处理方式来区分，内生增长模型通常可以分成两类：一类是以投资为基础的增长模型(Investment-based Growth Model)，即考虑物质资本或人力资本积累所产生的正外部性促进经济增长，如 Romer(1986)[3]，Lucas

---

[1] G. Grossman and E. Helpman (1991), *Innovation and Growth in the Global Economy*. Cambridge：MIT Press, pp. 59 - 83.

[2] 内生增长理论，也被称为新增长理论，是通过对以 Solow 为代表的新古典增长模型进行内生化处理而形成的，经济学界通常以 Romer 1986 年的论文《递增收益与长期增长》和 Lucas 1988 年的论文《论经济发展机制》的发表作为新增长理论产生的标志。

[3] Romer P. M. (1986), "Increasing Returns and Long - Run Growth", *Journal of Political Economy*, 94,5(October), 1002 - 1037.

(1988)[①];另一类是以 R&D 为基础的内生增长模型(R&D-based Growth Model),从技术进步内生化角度考虑,认为技术进步是经济长期增长的内生渊源,并且技术知识的增长源于单独的研究开发(R&D)部门,代表学者有 Romer(1990)[②],Grossman and Helpman(1991)[③],Aghion and P. Howitt(1992)[④]等。

在开放经济条件下,一国的技术进步是由国内资本投资内生的自主创新技术进步和国际资本投资内生的模仿创新技术进步共同作用的结果[⑤]。自主创新技术进步是国内资本积累和资本深化的结果,而模仿创新技术进步是有国际直接投资带来的技术溢出和技术转移及消化吸收的产物。因此,按照技术的来源来区分,可分为:自主创新和国际技术输入。自主创新主要由三个方面组成,即原始创新、集成创新和二次创新,是一国技术进步的根本。但是自主创新与国际技术输入密切相关,尤其对发展中国家而言更是如此。当今世界,技术资源的分布在国家间呈明显的不平衡性,R&D 投资大多集中在工业化国家,1985 年美国的 R&D 投资占 OECD 总体的 50.4%,R&D 投资最多的三个国家美国、日本和德国所占比例约为 80%(Grossman 和 Helpman,1991),2002 年美国、日本和德国所占比例也约为 70%。因此,发展中国家进行集成创新和二次创新的技术源主要来自发达国家,发展中国家要进行原始创新也必须站在当前世界技术前沿的基础上才能实现,所以说,发展中国家要进行自主创新就必须充分重视技术的国际输入。

---

① Lucas, R. E. (1988), "On the Mechanics of Economic Development", *Journal of Monetary Economics*, 22,3-42.

② Romer P. M. (1990), "Endogenous Technological Change". *Journal of Political Economy*, 98(5), pp. S71-S102.

③ G. Grossman and E. Helpman (1991), *Innovation and Growth in the Global Economy*. Cambridge: MIT Press, pp. 59-83.

④ Aghion and P. Howitt (1992), "A Model of Growth through Creative Destruction". *Econometrical*, 60(2), 1992, pp. 323-351.

⑤ 程惠芳:《国际直接投资与开放型内生经济增长》,《经济研究》2002 年 10 期,第 71—78 页。

技术的国际输入的途径至少包括国际贸易、国际直接投资、国际技术许可以及其他超贸易和超非贸易的方式①。长期以来,国际贸易、国际直接投资和国际技术许可在国际技术转移中扮演着重要角色。20 世纪 60 年代,伴随着技术的突破性进展,国际直接投资迅猛发展,虽然,2001 年呈现下滑趋势,但是在 2003 年起出现回升,2003 年世界直接投资达到 6 122 亿美元的规模。可见,国际直接投资通过直接引进新技术和技术溢出效应等方式必然是国际技术转移的最为重要的途径之一。

技术溢出效应是外商直接投资影响东道国的主要途径之一。FDI 的大量流入,除了使东道国增加资本存量、提高投资质量以及缓解就业压力之外,对东道国经济长期发展的根本性影响还在于其技术溢出效应。通过技术溢出效应,FDI 可以使东道国的技术水平、组织效率和管理技能不断提高,帮助东道国国民经济走上内生化的增长道路。一般认为,发生技术溢出效应的途径有四种:一是示范效应,也称传染效应(Contagion Effect),指国内企业通过对外企新技术、新产品、生产流程的模仿和学习而提高自身的技术水平。二是竞争效应,即外资企业的进入加剧了国内市场的竞争程度,迫使本国企业被动加大研发投入,加速生产技术、生产设备的更新升级。三是人员培训效应,指外资企业对当地员工,尤其是管理人才、研发人才的培训投入提升了当地人力资本存量。四是链接效应,指外资企业通过与国内企业上、下游产业链接效应而带动了当地企业的技术进步。其中,示范效应和竞争效应一般发生于产业内(intra-industry)技术溢出,而链接效应大多存在于产业间(inter-industry)技术溢出。

关于技术溢出效应学者进行了大量的理论演绎和实证检验。检验结果显示 FDI 的溢出效应的假设检验存在明显的国别差异。学者在对发达国家的 FDI 的溢出效应的假设检验中大多得出具有正的技术

---

① 超贸易方式是指技术拥有方将技术母国法律不允许扩散的技术转让给技术受体,牟取非法利益;超非贸易方式是指技术受体通过非法手段无偿取得技术拥有方的技术。详见张玉杰著《技术转移:理论·方法·战略》,企业管理出版社,2003 年,第 41 页。

溢出效应,如 Caves(1974)[1]对加拿大和澳大利亚的 FDI 技术溢出效应的检验,Liu 等(2000)[2]考察 1991—1995 年间英国制造业的行业面板数据,均发现存在明显的 FDI 正溢出效应。但是对发展中国家 FDI 的溢出效应的假设检验却出现了不一致的、甚至相反的结论。Aitken 和 Harrison(1999)[3]选用委内瑞拉制造业 1976—1989 年间的企业面板数据,发现在该国全国范围内存在普遍的负溢出效应。与 Aitken 和 Harrison 的研究类似,Haddad 和 Harrison(1993)[4]曾对摩洛哥制造业 1985—1989 年间的企业和行业面板数据进行了考察,也没有发现存在明显的正溢出效应。Djankov 和 Hoekan(2000)[5]分析了捷克制造业 1993—1996 年间的企业面板数据,发现如果外资份额是由独资企业和合资企业两部分组成,当地企业的生产力水平呈现负溢出效应;而如果外资份额是清一色的独资企业,则溢出效应在统计上不明显。Kinoshita 等(2001)[6]考察了捷克制造业 1995—1998 年间的企业面板数据,也得出了类似的结论。Damijan 等(2001)[7]对 8 个转型经济国家(保加利亚、捷克、爱沙尼亚、匈牙利、波兰、罗马尼亚、斯洛伐克和斯洛

① Caves, R. E. (1974), "Multinational Firms, Competition and Productivity in Host-Country Markets", *Economica*, 41, 176-193.

② Liu, J., Ding, F-Y., Lall, V. (2000), "Using data envelopment analysis to compare suppliers for supplier selection and performance improvement", *Supply Chain Management: An International Journal*, vol. 5 No. 3, pp. 143-150.

③ Aitken B. and Harrison A. (1999), "Do Domestic Firms Benefit from Direct Foreign Investment, Evidence from Venezuela", *American Economic Review*, 89, 3, pp. 605-618.

④ Haddad, M. and A. Harrison (1993), "Are there Positive Spillovers from FDI, Evidence from Panel Data for Morocco", *Journal of Development Economics*, 42, pp. 51-74.

⑤ Djankov and Hoekman (2000), "Foreign Investment and Productivity Growth in Czech Enterprises", *World Bank Economic Review*.

⑥ Kinoshita, Y., and A. Mody, 2001, "Private Information for Foreign Investment Decisions in Emerging Markets," *Canadian Journal of Economics*, vol. 34, pp. 448-464.

⑦ Damijan, Joze P.; Boris Majcen, Mark Knell and Matija Rojec (2001): "The Role of FDI, Absorptive Capacity and Trade in Transferring Technology to Transition Countries: Evidence from Firm Panel Data for Eight Transition Countries", mimeo, *UN Economic Commission for Europe*, Geneva.

文尼亚)制造业 1994—1998 年间的企业面板数据进行了考察,结果发现上述国家的制造业都不存在明显的溢出效应。在深入研究当地企业吸收能力以后,他们发现罗马尼亚存在正溢出效应;捷克和波兰却存在负溢出效应;而其他国家则不存在明显的溢出效应。

造成技术溢出效应产生国别差异的可能原因有两个:一是研究方法设计和数据选择的差异;二是东道国对溢出技术的吸收能力不同。

从研究方法设计和数据选择来看,有关技术溢出效应的初期研究大多运用计量方法寻求统计规律,进行实证研究,因此这种方法设计很难对众多研究结果的差异性做出令人信服的解释。同时,在实行计量实证研究时主要采用的是两类数据:行业横截面数据和企业面板数据。纵观这些研究不难发现:在所有获得正溢出效应结论的研究中,学者们大多数采用的是行业横截面数据,而在获得负溢出效应或无溢出效应结论的研究中,则基本采用的是企业面板数据。很明显,学者们研究方法的设计与数据的选用对检验结果产生了很大的影响。但是,从理论上讲,无论运用什么检验方法和选取何种类型的数据都应该与实际的经济现象一致,如果不同的研究方法和不同的数据选择得到不同的研究结论,这只能说明关于在该领域的标准分析方法还尚未成熟,所以,我们认为有关技术溢出效应国别差异更深层次的原因可能在于东道国技术吸收能力的差异。

部分学者用东道国技术吸收能力的差异将"技术外溢效应"内生化。但值得指出的是,尽管吸收能力的研究是由于新增长理论的兴起所激发,但大多数研究并没有在新增长模型的基础上建立起吸收能力研究的理论分析框架,相反,很多研究仍然侧重于运用计量方法进行实证研究,而且这些研究往往建立在新古典生产函数的模型基础上。新增长理论发展至今,已经建立了内生技术进步的多种表述方式,如干中学(Romer,1986[①])、人力资本积累(Lucas,1990[②])、R&D

① Romer P. M. (1986), "Increasing Returns and Long - Run Growth", *Journal of Political Economy*, 94,5(October), pp. 1002 - 1037.

② Lucas, R. (1990), "Why Doesn't Capital Flow from Rich Countries to Poor Countries?", *American Economic Review* 80, pp. 92 - 96.

(Romer, 1990[1]; Grossman & Helpman, 1991[2])等,尽管有关吸收能力的研究已经从多个角度对其进行了分析,然而如何结合新增长理论来对吸收能力、技术外溢研究建立起一个完备的理论框架将是今后一个发展方向。此外,尽管众多实证工作都表明了吸收能力对技术外溢效果起着关键作用,然而如何准确地定义和测算技术外溢、吸收能力仍然存在较大争议,度量指标选取的不同必然导致结论的差异。

吸收能力已经成为发展中国家能否有效利用外商直接投资的技术溢出效应的重要决定因素之一。本书研究的目的在于从发展中国家的角度,系统梳理影响一国吸收能力的决定因素,并利用中国的有关数据对影响中国充分吸收外商直接投资带来的技术溢出效应的决定因素进行实证分析,希望能得出有价值的结论。

本项研究的理论价值在于:通过对中国外商直接投资的技术吸收能力的基本理论进行探讨,建立技术吸收能力指标体系,对各类决定因素进行全面、系统的梳理,使得我国在该领域的研究有一个系统性,通过对同一分析框架的探索性研究,为今后在该领域的研究提供具有一定参考价值的研究文献。系统性可能是本研究对中国外商直接投资的技术吸收能力实证研究领域的一大贡献。

总之,选择研究外商直接投资的技术吸收能力的目的和意义在于:(1)通过对外商直接投资的技术能力理论和实证进行综合、系统的研究,期望能够对外商直接投资的理论,尤其是发展中国家如何提高其技术吸收能力等理论有微薄的贡献。(2)系统地研究影响中国充分利用外商直接投资的技术吸收能力的诸多因素,研究结果可能对今后我国的引资政策的制定,我国企业的吸收能力的提高等方面会有一定的现实意义。(3)我国自主创新战略的贯彻落实需要不断提高我国对外国技术的吸收能力。原始创新依赖于已具备的技术基础,二次创新和集

① Romer P. M. (1990), "Endogenous Technological Change". *Journal of Political Economy*, 98(5), pp. S71 – S102.

② G. Grossman and E. Helpman (1991), *Innovation and Growth in the Global Economy*. Cambridge: MIT Press, pp. 59 – 83.

成创新都与技术吸收能力密不可分,从这个角度而言,本文也具有重要的理论和现实意义。

第二节 研究内容、结构与方法

本研究通过建立开放经济条件下的内生增长模型,利用中国的相关统计数据对中国对外商直接投资技术的吸收能力进行实证研究。

一、研究内容与结构安排

本书共分七章,分别为:绪论、文献综述、基本理论与分析方法、基础要素与技术吸收能力、环境要素与技术吸收能力、技术吸收能力的扩展研究以及结论与政策建议。

第一章为绪论。主要论述本书选题的现实意义和理论价值,研究内容、结构与方法,以及本书的结论、创新及不足之处进行概述。本选题的现实意义在于对中国进一步完善引资战略具有重要价值。

第二章为文献综述。本文以技术吸收能力的决定要素为脉络,直接切入文献关于技术吸收能力决定要素的讨论,并着重对技术吸收能力决定要素,如基础设施、R&D、人力资本、金融市场效率、知识产权和市场体制等方面进行了详细的总结,为后文的理论分析和实证检验奠定基础。

第三章为基本理论与分析方法。在文献综述的基础上,运用归纳法尝试对技术吸收能力的基本理论和分析方法做一些创新性的总结,以期初步建立技术吸收能力理论分析框架。并对技术吸收能力的一般分析方法进行简要的归纳与总结,并从理论上探讨了技术吸收能力的决定要素及其经济增长效应。

第四章为基础要素与技术吸收能力,第五章为环境要素与技术吸收能力,这两章是本文的核心部分。本文利用中国 1985—2004 年间的数据(部分因为统计数据的缺乏选用较短年份的数据),运用多元线性回归模型,分析 25 个二级代理指标与技术吸收能力之间的关系,得到的结论不仅较好地验证了我国引资实践,而且对我国经济政策的制定具有重要的借鉴意义。

第六章为技术吸收能力的扩展研究。扩展研究沿着两个思路展开:一是将基础要素与环境要素放在同一模型中进行检验,进而对基础要素和环境要素对技术吸收能力的影响进行综合比较分析;二是将六大决定要素之外的其他决定要素,如引资政策因素引入模型进行检验,评估新引入的决定要素对技术吸收能力的影响程度,研究发现政府引资政策对中国技术吸收能力具有重大影响。

第七章为结论与政策建议。在第四章、第五章和第六章实证检验的基础上本书得出了一些具有一定借鉴意义的结论和政策建议。本书认为:为了提高外资利用的效率,如何提升我国的技术吸收能力是关键。对此问题,本书认为应不断完善基础设施;加大 R&D 投入力度,改善 R&D 投入结构;提高人力资本存量,改善人力资本结构,鼓励人力资本科学、有效的流动;不断完善金融市场,加强对科技创新创业以及中小型科技企业的金融支持;切实加强知识产权的实际保护度,科学运用知识产权保护战略;坚持适度的开放原则,完善规范的市场环境,加强有序的市场竞争等。在不再处于外汇约束境况的中国,引进外资应该以增强我国技术吸收能力和自主创新能力为目的,努力实现经济增长和国家富强。

本书的研究目的在于研究 FDI 在促进一国内生经济增长方面的作用。我们研究的总体构思可以概括为(见图 1-1):内生经济增长的核心思想是由内生技术进步带来经济增长,而技术进步的途径主要有自主创新和国际技术输入(当然国际技术输入,通过引进、消化和吸收能够提高一国自主创新能力);国际技术输入的可能途径有国际贸易、FDI、技术许可等;随着 FDI 在国际技术输入中所占的比重的逐渐增加,本书主要研究国际技术输入的 FDI 形式;FDI 通过直接引进技术和技术溢出等模式来促进一国的技术进步,而且学术界大多认为 FDI 的技术溢出效应对东道国的技术进步具有重要影响;但是因为 FDI 的技术溢出效应存在国别差异,尤其是在发展中国家间甚至出现相反的

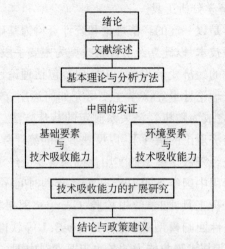

图 1-1　本书研究内容与结构体系图

结论；为探究这种国别差异产生的原因，从一国的技术吸收能力角度进行分析，可能可以涉及问题的根本；本书通过分析技术吸收能力的基础要素和环境要素，运用实证方法，分析了中国技术吸收能力状况，从而得出相关结论，提出相应对策。

二、研究方法

1. 实证分析法

在 FDI 对一国经济增长的影响研究中，尤其是 FDI 的技术溢出效应研究，实证分析法是主要研究手段。文献大多利用一国截面数据、时间序列数据或者面板数据等，结合形形色色的内生经济增长模型进行实证检验。Barro 教授是增长回归的杰出代表，于是后来学者才将增长相关回归称为"Barro Regression"。本书也将在开放经济条件下三部门内生技术进步增长模型的基础上，运用多元回归模型对中国 FDI 技术吸收能力各决定因素对中国人均 GDP 的增长率的影响进行实证分析，以此判断中国要提高 FDI 技术吸收能力，应加强哪些决定要素的培育和建设，从而得到部分具有实践价值的观点。

2. 计量经济学分析工具

计量经济学是以一定的经济理论和统计资料为基础,运用数学、统计学方法与电脑技术,以建立经济计量模型为主要手段,定量分析研究具有随机性特性的经济变量关系。主要内容包括理论计量经济学和应用计量经济学。理论计量经济学主要研究如何运用、改造和发展数理统计的方法,使之成为随机经济关系测定的特殊方法。应用计量经济学是在一定的经济理论的指导下,以反映事实的统计数据为依据,用经济计量方法研究经济数学模型的实用化或探索实证经济规律。

本文主要运用中国经济的 1985—2004 年间时间序列数据,采用计量经济学中的分析工具,如单位根检验、Granger 因果检验、协整关系检验以及多元线性回归模型等,利用 Eviews3.1 等软件包进行实证分析,从而检验 FDI 技术吸收能力的各决定要素对中国 GDP 的影响。

3. 指标比较法

本书论及的 FDI 技术吸收能力决定要素分为两大类,即基础要素和环境要素。基础要素包括三小类,即基础设施、研究开发和人力资本。环境要素也包括三小类,即金融市场效率、知识产权保护和市场体制。在每个小类中均有若干代理指标,共计 25 项代理指标。如基础设施就包括 5 项代理指标:年末拥有电话数、每百人拥有手机数、邮电业务量、人均全社会旅客周转量以及每万人拥有的公路里程数。本书采用的指标比较法包括几个方面的含义:一是比较基础要素和环境要素的增长效应;二是比较基础要素中各小类决定要素之间的增长效应;三是同一小类中各代理指标的横向比较。由于指标比较法的采用是本文在 25 项代理指标中能够筛选出若干更具有指导意义的指标,使得结论简单明了,政策含义更具参考价值。

第三节 主要结论、创新点与不足

本文旨在研究如何提高引进 FDI 的效率,通过构建 FDI 技术吸收能力指标体系,利用中国 1985—2004 年间的数据,运用多元线性回归模型,分析各代理指标与技术吸收能力之间的关系,得到以下几个方面的结论。

一、主要结论

1. 基础设施是我国 FDI 技术吸收能力提高的基础性条件

基础设施不仅是吸引外商直接投资的一个重要因素,而且是对 FDI 技术溢出的吸收提供必要的条件。目前,基础设施不仅仅指的是道路交通状况和邮政系统等传统方式,随着科学技术的日新月异,现代化电信设施在基础设施中的重要性越来越不言而喻了,如移动通讯、Internet 和光通讯等等。因此,为增强我国的 FDI 技术吸收能力,在加强基础设施建设时,应充分重视现代化基础设施的建设。

2. R&D 投入的结构和力度,对自主创新和技术吸收能力影响重大

R&D 活动存在两个方面技术进步效应,即技术创新能力和技术吸收能力。本书的实证检验结果显示加大 R&D 经费的投入力度,会对我国技术吸收能力的提高有正向的推动作用,有利于促进技术进步和经济增长。因此在制定 R&D 投入的政策时,应充分重视 R&D 收益率,在自主创新与技术吸收之间进行权衡。自主创新是一国经济和科技发展到一定阶段的必然选择,但是目前阶段增强技术吸收能力的投入度技术进步可能更高效。况且,如果技术吸收能力较弱的情况下,自主创新能力也必然受到限制。同时,应逐步改变 R&D 的结构,努力实现基础研究与应用研究的有效平衡。应实现 R&D 投入主体多元化,将更多的经费投入到企业的研发中去,并鼓励企业将利润留成进一步用于研发。当然,在若干前瞻性技术前沿要加强基础研究,但更多的是进行应用技术的研发,强化科技成果的产业化,促进经济增长。

3. 人力资本的存量积累、结构改善和高效流动,有利于技术吸收能力提高

人力资本是技术吸收能力最重要的决定要素,一国的技术进步和经济增长,以及综合国力的增强归根到底依靠人才。但是,人才的培养是一个长期的过程,是一个系统工程,所以,我国要实现经济的跨越式

发展,除了加大本国的人力资本投资力度,改善人力资本培育结构之外,应充分重视构建良好的人才创新创业及服务环境,吸引全世界优秀的人才为我所用,这点正是美国之所以领先世界的最重要的原因之一。人力资本积累对经济增长具有双重效应:一方面人力资本投资通过提高劳动者受教育程度、职业技能、技术熟练程度以及劳动生产率而直接增加产出水平;另一方面人力资本投资还通过增强本国技术吸收能力和研发水平而间接促进经济增长。而且,由于人力资本的异质性,不同的人力资本结构对技术吸收能力的提高具有不同影响。现阶段跨国公司在中国投资战略转型,对中国人力资本的需求结构正逐步提升。所以,我国在充分注重义务教育的同时,应着重培养技术人员,强化高等教育的社会服务功能,逐步使人力资本的结构更加符合经济发展的需求。实践证明,人力资本流动有利于技术的扩散与传播,对技术吸收能力的提高具有重要作用。如何制定有效的政策措施吸引留学生回国创业,或者鼓励在外资企业就业的中国员工进入本国企业或自主创业,是提高我国技术吸收能力和促进我国技术进步和经济增长的又一重要途径。

4. 金融市场服务于科技创新创业是增强技术吸收能力的有效途径

我国金融市场的"信贷配给"现象、"惜贷"现象以及股票、债券市场资源集中和配置功能不足等造成了金融市场的低效率,制约着我国 FDI 技术吸收能力的提高。要提高我国金融市场效率,首先必须加快金融市场深化改革的步伐,逐步放松金融管制,开放金融服务市场,减少政府干预。为满足企业科技创新和人才培训过程中的金融服务需求,应提高金融机构对企业特别是国有企业技术模仿、吸收等技术革新、技术改造和人力资本培训等项目贷款支持力度。进一步发展债券和股票市场,使之能为科技创新企业、FDI 企业或国内企业与 FDI 的竞争提供更多的融资渠道。

5. 知识产权的实际保护度不足制约着技术吸收能力的提高

实证检验中显示我国知识产权保护的技术吸收效应不明显,其原因可能是由于我国知识和产权的实际保护度不高的原因造成的。知识产权的实际保护度不足是由我国的知识产权的执法力度不足造成的。跨国公司正是基于这一原因往往不愿意将先进的技术引入中国,从而降低了我国企业获得发达国家先进技术的机会,不利于技术吸收能力的提高。本书认为知识产权战略的制订必须遵循几个重要原则:一是必须遵循国际规则,在 TRIPs 协议的框架下合理运用知识产权战略;二是必须有利于本国科技人员的技术创新活动;三是必须在这场所谓的"知识产权战争"中保证我国利益的同时,努力实现多赢。

6. 适度开放,有序竞争,为技术吸收能力提升营造良好的市场环境

本书的实证检验也证明贸易开放度对提高我国的技术吸收能力具有正面的促进作用,这点也已经被我国 20 多年改革开放的实践所证明。但是,经济开放应遵循适度开放原则,应综合权衡经济开放的短期产出水平效应与长期增长效应,确定一个合适的经济开放度,这点是发展中国家制定经济政策的重点所在。规范的市场环境,有序的市场竞争是增强我国技术吸收能力的重要变量。本书得出和其他学者(Kokko,1992;Wang 等,1992;Blomstrom 等,1994,1995)一致的结论:跨国公司的进入会增加东道国的市场竞争程度,促使本地企业采用新技术以提高生产效率,同样,跨国公司面对巨大竞争压力,为保持其竞争优势,也会被迫采用更为先进的技术。因此,营造一个适度开放,竞争有序的市场环境对技术吸收能力的提高具有重要价值。

二、主要创新点

本书假定经济增长依赖内生技术进步,引进 FDI 能否促进技术进步,关键在于我国 FDI 技术吸收能力如何。在该假定前提下,对技术吸收能力的六大决定要素进行了实证检验,在此基础上,主要有以下几个方面的创新:

1. 构建了 FDI 技术吸收能力的指标体系

外商直接投资的技术吸收能力是由诸多要素共同决定的,几乎不

可能用一个单独的指标直接量化,这给实证检验带来较大困难。文献中学者大多用技术吸收能力的决定因素作为其间接量化指标放入模型进行实证分析,通过考察这些决定因素对技术进步和经济增长之间的关系,来证明一国技术吸收能力的强弱。但是,大多数文献仅仅针对其中一项或者两项进行研究,其结果虽然具有一定的价值,但在系统性和全面性方面始终缺乏说服力。因此,构建外商直接投资的技术吸收能力的指标体系具有重要的理论价值和现实意义。

本书构建的技术吸收能力指标体系包括基础要素和环境要素两大类,这两大类包括六大决定要素(基础设施、R&D、人力资本、金融市场效率、知识产权和市场体制),由 14 个一级代理指标,25 个二级代理指标(基础设施 5 个、R&D 4 个、人力资本 8 个、金融市场效率 4 个、知识产权 2 个、市场体制 2 个)。共同组成这一指标体系。虽不能说是很完美,但是相对而言容易量化,适合进行回归分析,而且几乎涵盖了一国经济增长的主要变量,因此能够较为客观、全面地说明变量与技术吸收能力和经济增长的关系。

2. 系统检验各决定要素对技术吸收能力的影响

本书在上述技术吸收能力指标体系的基础上系统检验了各决定要素与技术吸收能力之间的关系。通过检验 25 个二级指标与 GDP 之间的关系,来检验和比较各决定要素与技术吸收能力之间的关系,以及同一决定要素中不同代理指标与技术吸收能力之间的关系。

3. 引入了部分技术吸收能力决定要素的新的代理指标

本书采用新老代理指标结合的方法进行实证检验,一方面有利于和已有文献进行比较,另一方面试图在决定要素的代理指标方面做一些有益的探索。本书采用的新的代理指标主要有:

年末手机用户数(万户)(Mobile)。本书试图以该指标代表现代化电信基础设施,与另外 4 个传统代理指标一起刻画基础设施的状况。移动通讯与 Internet 是现代化通讯设备的代表,由于我国缺乏 Internet 的有关数据,所以本文采用了移动通讯作为现代化电信基础设施的代理指标。

R&D 产出指标。文献中较少关注 R&D 的产出,本书选取国内专利申请数(LAPP)、国内专利授权数(LGRA)以及国内发表的 SCI/EI/ISTP 三大论文索引(PAPER)情况来表示 R&D 产出。

人力资本流量指标:留学回国人员比率(BACK)和外企就业人员比率(FWORK)。本书认为人员流动是增强技术吸收能力的重要途径之一。因此分析人力资本的跨国流入,以及人力资本由外资流向国内企业对我国技术吸收能力的提升具有怎样的影响,具有重要意义,从实证检验的结果来看也证明人力资本的有效流动对我国 FDI 技术吸收能力的提高具有促进作用。

4. 有关结论和政策建议对国家引资战略的调整具有一定的借鉴意义

本文在实证研究的基础上得到的一系列结论不仅较好地验证了我国引资实践,而且对我国经济政策的制定具有重要的借鉴意义。如在加强基础设施建设时应重视现代化基础设施的建设;不仅要加大 R&D 投入力度,而且要改善 R&D 投入结构,科学权衡自主创新和技术吸收之间的关系;要加大人力资本投资,改善人力资本结构,鼓励人力资本科学、有效流动;加强金融市场对科技创新创业的金融支持;加强知识产权的执法力度,科学运用知识产权保护战略;以及适度开放原则,以竞争促技术进步等结论,对我国制定经济政策具有一定的借鉴意义。

三、研究的不足之处

本书因为数据质量、模型的选择以及本人知识结构等方面的原因必然存在许多不足之处,主要存在以下几个方面:

1. 本书构建的指标体系还比较粗糙,选取的六大决定要素还不能完整地、精确地测量 FDI 技术吸收能力,代理指标的选择还需要进一步运用经典经济理论进行论证。因为技术吸收能力是一个动态的、外延难以确定的概念,所以目前无法找到一整套指标体系明确测定 FDI 技术吸收能力。本书仅仅选择其中主要的代理变量,而且这些变量比较容易量化,适合进行实证检验。今后的研究还必须在技术吸收能力的指标体系的完善方面进一步深入研究。

2. 使用的检验模型还有待于进一步完善,多元线性回归模型实质上还是一个以定性为主的分析模型,今后的研究方向应该是利用现代计量经济学模型,更为精确地刻画各变量与 FDI 技术吸收能力之间的定量关系。

3. 本书主要还是宏观研究视觉,暂时还未涉及微观层面的分析,今后的研究方向应该深入微观,研究行业内、行业间甚至企业的 FDI 技术吸收能力,这是一项任务艰巨但非常有意义的研究课题。

总之,本书由于作者水平有限,可能还会存在许多错漏和不足之处,恳请各位读者不吝指教,作者将会在今后的研究工作中不断改进和完善。

第二章 文献综述

Cohen 和 Levinthal(1989)[1]在分析企业研发作用时首次提出"吸收能力"(Absorptive Capacity，ACAP)的概念后,新增长理论经济学家们借鉴这些理论思想用以解释 FDI 技术外溢假设检验结果在不同国家存在差异。其基本逻辑思路是:不同国家由于资源禀赋和经济系统的基础要素和环境要素的差异,有着不同的技术吸收能力,具体表现为东道国企业的学习能力、模仿能力的差异,从而不同的技术吸收能力影响 FDI 技术溢出效应的实现,所以各国 FDI 技术溢出效应的假设检验结论出现了差异。其后,部分学者将吸收能力的概念引入到外商直接投资理论的研究当中来,Borensztein 等(1998)、Olfsdotter(1998)、Henley 等(1999)、Stern(1991)、Tortensson(1994)、Mauro(1995)、Alfraro 等(2000)、Markusen 和 Vanbles(1998)、Goldsmith 和 Sporleder(1999)、Kinoshita(2000)以及 Xu(2000)是其中的代表[2]。国内外学者认为技术吸收能力的决定因素很多,如基础设施、R&D、人力资本、金融市场、知识产权保护等,从多个角度来诠释吸收能力的概念、内涵及影响作用。类似新增长理论致力于技术进步的内生化表述,FDI 技术吸收能力研究则从东道国经济自身的角度内生了 FDI 技术外溢效应。

第一节 技术吸收能力的理论基础

外商直接投资的技术吸收能力研究是建立在新增长理论的开放条

---

① Cohen, W. and D. Levinthal (1989), "Innovation and learning: The two faces of R&D", *Economic Journal*, 99, pp. 569 - 596.

② 后文将对这些文献分别给予介绍,这里就不一一列出文献出处,将在后文分别给出。

件下的内生技术进步的思想上,吸收了外商直接投资理论、国际贸易理论以及产业组织理论的优秀成果,探索一国技术进步和经济增长的实现路径。因此,外商直接投资理论和内生增长理论是外商直接投资的技术吸收能力的两个主要理论基础。

一、外商直接投资理论

外商直接投资理论从多种不同角度涉及东道国 FDI 吸收能力的相关问题。对外直接投资理论研究起源于 20 世纪 60 年代,Hymer 于 1960 年在其博士论文中首先提出了垄断优势理论,随后,学者们针对外商直接投资形成的动因和行为、作用的研究提出了一系列理论观点。总的说来,大致可分为直接投资的动机与成因分析、直接投资与国际贸易的关系以及直接投资对东道国的影响三个方面。

(一)国际直接投资的动因分析

国际直接投资的动因分析主要目的在于回答两个问题:一是跨国公司为什么对外进行投资;二是跨国公司为什么选择这一特定国家或地区而不是其他的国家或地区进行投资。动因分析理论可分为优势理论和周期理论两大类。这两大类理论对 FDI 技术吸收能力理论的构架具有直接影响。

1. 优势理论

(1)垄断优势理论

海默(Hymer,1976[1])开创了对外直接投资的理论研究,他认为企业对外进行直接投资必须满足两个条件:①跨国公司具有特定优势,从而可以克服在国外经营的各种劣势;②这些优势的买方市场是个不完全市场,使这些优势成为"垄断优势"。垄断优势是跨国公司对外直接投资的决定性因素,这些垄断优势包括:①对某种专门技术的控制;②对某些稀缺资源的控制;③具有生产、财务等方面的规模优势;④市

---

① Hymer,S. H. 1976. *The international operations of national firms:A study of direct foreign investment*. Cambridge,MA:MIT Press.

场营销优势,拥有跨国性营销网络;⑤管理优势。在与当地企业竞争中,这些优势可以抵消在运输、通讯成本以及对当地的环境和法律的劣势,从而直接投资的收益高于国内的收益。海默的这种理论被学术界称之为"垄断优势理论"。后来,许多学者如赫希(Hirsch, 1976)等从不同角度完善和发展了这一理论。这一理论表明,跨国公司垄断优势越强,越需要东道国具有较强的吸收能力。

(2) 内部化优势理论

20 世纪 70 年代以来,Buckley & Casson(1976)①、Buckley(1979②)、Casson(1985③)、Rugman(1980④,1981⑤,1987⑥)从产业组织角度,提出了"内部化理论"。理论认为市场不完全是企业跨国直接投资的根本原因,有两个重要的假设:①公司每一个直接投资活动都选择成本最低的区域;②公司通过内部化方式扩大经济规模,使内部化收益超过成本。内部化,即内部一体化,是指外部市场机制不完全造成中间产品等不确定性,为了提高交易效率,跨国公司通过行政机构将外部市场内部

① Buckley, P. J. and Casson, M. C. (1976) "The Future of the Multinational Enterprise", *Homes & Meier*: *London*.

② Buckley, P. J. and R. D. Pearce (1979), "Overseas Production and Exporting by the World's Largest Enterprise: A Study in Sourcing Policy," *Journal of International Business Studies*, 10(1), pp. 9 - 20.

③ Casson, M. C. 1985. "Transaction costs and the theory of the multinational enterprise". In P. J. Buckley, and M. C. Casson (Eds.), "The Economic Theory of the Multinational Enterprise". *London and Basingstoke*: *Macmillan*, pp. 20 - 38.

④ Alan Rugman, 1980. "Internalization as a general theory of foreign direct investment: A re-appraisal of the literature," *Review of World Economics (Weltwirtschaftliches Archiv)*, *Springer*, vol. 116(2), pp. 365 - 379, June.

⑤ Alan M. Rugman, 1981. "Research and Development by Multinational and Domestic Firms in Canada," *Canadian Public Policy*, University of Toronto Press, vol. 7(4), pp. 604 - 616, Autumn.

⑥ Alan Rugman, 1987. "Multinationals and trade in services: A transaction cost approach," *Review of World Economics (Weltwirtschaftliches Archiv)*, *Springer*, vol. 123 (4), pp. 651 - 667, December.

化(Buckley,1988①)。跨国公司实行内部化的主要动力是减少不确定性和降低交易成本。内部化优势也是跨国公司一种对外直接投资的能力,这种能力的强弱对跨国公司进入东道国的方式产生直接影响。如果东道国 FDI 技术吸收能力较弱则采取合资形式,相反,如果东道国吸收能力较强则采取独资方式进入。

(3)"三优势"理论

John Dunning (1977,1979,1980,1988②)在海默等经济学家直接投资理论的基础上提出了"国际生产折衷理论",也称"三优势"理论。Dunning 认为 FDI 的发生需要三种优势:所有权优势(Ownership)、区位优势(Location)和内部化优势(Internalization)。这就是著名的 OLI 理论。为此,Dunning 认为 FDI 的数量和质量是由跨国公司的所有权优势、内部化优势以及东道国的区位优势共同决定的。三种优势也是三种能力的结合。所有权优势和内部化优势是跨国公司对外直接投资的能力,而区位优势是东道国吸收 FDI 的能力,因此地理条件和基础设施状况是 FDI 技术吸收能力的重要决定要素之一,这点后文将会详细论述。

(4)比较优势理论

"比较优势理论",又称"切合比较优势原理",是由日本学者小岛清(Kiyoshi Kojima, 1973,1978)根据日本对外直接投资的研究提出的。该理论认为 FDI 不同于一般的资本转移,它是资本、技术和经营方式的综合转移,是产业的转移。小岛清认为合理的对外直接投资是按照国际分工原则,将在投资国处于劣势,而在东道国具有比较优势或者潜在优势的产业转移到东道国,与东道国生产要素结合起来进行生产。这种被转移的产业被称为"边际产业",因此扩张边际产业是比较优势理论的核心。边际产业的转移是有效的技术转移途

---

① Buckley, P. J. 1988. "The limits of explanation: Testing the internalization theory of the multinational enterprise". *Journal of International Business Studies* 19, pp. 181-193.

② J. H. Dunning (1988), "US and Japanese Manufacturing Affiliates in the UK: Comparisons and Contrasts".

径,因为在边际产业中双方的技术和管理水平差距最小,有利于东道国对 FDI 的技术吸收和消化。因此小岛清主张能力差最小化是理想的 FDI。

2. 周期理论

(1) 产品生命周期理论

弗农(Rayomond Vernon,1966)在《产品周期中的国际投资与国际贸易》一文中提出了产品生命周期理论。该理论将产品生命周期分为创新、成熟和标准化三个阶段。在创新阶段产品仅在发明国生产和消费;在成熟阶段新产品得到改进并开始出口,此时,国外只有少数企业开始模仿生产这种产品,发明国在国内外市场处于完全垄断的地位;在标准化阶段,产品技术普及,企业垄断优势丧失,竞争主要表现在价格上,成本要素成为企业在国际市场竞争的决定要素。FDI 正是为了利用东道国廉价的劳动力优势,降低成本。该理论较好地解释了对发展中东道国的直接投资,但无法解释发达国家之间的 FDI 盛行,也无法解释跨国公司多元化问题。于是,后来学者对产品生命周期理论进行了发展。Herch(1976)将世界分为三组,分别与创新、成熟和标准化相对应。Wells(1977,1983)①将产品生命周期理论与"技术差距论"结合起来提出了"小规模技术理论",认为发展中国家企业国际竞争优势主要在于开发劳动力密集型小规模生产技术,产品开发的目标也是适应低收入水平市场的需要。产品生命周期理论实际上描述了技术变迁过程,随着经济和技术的变迁,将比较优势理论动态化。这也说明一国的经济发展水平对技术发展的影响,当一国经济发展水平较低时,科学技术总体水平不高,技术吸收能力有限;随着经济的发展,科技水平也随之逐步提高,这时吸收能力也会随之提高。所以初始经济发展水平和技术水平也是 FDI 技术吸收能力的重要影响因素之一。

①　Wells, L. T. , Jr. "The Transnational Corporation and the Host Country," in Conference on the Regulation of Transnational Corporations, Columbia Law School, February 26,1976.

（2）投资发展周期理论

1981 年，Dunning 提出了投资发展周期理论[1]。该理论认为一国净对外直接投资是该国发展阶段的函数，随着人均 GNP 的提高，一国净对外直接投资具有周期性。1998 年 Dunning 将投资发展阶段扩展为五阶段[2]：第一阶段人均 GNP 低于 400 美元的最穷的发展中国家。这些国家缺乏垄断优势和内部化优势，区位优势也较弱，FDI 的流入与流出均较小，且 FDI 的净流出为负。第二阶段人均 GNP 在 400 至1 500美元之间的中低收入国家。这些国家的垄断优势和内部化优势增强，FDI 流出仍然较少，且仍然不足，但区位优势有所提高，吸引越来越多的 FDI 的流入，这阶段 FDI 净流出量仍然为负。第三阶段人均 GNP2600 至4 750美元之间的国家。垄断优势与内部化优势显著增加，开始形成规模的 FDI；区位优势也明显改善，但该阶段总体FDI 净流出仍然为负值。第四阶段人均 GNP 超过4 750美元，FDI净流出时期。FDI 的净流出源于随着该国经济的发展垄断优势和内部化优势得到进一步强化，具备发现和利用外部区位优势的能力。

（二）国际直接投资与国际贸易的关系

Mundell(1957)首次对有关国际直接投资与国际贸易关系进行研究。他采用的方法是在赫克歇尔—俄林模型的基础上，考察两种极端情况，探讨国际贸易和投资的相互替代效应，即禁止国际直接投资如何促进国际贸易以及禁止国际贸易如何刺激国际直接投资。研究结果认为：在存在关税的情况下，贸易与投资具有相互替代性，贸易障碍会产生投资，投资障碍会导致贸易。后来学者对 Mundell 的观点进行了检验和不断发展。Kojima(1975)运用经验分析的方法，

---

① Dunning, J. H. (1981) "Alternative Channels and Modes of International Resource Transmission", in T. Sagafi-Nejad, H. Perlmutter, and R. Moxon, *Controlling International Technology Transfer*: *Issues, Perspectives and Implications*, Permagon: New York.

② Dunning, J H. "The Electric Paradigm of International Production: Restatement and some Possible Extension", *Journal of International Business Studies*, 1988 Spring.

发现水平型 FDI 与并购对出口有替代效应。Belderbos 和 Sleuwaegen (1996)利用公司层面的数据发现:在目标市场存在着贸易保护的情况下,投资与贸易之间存在着替代关系。Markuson 和 Melvin(1983)利用非要素比例模型阐述了要素流动与商品贸易之间的互补关系。Markuson 和 Svensson(1985)利用要素比例模型,指出贸易和非贸易要素之间的"合作"与"非合作"关系,决定了商品贸易和投资之间是替代还是互补的关系。Helpman(1984)、Helpman 和 Krugman (1985)[1]认为在要素禀赋不对称和规模报酬递增的情况下,由于跨国公司的专有资产很难通过外部市场达成交易,就会产生大量的公司内交易和对中间产品的需求,由此带动母国的出口贸易。Kojima (1975)认为投资母国通过在东道国投资设厂,发展垂直型投资与贸易有互补关系。

中国学者对 FDI 与贸易的关系也进行了不少研究。冼国明等 (2003)[2]依据中国改革开放以来的数据,分析得出 FDI 与中国的出口之间存在长期的均衡关系;王洪亮、徐霞(2003)[3]研究日本对华贸易与直接投资的关系,发现日本对华直接投资和中日贸易之间存在长期的互补关系。

(三)FDI 对东道国的影响

关于 FDI 对东道国影响的研究,主要集中在经济增长、技术、出口与出口竞争力、劳工标准、政府政策等几个方面,对经济增长的影响体现在解决资金缺口、技术外溢与技术引进上。

Chenery 和 Strout(1966)提出"两缺口模型"理论[4]。该理论认为

---

① Helpman, E. M. , Krugman, P. *Market Structure and Foreign Trade*. Cambridge: MIT Press, 1985,3.

② 冼国明、严兵等:《中国出口与外商在华直接投资——1983—2000 年数据的计量研究》,《南开经济研究》,2003 年第 1 期,第 45—48 页。

③ 王洪亮、徐霞:《日本对华贸易与直接投资的关系研究(1983—2001)》,《世界经济》,2003 年 26 卷第 8 期,第 28—37 页。

④ Chenery, Hollis and Strout, W. "Foreign assistance and economic development". *American Economic Review*, 1996,66, pp. 679 – 733.

FDI 通过弥补资金缺口促进发展中国家的经济发展。Koizumi 和 Kopecky(1980)[①]构建国际资本长期流动模型,研究 FDI 对一国经济增长的作用。Romer(1990)[②]构建内生增长模型,着重强调技术扩散对于小国及广大发展中国家经济持续增长的作用。Basant 和 Fikkert(1996)利用印度厂商的数据,估计了 R&D 开支、技术购买、国内国际的 R&D 溢出对综合要素生产率的影响。王志乐(1996)分析了 FDI 对中国经济正反两方面的影响。王曦(1998)构建内生模型,分析中国吸引外资的合理化规模。姚洋(1998)[③]利用工业普查数据,抽取 12 个行业分析三资企业的影响。何洁、许罗丹(1999)[④]考察了 FDI 对中国工业企业产量的外溢作用。沈坤荣、耿强(2001)[⑤]认为 FDI 可以通过技术外溢效应,提高国民经济的综合要素生产率。卢狄(2003)[⑥]认为外商投资企业对整体经济的全要素生产率的贡献主要表现为:向有关企业技术转移、对同一行业或相关行业的技术溢出效应、促进产业结构向符合比较优势原则转化、促进经济体制向符合市场原则转化等。

Markusen 等人(1996)及 Zhang 和 Markusen(1999)等从理论的角度阐述了 FDI 与投资东道国出口的关系[⑦]。Naughton(1996)、

---

① Koizumi, T. and KJ. Kopecky, 1977. "Economic Growth, Capital Movements and the International Transfer of Technical Knowledge" [J]. *Journal of International Economics*, 1997(7):pp. 45 – 65.

② Romer P. M. (1990), "Endogenous Technological Change". *Journal of Political Economy*, 98(5), pp. S71 – S102.

③ 姚洋:《非国有经济成分对我国工业企业技术效率的影响》,《经济研究》,1998 年第 12 期。

④ 何洁、许罗丹:《我国工业部门引进外国直接投资的外溢效应的实证研究》,《世界经济文汇》,1999,(2)。

⑤ 沈坤荣、耿强:《外商直接投资、技术外溢与内生经济增长——中国数据的计量检验与实证分析》,《中国社会科学》2001 年第 5 期,第 82—93 页。

⑥ 卢狄:《外商投资与中国经济发展》[J],《经济研究》,2003,(9)。

⑦ Markusen, 1996, "Sticky places in slippery space: a typology of industrial districts", *Economic Geography*, 72, pp. 293 – 313.

Branstetter和 Feenstra(1999)[①]、Chan 等人(1999)[②]对中国引进外资与出口情况进行了分析。国内学者一般认为 FDI 促进了中国产业结构升级,提升了中国产品的出口竞争力水平。谢建国(2003)认为中国产品竞争力的变化有较强的路径依赖,FDI 虽然不是中国产品出口竞争力的决定因素,但是打破这种路径依赖的重要原因。

对工资的研究,集中在外商投资企业支付工资与当地企业支付工资水平的比较、"工资外溢"和对投资东道国平均工资水平的影响三个方面。

跨国公司为了在投资东道国树立良好的企业形象与建立良好的公共关系、减少员工的流动性以避免给当地的竞争对手带来技术外溢、信息不对称等,往往会支付较高的工资(Brash, 1966；Aitken et al., 1996；Feliciano and Lipsey, 1999)。跨国公司在支付较高工资的同时,通过正的"工资外溢效应"对当地企业支付的工资水平造成影响(Findlay, 1978；Aitken et al., 1996；Feliciano and Lipsey, 1999；Figlio and Blonigen, 1999；Lipsey and Sjoholm, 2001；Lipsey, 2002)。研究结果同时还发现,跨国公司通过提高劳动需求,工资溢出对投资东道国的整体工资水平造成影响,使投资东道国工资水平有上升的压力与趋势。跨国公司对当地员工的培训,提升了他们的技术水平,也变相地提高了这部分人的工资水平。李雪辉、许罗丹(2002)[③]利用中国宏观数据进行经验分析,验证了通过提高当地的熟练劳动的工资水平,FDI 可以提高外资集中地区的工资水平。来源地不同的直接投资对工资有不同的影响,但对劳工流动性的影响不大。

有关吸引外资政策方面,1991—2000 年,世界各国对 FDI 政策有

①　Branstetter and Feenstra, Robert C. "Trade and Foreign Direct Investment in China: A Political Economy Approach." *NBER working papers*, 1999, No. 7100.

②　Chan, T, Tracy, N. and Zhu, W. *China's Export Miracle: Origins, Results and Prospects*. Macmillan Press Ltd.: Houndmills, 1999.

③　李雪辉、许罗丹:《FDI 对外资集中地区工资水平影响的实证研究》,《南开经济研究》,2002 年第 2 期,第 35—39 页。

1 185项改革,其中的 1 121 项是向有利于吸引跨国公司直接投资的方向改进的。冼国明、葛顺奇(2002)指出,东道国对跨国公司 FDI 的促进政策大致经历了三代:第一代以提供激励性优惠措施为主;第二代注重 FDI 规制框架的自由化变革;第三代强调当地企业与跨国(跨地区)公司的关联。通过对在广东的美国、日本、欧盟和港、澳、台资企业的调查也发现,优惠政策吸引力仅排在所有影响投资决策因素的倒数第二位;企业的要求转向降低和逐渐消除国内贸易壁垒,提高政策的透明度,开放服务业等方面。

已有的国际直接投资文献为 FDI 技术吸收能力理论的建立和发展提供了理论依托与支撑,但是综合起来至少存在两方面的问题:一是文献大多是从发达国家的角度对 FDI 的动因、与国际贸易的关系以及对东道国的影响进行研究,已有的理论和实证检验模型大多适应发达国家,而以发展中国家为视角的理论与实证模型较为缺乏;二是缺少针对发展中国家技术吸收能力的决定要素进行的系统研究。已有文献大多从发达国家出发,研究技术溢出和技术转移对一国技术进步和经济增长的影响,而这些正是本书力图解决的问题。

二、内生增长理论

内生增长理论是目前构建技术吸收能力分析框架的理论基础。内生增长理论,即新增长理论,是产生于 20 世纪 80 年代中期的一个西方宏观经济理论分支。经济学界通常以 Romer 1986 年的论文《递增收益与长期增长》和 Lucas 1988 年的论文《论经济发展机制》的发表作为新增长理论产生的标志。经济可以实现内生增长的观点是新增长理论的核心思想。大多数新增长理论家都认为内生的技术进步是经济实现持续增长的决定因素。所以,大多数新增长模型都着重考察技术进步得以实现的各种机制,考察技术进步的各种具体表现形式:产品品种增加、产品质量升级、边干边学、人力资本积累、知识积累、技术模仿等。对技术进步实现机制的分析是新增长理论的一大特色。总之,内生增长理论是沿着四种研究思路展开的。

（一）技术进步内生化

技术内生化区别于以往只考虑两种生产要素的分析方法，在生产函数的投入中加上第三种要素——技术，在模型中对其赋予具体含义。分析的思路在于，技术如同知识一样：是内生的、经济体制的主要部分。虽然任何技术上的突破看上去似乎是偶然的，但是实际上，技术增长与人类在此方面投入的资源成正比。技术可以提高投资收益，具有递增的边际生产率，同样，资本能够使技术更有价值。这是一个有效的周期，由此才可能维持持续的经济增长。

（二）经济外部性与规模收益递增

哈罗德—多马理论是规模收益递减，新古典增长模式是规模收益不变，内生技术分析则是规模收益递增。收益递增属于动态规模经济，并非来源于生产要素的不可分性。

内生经济增长模型将知识和人力资本作为生产要素，一方面，它们是投资的副产品，即每个厂商资本存量的增加会导致知识存量的增加，另一方面，知识和人力资本具有经济外部性。这意味着，每个厂商的知识水平是与整个经济中的边干边学成正比，进而与全行业积累的总投资成正比。经济外部性可以是跨时期的，即上一代的积累对下一代具有外部性，因此物质资本或人力资本的私人产品会持久高于贴现率，使产出出现递增收益。

知识的外部性是用整个经济的知识存量为各个厂商的知识存量的总和表示的。个别厂商的生产函数对知识存量和其他投入显示规模不变的技术，但对包括总体知识存量在内的各个变量显示递增规模收益。人力资本的外部性是由平均人力资本水平引致的对他人劳动生产率的有效。其外部效应导致其他生产要素收益递增。

（三）R&D 活动与不完全竞争

由外部性引发的规模收益递增，回避了对垄断力量的明确承认。与贸易理论曾经发生过的相类似，内生技术分析也应该考虑垄断竞争的一般均衡模型。这一思路的共同点是，强调 R&D 是刺激经济的产物，有 R&D 产生的知识必定有某种程度的排他性，因此新知识的开发者有某种程度的市场力量。典型的,开发者对知识的使用具有排他的控制权并把使用权出租给最终产品的生产者。发明者对知识使用的索价受知识在生产中的有用性、或受其他的投入资源学习新思想的可能性的限制。其基本机制是,确立专门生产思想的研究部门,研究部门把技术投资加诸于当前的知识存量,产生新的知识。新知识会提高生产率,并以零边际成本供给其他使用者。因此,这种经济不会是完全竞争,它需要某种垄断力量。

(四)开放条件下的内生技术经济增长

传统的经济增长理论将每一个国家视为孤岛,在封闭经济的假设前提下研究经济增长,忽略了国际贸易对经济增长的影响。内生技术增长模式可以扩张到包括商品、资本和知识的国际流动,提出一个更富于预见性且与估计经济现象更为一致的研究框架。由此,新增长理论与国际经济学得到了有效的结合,并认同国际贸易的增长可以带动国内生产效率的提高的观点。以哈伯勒代表的经济学家认为国际贸易是新观念、新技术、新管理和其他技能的传播媒介,国际贸易可以充分利用没有开发的国内资源、刺激国内生产者提高效率,同时通过市场规模的扩大,贸易使劳动具有了经济规模性,因此国际贸易可以称为"经济增长的动力"。

为从国际贸易和经济增长的长期关系角度进一步揭示国际贸易产生的正面作用,Romer 和 Lucas 的内生经济增长理论认为:一国减少贸易壁垒并促进国际贸易后,将长期取得加快经济增长和发展的效应。这主要因为国际贸易可以使该国加快技术引进、吸收、开发以及创新过程,扩大生产经济规模,减少价格扭曲,提高资源利用率等。

新经济增长理论提出了关于 R&D 溢出的几种传输方式,国际贸易扮演了重要的角色。该理论指出:可以通过多种渠道使不同国家的生产力相互影响。主要有四种:①国际间的贸易可以雇佣大量的中间产品和资本设备,加强了本国的资源的利用。②国际间贸易提供了交流渠道以刺激双方互相学习生产方法、产品设计、组织方法和市场条件。或有助于更有效地利用资源、或通过调整产品以使每单位的投入得到更多的价值。③国际间的接触可以使一个国家学习外国的技术并应用于本国。模仿是普遍的,它在如日本和东亚的新兴工业化国家等高速增长的经济中扮演了主要角色。④国际间的贸易是国家在发展新技术或模仿外国技术的过程中提高生产力,间接地刺激整个经济的生产力。

第二节 技术吸收能力的理论发展

新增长理论的核心思想是经济可以实现内生增长,而经济的内生增长来源于内生的技术进步。技术进步的路径按照技术进步来源分,可以分为自主创新和国际技术移入。大量实证结果和各国的实践表明国际技术输入已经成为发展中国家技术进步的重要决定因素(Coe and Helpman,1995①;Eaton and Kortum,1996②)。因此,借助于内生增长理论的建模思路,一些学者研究了在开放经济条件下的经济长期增长,其核心是考察国际贸易、外商直接投资如何通过技术外溢效应影响国内技术进步,从而最终作用于经济的长期增长率,如 Rivera-Batiz and Romer(1991),Grossman and Helpman(1991)。

一、FDI 技术外溢效应的经验研究

FDI 作为国际资本流动的主要形式,对东道国经济发展的影响一直受到各国经济学家的密切关注。FDI 对东道国技术进步影响的研究主要集中在有关 FDI 的技术溢出的理论与经验研究。Blomström(1998)将 FDI 技术溢出效应定义为,跨国公司在东道国实施 FDI 引起当地技术或生产力的进步,而跨国公司无法获取其中的全部收益的一种外部效应。FDI 的大量流入,除了使东道国增加资本存量、提高投资

---

① Coe, D. and E. Helpman(1995), "International R&D spillovers", *European Economic Review* 39, pp. 859-887.

② Eaton, J., and S. Kortum,(1996), "Trade in Ideas: Patenting and Productivity in the OECD", *Journal of International Economics*, 40: pp. 251-278.

质量以及缓解就业压力之外,对东道国经济长期发展的根本性影响还在于其技术溢出效应。通过技术溢出效应,FDI 可以使东道国的技术水平、组织效率和管理技能不断提高,帮助东道国国民经济走上内生化的增长道路。

FDI 技术溢出效应的理论基础源于跨国公司的形成与发展理论。海默(1976)指出创建跨国公司的必要条件是必须拥有专有知识和技能的所有权优势,否则跨国公司无法在与东道国企业的竞争中取胜,因为当地企业往往具有市场环境、消费者行为以及商业经验等方面的知识优势。Dunning (1977;1981)提出著名的 OLI① 范式用来解释了跨国公司进行关于 FDI 的决策,跨国公司从事 FDI 可以获得所有权优势、本地化优势和内部化优势。然而,在跨国公司与当地企业的频繁接触中,跨国公司的专有知识和技能可能不通过市场交易就转移到东道国的当地企业中,即发生技术溢出效应(Blomström 和 Kokko,2002;Haskei,2002)。一般认为,发生技术溢出效应的途径有四种:一是示范效应,也称传染效应(Contagion Effect,Findlay,1978),指国内企业通过对外企新技术、新产品、生产流程的模仿和学习而提高自身的技术水平。二是竞争效应,即外资企业的进入加剧了国内市场的竞争程度,迫使本国企业被动加大研发投入,加速生产技术、生产设备的更新升级。三是人员培训效应,指外资企业对当地员工,尤其是管理人才、研发人才的培训投入提升了当地人力资本存量。四是链接效应,指外资企业通过与国内企业上、下游产业链接效应而带动了当地企业的技术进步。其中,示范效应和竞争效应一般发生于产业内(intra-industry)技术溢出,而链接效应大多存在于产业间(inter-industry)技术溢出。

对于 FDI 技术溢出效应产生的微观机理,即技术溢出效应是如何

---

① OLI 范式,O: ownership advantages,所有权优势指的是生产技术、组织和市场体系、创新能力、商标、声誉或者其他资产的优势;L: localization advantages,本地化优势包括要素的质量、成本和禀赋,国际运输和通信成本,克服贸易限制,以及东道国政府政策等;I: internalization advantages,内部化优势解释了跨国公司为什么倾向于 FDI 而不是技术许可,这可能是因为与企业外的机构签订和实施许可合同存在较高的执行成本。

在跨国公司与当地企业之间发生的,理论上还缺少深入的研究。绝大多数涉及技术溢出效应的理论研究文献(Caves,1974;Findlay,1978;Das,1987;Wang 和 Blomström,1992)都将技术溢出效应视为由于跨国公司和当地企业之间存在的技术差距而"自动"发生的,忽视了跨国公司与当地企业在技术溢出效应发生过程中的主观能动作用。同时,对于相关的制约因素,如当地企业的技术条件和东道国的市场条件等,也没有引起足够的重视。

关于 FDI 技术溢出效应的实证研究以 Caves(1974)和 Globerman(1979)为先驱。虽然后来有学者不断将他们的实证模型细化和扩展,但基本方法是相似的:在一个由生产函数模型推导出的回归方程中,将当地企业的劳动生产率作为因变量,而将 FDI 与其他环境、产业以及企业特征变量作为解释变量,研究 FDI 是否对当地企业的劳动生产率产生影响。如果 FDI 变量的系数为正值,则认为发生了正面的技术溢出效应,同时根据其他特征变量系数的估计值,可以判断相关因素对技术溢出的影响。

二、溢出效应的国别差异及原因解释

有关 FDI 的技术溢出效应进行实证检验的文献非常多,其中最引人注目的特征在于有关溢出效应的检验出现国别间的差异,甚至相反,综合起来看可以分为两大类型:支持正溢出效应和不支持正溢出效应的研究两类。

1. 支持正溢出效应的研究

Caves(1974)[1]分别检验了加拿大和澳大利亚的 FDI 技术溢出效应。他选用两个国家在 1966 年制造业的行业横截面数据,发现在加拿大制造业中,当地企业的利润率与行业内的外资份额正相关,而在澳大利亚制造业中劳动生产率与行业内的外资份额也呈现正相关。由此他

---

① Caves, R. E. (1974), "Multinational Firms, Competition and Productivity in Host-Country Markets", *Economica*, 41, pp. 176～193.

认为,在加拿大和澳大利亚的制造业中存在着 FDI 的正技术溢出效应。Globerman(1979)[①]采用加拿大制造业 1972 年的横截面数据进行的实证研究也得出了相同的结论。

Blomström 和 Persson(1983)[②]选用墨西哥 1970 年的行业横截面数据,将劳动生产率作为技术水平的评价指标,同时选用行业资本密集度以及劳动力绩效作为影响特征变量,实证得出了存在正技术溢出效应。Blomström 和 Wolff(1989)[③]选用墨西哥 1965—1984 年的行业时间序列数据,检验了某些特定产业内外资的进入对当地企业生产率的影响。结果表明,当地企业的生产力水平与跨国公司子公司的生产力水平存在趋同现象,同时当地企业生产力水平提高的速度与行业内的外资份额呈正相关关系,从而也得出了存在正溢出效应的结论。

Blomström(1986)[④]又将研究重点放在技术溢出效应的产生机理上。他选用墨西哥 1970—1975 年的行业横截面数据,重点考察了行业竞争和市场份额因素对溢出的影响。结果发现,溢出效应是存在的,但并非是外资进入导致行业内的技术转移增加,而是竞争加剧导致当地企业效率提高。Kokko(1996)[⑤]对乌拉圭也进行了类似的研究,他的研究结论同样支持了竞争是导致技术溢出效应发生的重要途径的观点。Kokko 认为,跨国公司与当地企业的生产力水平是由双方相互作用决定的,跨国公司能对当地企业的生产力水平产生正

① Globerman, S. (1979), "Foreign Direct Investment and Spillover Efficiency Benefits in Canadian Manufacturing Industries", *Canadian Journal of Economics*, 12, pp. 42 - 56.

② Blomstrom. M. and Persson. H. (1983), "Foreign investment and Spillover efficiency in an underdeveloped economy: Evidence from the Mexican manufacturing industry", *World Development*, 11(6), pp. 493 - 501.

③ Blomstrom M. and E. Wolff (1989), *Multinational Corporations and Productivity Convergence in Mexico*, Oxford University Press.

④ Blomström, M. (1986), "Foreign Investment and Productive Efficiency: The Case of Mexico", *Journal of Industrial Economics*, 15, pp. 97 - 110.

⑤ Kokko, A. (1996), "Productivity Spillovers from Competition between Local Firms and Foreign Affiliates", *Journal of International Development*, vol. 8, pp. 517 - 530.

面影响,反之亦然。Sjoholm(1999)[1]在对印度尼西亚的研究中也发现,在竞争激烈的行业里,跨国公司对当地企业的技术溢出效应更明显。

Kokko(1994)[2]研究了技术条件对产生溢出效应的影响。他通过对墨西哥1970年的行业横截面数据进行分析,发现只有在跨国公司所采用的技术不是很复杂,跨国公司与当地企业之间的技术差距较小时,技术溢出效应才会变得比较明显。Kokko根据这个研究结果得出,当跨国公司与当地企业技术差距过大时,后者难以消化吸收。

Liu等(2000)[3]考察1991—1995年间英国制造业的行业面板数据,发现在英国制造业也存在明显的FDI正溢出效应,同时他们还发现在技术差距比较小的行业里溢出效应更加明显。与Kokko的观点相类似,他们认为,这是由于在技术差距较小时,当地企业具有较高的吸收能力所导致的。Gimla和Wakelin(2001)选用英国制造业在1988—1996年间的企业面板数据,进一步研究了参与FDI的不同国家对溢出效应的影响。检验结果表明,参与FDI的国家不同,产生的技术溢出效应也不同,如日本企业的FDI溢出效应最大,而美国企业的FDI溢出效应则很小。他们认为,这是由于美国企业所使用的技术相对比较陈旧。

2. 不支持正溢出效应的研究

Aitken和Harrison(1999)[4]选用委内瑞拉制造业1976—1989年

① Sjoholm, F. (1999). "Productivity Growth in Indonesia: The Role of Regional Characteristics and Foreign Investment." *Economic Development and Cultural Change* 49(3): pp. 559 –584.

② Kokko, A. (1994), "Technology, Market Characteristics, and Spillovers", *Journal of Development Economics*, 43, pp. 279 – 293.

③ Liu, Xiaming, Pamela Siler, Chengqi Wang and Yingqi Wei, (2000). "Productivity spillovers from foreign direct investment: evidence from UK industry level panel data", *Journal of International Business Studies*, 31(3), pp. 407 – 425.

④ Aitken B. and Harrison A. (1999), "Do Domestic Firms Benefit from Direct Foreign Investment, Evidence from Venezuela", *American Economic Review*, 89,3, pp. 605 – 618.

间的企业面板数据,发现在该国全国范围内存在普遍的负溢出效应。与 Aitken 和 Harrison 的研究类似,Haddad 和 Harrison(1993)[①]曾对摩洛哥制造业 1985—1989 年间的企业和行业面板数据进行了考察,也没有发现存在明显的正溢出效应。

Driffield(2001)[②]运用英国制造业 1989—1992 年间的行业面板数据,研究了跨国公司通过投资和产出以及 R&D 的技术溢出效应。Driffield 没有发现任何投资、产出以及 R&D 能带来溢出效应的迹象。但他发现了当地企业的生产力增长速度要快于跨国公司子公司。Driffield 认为,这表明竞争对当地企业生产力水平的提高具有重要的作用。Girma 等(2001)[③]选用英国制造业 1991—1996 年间的企业面板数据研究发现,从总体上看没有证据表明有技术溢出效应的发生,不过,在竞争程度较高的行业中则存在正溢出效应;同时,当地企业与跨国公司之间的技术差距越大,溢出效应越小。Harris 和 Robinson(2001)选用 1974—1995 年间英国制造业的企业面板数据进行了研究,分别对三种溢出效应进行了检验,即行业中存在外资、地域内存在外资以及产业上下游存在外资的三种情况所导致的技术溢出效应。其中,第一种是行业溢出效应,第二种是集聚导致的溢出效应,第三种是行业间的溢出效应。检验结果表明,这三种溢出效应都不明显,不过第三种行业间的溢出效应相对要比前两种明显。

Barry 等(2001)[④]考察爱尔兰制造业 1990—1998 年间的企业面板

① Haddad, M. and A. Harrison (1993), "Are there Positive Spillovers from FDI, Evidence from Panel Data for Morocco", *Journal of Development Economics*, 42, pp. 51 - 74.

② Driffield, Nigel. (2001). "The impact of domestic productivity of inward investment in the UK", The Manchester School, 69(1), pp. 103 - 119.

③ Girma, S., Greenaway, D., Wakelin, K. (2001). , "Who Benefits from Foreign Direct Investment in the UK?", *The Scottish Journal of Political Economy*, Vol. 49, pp. 119 - 133.

④ Barry, Frank, Holger Görg and Eric Strobl (2001) "Foreign Direct Investment and Wages in Domestic Firms: Productivity Spillovers vs. Labour Market Crowding Out mimeo", University College Dublin and University of Nottingham.

数据,发现存在大量的负溢出效应,他们将其归咎于当地企业与跨国公司之间在劳动力市场上的过度竞争。Barrios 和 Strobl(2002)[1]考察了西班牙制造业 1990—1994 年间的企业面板数据,同样在总体上没有找到任何正溢出效应存在的证据,不过在以出口为主的当地企业中,发现了显著的正溢出效应的存在。他们的解释是,以出口为主的企业需要参与国际竞争,使用的技术相对比较先进,技术吸收能力也相应较强,因此能够从跨国公司的技术溢出效应中获益。

Djankov 和 Hoekan(2000)[2]分析了捷克制造业 1993—1996 年间的企业面板数据,发现如果外资份额是由独资企业和合资企业两部分组成,当地企业的生产力水平呈现负溢出效应;而如果外资份额是清一色的独资企业,则溢出效应在统计上不明显。Kinoshita(2001)[3]考察了捷克制造业 1995—1998 年间的企业面板数据,也得出了类似的结论。

Damijan 等(2001)[4]对 8 个转型经济国家(保加利亚、捷克、爱沙尼亚、匈牙利、波兰、罗马尼亚、斯洛伐克和斯洛文尼亚)制造业 1994—1998 年间的企业面板数据进行了考察,结果发现上述国家的制造业都不存在明显的溢出效应。在深入研究当地企业吸收能力以后,他们发现罗马尼亚存在正溢出效应;捷克和波兰却存在负溢出效应;而其他国家则不存在明显的溢出效应。

造成技术溢出效应产生国别差异的可能原因有两个:一是研究方法设计和数据选择的差异;二是东道国对溢出技术的吸收能力不同。

---

① Barrios and Strobl(2002). "Foreign Direct Investment and Productivity Spillovers: Evidence from the Spanish Experience". *Weltwirtschaftliches Archiv*, forthcoming.

② Djankov and Hoekman(2000), "Foreign Investment and Productivity Growth in Czech Enterprises", *World Bank Economic Review*.

③ Kinoshita, Y., and A. Mody, 2001, "Private Information for Foreign Investment Decisions in Emerging Markets," *Canadian Journal of Economics*, Vol. 34, pp. 448 - 464.

④ Damijan, Joze P.; Boris Majcen, Mark Knell and Matija Rojec(2001): "The Role of FDI, Absorptive Capacity and Trade in Transferring Technology to Transition Countries: Evidence from Firm Panel Data for Eight Transition Countries", mimeo, *UN Economic Commission for Europe*, Geneva.

从研究方法设计和数据选择来看,有关技术溢出效应的初期研究大多运用的是计量方法寻求统计规律,进行实证研究,因此这种方法设计很难对众多研究结果的差异性作出令人信服的解释。同时,在实行计量实证研究时主要采用的是两类数据:行业横截面数据和企业面板数据。纵观这些研究不难发现:在所有获得正溢出效应结论的研究中,学者们大多数采用的是行业横截面数据,而在获得负溢出效应或无溢出效应结论的研究中,则基本采用的是企业面板数据。很明显,学者们研究方法的设计与数据的选用对检验结果产生了很大的影响。

事实上,采用面板数据进行研究,并且使用企业数据而不是行业数据,能够更有效地反映有关技术溢出效应的真实情况。因为研究者使用面板数据可以关注一段较长时间内东道国企业生产力水平的变化,并且能控制与时间相关的变量,从而更好地把握溢出效应是否实际发生;而采用横截面数据只能在某一时点上进行研究,检验结果的说服力也较为有限。例如,许多使用横截面数据的学者都发现,在 FDI 与当地企业的生产力水平之间存在明显的正相关性,然而无法证明到底是因为 FDI 的进入引起了当地企业的生产力水平的提高,还是由于跨国公司热衷于向当地企业生产力水平相对较高的国家或行业进行投资。还有,行业中的不同企业之间存在异质性,研究者采用行业数据只能在行业总体上进行分析,而采用企业数据则可以对具有不同特质的企业区分对待,从而在细节上更好地把握检验结果。

迄今为止,在所有使用面板数据,尤其是企业面板数据的研究中,大多数文献都反映了负溢出效应或无溢出效应的结论,只有少数文献(Liu 等,2000;Damijan 等,2001)发现了显著的正溢出效应。笔者认为,对于上述负溢出效应或者无溢出效应的结论可以从两方面进行解释:其一,跨国公司通常在主观上会刻意对其知识资产进行保护,防止泄漏,以保证它们的竞争优势地位。此时,技术溢出效应产生的主要途径是跨国公司进入以后施加的竞争压力促使东道国企业提高效率,加快采用新技术,从而提高了生产力水平。然而,这种竞争效应在短期内,可能会对东道国企业的生产力水平造成负面影响。Aitken 和 Harrison(1999)[1]指出,由于外资公司拥有特定的所有权优势,能够使用先进的生产技术,它们的边际成本比当地竞争者更低,且能够吸引更多的需求者。这将迫使当地企业降低产出水平并提高成本。Barry 等(2001)则认为,当跨国公司面对出口市场或者与当地企业的竞争受到政策限制时,产品市场上的竞争难以产生负溢出效应。然而,他们推测,在东道国劳动力市场上,跨国公司与当地企业在劳动力,特别是熟练劳动力需求方面的竞争可能会导致负溢出效应的产生。其二,FDI 对当地企业产生技术溢出效应的过程受许多因素的影响,真正的技术溢出效应只能在某些特定的行业或企业中存在,如果仅对一个国家或行业进行研究,可能会低估溢出效应,这在上述的研究中已经可以看到。Barrios、Strobl(2001)以及 Kinoshita(2001)都没有在行业层面上发现正溢出效应,然而对于某些吸收能力强的企业,检验结果还是比较准确的。

有关技术溢出效应国别差异更深层次的原因可能在于东道国技术吸收能力的差异。部分学者用东道国吸收能力的差异将“技术外溢效应”给予内生化。但值得指出的是,尽管吸收能力的研究是由于新增长理论的兴起所激发,但大多数研究并没有在新增长模型的基础上建立起吸收能力研究的理论分析框架,相反,很多研究仍然侧重于运用计量方法进行实证研究,而且这些研究往往建立在新古典生产函数的模型基础上。新增长理论发展至今,已经建立了内生技术进步的多种表述方式,如干中学(Romer, 1986)、人力资本积累(Lucas, 1990)、R&D(Romer, 1990;Grossman & Helpman, 1991[2])等,尽管有关吸收能力的研究已经从多个角度对其进行了分析,然而如何结合新增长理论来对吸收能力、技术外溢研究建立起一个完备的理论框架将

① Aitken B. and Harrison A. (1999), "Do Domestic Firms Benefit from Direct Foreign Investment, Evidence from Venezuela", *American Economic Review*, 89,3, pp. 605 - 618.

② G. Grossman and E. Helpman (1991), *Innovation and Growth in the Global Economy*. Cambridge: MIT Press, pp. 59 - 83.

是今后一个发展方向。此外,尽管众多实证工作都表明了吸收能力对技术外溢效果起着关键作用,然而如何准确地定义和测算技术外溢、吸收能力仍然存在较大争议,度量指标选取的不同必然导致结论的差异。

第三节　决定要素与技术吸收能力

一、基础设施与技术吸收能力

Abramowitz(1986)①提出的"社会能力说"(Social Capability)被称为是技术吸收能力的理论雏形。Abramowitz 在分析国际间生产率水平的分化和收敛时指出,一个国家要吸收先进的科技成果,必须首先拥有足够的基础设施、技术水平等基本条件。

基础设施不仅是吸引 FDI 进入的一个重要因素,而且基础设施的完备与否对 FDI 技术溢出效应的发挥程度产生重要影响。完善的基础设施不仅可以成为吸引具有较高技术素质的 FDI 的重要优势条件,从而提高外溢效应来源的质量和规模,同时还可以成为吸收 FDI 溢出效应的一个重要工具。基础设施与技术吸收能力的关系表现在两个方面,一是基础设施是作为跨国公司进行 FDI 决策时重要考虑的因素之一,其完备程度与吸引外资的量存在密切关系,基础设施越完备越能吸引更多的、高质量的 FDI,从而为东道国提供更多模仿学习的机会,提高东道国获取外部信息的能力;另外,基础设施的完备程度与一国知识的传播速度密切相关,基础设施越完备,越有利于外部信息的传播,从而提高外部信息的获取、流动和交换能力,对 FDI 的技术吸收能力产生重要作用。采用的代理指标通常包括:电信基础设施、道路交通状况以及旅客和货物周转量。其中电信基础设施通常用人均电话数和电信业务量等指标来表示;道路交通状况通常用人均公路里程数作为代理

---

① Abramovitz, M. (1986), "Catching Up, Forging Ahead and Falling Behind", *Journal of Economic History* 46(2), pp. 385 - 406.

指标;其他相关指标还包括旅客周转率、货物周转量、邮政业务量等。
Easterly 和 Levine (1995)[1]在对非洲的经济增长的研究中,以人均
GDP 为因变量,运用工人人均拥有的电话数、个人人均拥有的公路和
铁路里程数,以及工人人均装机容量作为基础设施的代理指标放入回
归模型中进行回归,发现三种基础设施的代理指标与人均 GDP 之间呈
现正相关,但相关系数较小,呈现弱相关性。这说明基础设施的发展与
人均 GDP 的增长之间具有正相关性,但非洲基础设施较差也是影响经
济增长的重要因素之一。

Mark Rogers(2004)[2]在他的回归模型中引入了一些新的吸收能
力决定要素,如留学生、电信基础设施以及出版物等。其中电信基础设
施选取的代理指标为每千人拥有的电话数,每千人发出的国际电报数,
以及每千人拥有的电报机数等代理指标,Mark Rogers 以工人人均
GDP 增长率和多要素生产率为因变量,分别运用 Sachs and Warner
(1997)[3]和 Barro and Sala-i-Martin (1995)[4]基本回归模型进行回归
分析,分析认为电信基础设施与工人人均 GDP 增长率或者多要素生产
率之间在两个模型中均存在正相关关系,但在 Sachs-Warner(1997)的模
型中显著性较差。而在 Barro and Sala-i-Martin(1995) 模型中较为显著。

二、R&D 与技术吸收能力

Tilton(1971)[5]认为投资 R&D 能给企业带来内部技术能力,使企

① Easterly, William & Levine, Ross(1995)"Africa's growth tragedy: a retrospective, pp. 1960-1989," *Policy Research Working Paper Series 1503*, The World Bank.

② Mark Rogers (2004), "Absorptive Capability and Economic Growth: How do Countries Catch-up[J]"? *Cambridge Journal of Economics*, vol. 28,4,577-596.

③ Sachs, J. D., Warner, A. M., 1997. "Sources of slow growth in African economies". *Journal of African Economies 6(3)*, pp. 335-376.

④ Barro, R. and X. Sala-i-Martin(1995), *Economic Growth*, New York, McGraw Hill.

⑤ Tilton, J. E. 1971. *International Diffusion of Technology: The Case of Semiconductors*. Washington, DC: Brookings Institution Press.

业能够更好地利用外部的信息。Allen(1977)[1]与 Mowery(1983)[2]的研究也得出类似的结论。Cohen 和 Levinthal(1989)[3]第一次明确论述了 R&D 与技术吸收能力的关系,他认为 R&D 可以提高企业两方面的能力:创新能力和吸收能力,其中吸收能力包括获得、吸取、转化和运用外部信息的能力。

　　R&D 活动生产的是知识,知识具有两大基本特性:一是知识的公共产品特性;二是知识的自我积累特性。知识的公共产品的特性表现为非竞争性(non-rival)和非排他性(non-excludable)[4]。因此通过模仿会产生知识的外溢和扩散。一般认为,知识的模仿成本要远远小于技术的创新成本。这一模仿成本与创新成本之间的差异产生了新增长理论国际技术扩散模型中的"技术收敛"效应。Mansfield 等(1981)[5]的经验性研究支持了这一假设,其对美国化工、制药等行业 48 种产品的研究结果表明平均模仿成本仅为创新成本的 65%。新增长理论认为:模仿成本与可供模仿的知识产品选择集成反比,如果模仿国的选择集越大,即模仿国与技术领先国的初始技术差距越大,则模仿带来的回报率越高。因此不难导出:"东道国企业与外资企业初始技术水平差异越大,则可供东道国当地企业模仿的先进技术选择集越大,因此当地企业可以较低的模仿成本取得较高的模仿回报率,即 FDI 技术外溢效应越

　　① Allen, T. J. 1977. *Managing the Flow of Technology: Technology Transfer and the Dissemination of Technological Information within the R&D Organization*. Cambridge, MA: The MIT Press.

　　② Mowery, D. C., "Economic Theory and Government Technology Policy[J]". *Policy Sciences*, 1983,13, pp. 27 - 43.

　　③ Cohen, W. and D. Levinthal (1989), "Innovation and learning: The two faces of R&D", *Economic Journal*, 99, pp. 569 - 596.

　　④ 技术的非竞争性(non-rival)属性主要表现在某个人对特定技术的使用并不能排除其他人对该技术的使用;技术的非排他性(non-excludable)意味着任何技术创新者在原始状态下都无法阻止知识外溢与扩散。

　　⑤ Mansfield, Edwin, Mark Schwartz and Samuel Wagner. 1981. "Imitation Costs and Patents: An Empirical Study," *The Economic Journal*, vol. 91, pp. 907 - 918.

明显。"Barro 和 Sala-I-Martin(1995)[1]认为在国际技术外溢过程中,技术外溢效果与发展中国家、发达国家之间的技术差距,尤其是初始的技术差距成正比,因此技术落后国家完全有可能利用这一后发优势实现赶超效应,即存在技术趋同效应(Technology Convergence)。然而,对外商直接投资技术外溢的实证研究却不支持这一观点。Imbriani 和 Reganati(1997)[2]对意大利的检验表明外资企业技术外溢效果与内、外企业技术水平差距成反比;Kokko(1994)[3]、Kokko,Tansini 和 Zejan (1996)[4]对墨西哥、乌拉圭的研究也发现,如果外资企业技术水平显著高于国内企业,则几乎不存在任何外溢效应。

知识的自我积累特性使得知识具有路径依赖的特点。Cohen 和 Levinthal(1989)指出任何新知识都是在已有知识的基础上开发出来的,较大的知识存量意味具有较强的研发能力去开发出更多的新知识产品。仅仅考虑了模仿知识产品选择集的"技术收敛"实际上是一种技术扩散的绝对收敛。Verspagen(1992)[5]在 Cohen 和 Levinthal (1990)[6]研究基础上,提出了技术的"条件收敛"假设,即技术收敛假说的成立必须依赖于一定条件,其中之一就是技术落后国家自身的技术能力能否有效地吸收发达国家的技术外溢效应。Cantwell(1989)[7]对

①　Barro,R. and X. Sala-i-Martin(1995),*Economic Growth*,New York,McGraw Hill.

②　Imbriani C. and F. Reganati.,1997 "Spillovers internazionali di Efficienza nel settore manifatturieor Italiano" [J]. *Economic internazionale*,November.

③　Kokko,A. (1994),"Technology,Market Characteristics,and Spillovers",*Journal of Development Economics*,43,pp. 279 - 293.

④　Kokko and Zejan (1996),"Local technological capability and productivity spillovers from FDI in the Uruguayan Manufacturing sector",*Journal of Development Studies*,32(4),pp. 602 - 611.

⑤　Verspagen,B.,1992,"Endogenous Innovation in Neo-Classical Growth Models:A Survey",*Journal of Macroeconomics*,vol. 14,no. 4(Fall),pp. 631 - 662.

⑥　Cohen,W. and D. Levinthal,(1990),"Absorptive Capacity:A New Perspective on Learning and Innovation",*Administrative Science Quarterly*,vol. 35,pp. 128 - 152.

⑦　Cantwell,J. 1989. "Technological Innovation and Multinational Corporations,Oxford:Blackwell. "

欧洲的美国投资企业的技术外溢效应分析结果表明,当地企业的现有技术能力是决定技术外溢效果的关键因素;类似地,Griffith 等(2000)[1]对 OECD[2] 国家技术趋同假设的研究结果也发现,用研发投入的技术吸收能力是决定国际技术扩散的关键因素。Keller(2001)[3]则发现在 1983—1995 年期间,G-7 国家间的技术外溢对经济增长的促进作用要远远大于发展中国家。

遵循 Cohen 和 Levinthal(1990)的思想,Kinoshita(2000)[4]利用捷克斯洛伐克制造业 1995—1998 年间的企业面板数据,对 R&D 的创新效应和学习效应进行检验。他从生产函数出发推导出一个简单回归模型:

$$\frac{\Delta Y}{Y} = \alpha_0 + \alpha \frac{\Delta L_{it}}{L_{it}} + (1-\alpha)\frac{\Delta K_{it}}{K_{it}} + \eta \frac{E_{it}}{Y_{it}} + \mu_1 FORGN_{it} + \mu_2 FOR_{j(i)t}$$

$$+ \mu_3 \left(\frac{E_{it}}{Y_{it}}\right) FORGN_{it} + \mu_4 \left(\frac{E_{it}}{Y_{it}}\right) FOR_{j(i)t} + d_j + d_t + \varepsilon_{it}$$

其中 $\frac{\Delta Y}{Y}$,$\frac{\Delta L_{it}}{L_{it}}$,$\frac{\Delta K_{it}}{K_{it}}$,$\frac{E_{it}}{Y_{it}}$ 分别表示国民收入的增长率、人口增长率、资本增长率、R&D 投资占 GDP 的比率;$FORGN_{it}$ 为一个虚拟变量,当外资份额超过 50% 时,其值为 1,否则为 0;$FOR_{j(i)t}$ 为产业内外资企业员工所占比率。Kinoshita 通过构造连乘变量将东道国研发的作用分为两部分:一是研发的创新作用;二是研发的学习效应,即东道国国内研发的增加将提高国内企业对 FDI 技术的吸收效果。研究发现国内研发的学习、增进吸收能力的作用要远远大于其创新作用。

① Griffith R., S. Redding and J. van Reenen(2000), "Mapping the two faces of R&D: Productivity growth in a panel of OECD industries", *IFS working paper* W00/02.

② OECD:经济合作与发展组织,简称经合组织,是由 30 个市场经济国家组成的政府间国际经济组织,旨在共同应对全球化带来的经济、社会和政府治理等方面的挑战,并把握全球化带来的机遇。

③ Keller W. (2001), "International Technology Diffusion", *NBER Working Paper* No. 8573.

④ Yuko Kinoshita, (2000). "R&D and Technology Spillover via FDI Innovation and Absorptive Capacity", *William Davidson Institute Working Papers Series* 349.

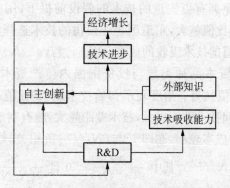

图 2-1 R&D、吸收能力和技术进步的关系

可见,R&D 与技术吸收能力之间存在双重效应:研发作用不仅在于直接带来了新技术成果,更重要的是增强了企业、本国对外来技术的模仿、学习和吸收能力。因此,技术水平差距对技术外溢效果的影响是两方面的:一方面内外资企业技术水平差距较大,可供国内企业进行技术模仿、学习的选择集越大,模仿成本较低,外溢效应明显;另一方面内外资企业技术水平差距过大,内资企业可能没有足够的技术能力去吸收、模仿外资企业的技术,导致技术外溢效应较小。因此,一国的 R&D 活动从初始技术水平和学习能力两方面影响着技术吸收能力。

三、人力资本与技术吸收能力

Borensztein 等(1998)[1]开创了人力资本对技术吸收能力影响的研究。首次设计了同时包含人力资本和 FDI 的内生增长模型,证明了东道国人力资本投资对于技术吸收的重要性。Borensztein 等假定技术进步是资本深化的结果,技术进步表现为资本品种类数的增加,并通过引入关键假设,即技术吸收需支付吸收成本 F,F 由两方面因素决定,一是东道国的外资企业数与东道国企业总数之比(n^*/N),在外资企

① Borensztein. E, Gregorio J. D. and Lee J-W(1998),"How does Foreign Direct Investment Affect Economic Growth[J]"? *Journal of International Economics*,45,pp. 115-135.

业比东道国企业拥有更先进的技术的假设前提下,用(n^*/N)表示初始技术缺口,其比值越大,东道国企业模仿的技术选择集也就越大,则有利于降低东道国技术吸收的成本,亦即 F 与(n^*/N)负相关;二是东道国国内生产资本品种类数与投资国国内生产资本品种类数之比(N/N^*),该比值从另一角度表示初始技术缺口,比值越大,说明东道国与投资国之间技术差距较大,技术差距越大,越有利于技术的扩散与传播,因此模仿成本较小,亦即 F 与(N/N^*)负相关。用模型表示为:

$$F=F(n^*/N,\ N/N^*),\text{其中}\ \frac{\partial F}{\partial(n^*/N)}<0\ \text{且}\ \frac{\partial F}{\partial(N/N^*)}>0,\text{在此基}$$

础上导出增长方程:$g=\dfrac{\dot{C}}{C}=\dfrac{1}{\sigma}(r-\rho)=\dfrac{1}{\sigma}(A^{1/a}\phi F(n^*/N,$

$N/N^*)^{-1}H-\rho)$,其中 g 为实际经济增长,A 为技术产出率,H 为人力资本,n^*/N 及 N/N^* 从两个方面表示初始技术缺口,其中 n^*/N 用来表示 FDI,σ、ρ 是跨时期消费决策的两个指数。于是,Borenztein 构建了如下回归模型:$g=c_0+c_1FDI+c_2FDI\cdot H+c_3H+c_4Y_0+c_5A$,g 为实际经济增长率;FDI 为外商直接投资;H 为人力资本存量;Y_0 初始人均 GDP;A 为其他影响经济增长的变量。他们利用 1970—1989 年 69 个发展中国家的样本数据,进行回归分析,结果表明 FDI 对东道国经济增长的作用受东道国人力资本的临界值(Threshold Effect)影响,即只有当东道国人力资本存量足够丰裕时,东道国才能充分吸收 FDI 的技术外溢。Xu(2000)[1]进一步对吸收能力"临界值"效应进行了检验。与 Borensztein 等(1998)一样,同样采用男性受中等教育年限来衡量人力资本,作者首先按东道国人力资本存量丰裕度对样本进行了排序分类,利用聚类分析法对这些分类样本进行回归分析,结果发现随着样本的人力资本存量值增加,FDI 的技术外溢效应越来越明显:当东道国人力资本存量低于 1.3 年时,回归结果表明 FDI 技术外溢效应为负值;当东道国人力资本存量介于 1.3—2.4 年之间时,FDI 技术外溢效应

---

[1] Xu B. (2000), "Multinational enterprises, technology diffusion, and host country productivity growth", *Journal of Development Economics*, vol. 62, pp. 477−493.

为正值,但统计意义不显著;只有当东道国人力资本存量超过了2.4年时,FDI的技术外溢效应才为统计意义显著的正值。据此,作者断定东道国人力资本存量的临界值为2.4年(Borensztein等对临界值的计算结果为0.52年)。Lankhuizen M.(2001)[1]进一步对研发部门人力资本结构对吸收能力的影响进行深入研究,结果发现直接参与到生产活动中的研发人员占全部研发人员的比重能较好衡量一国的吸收能力,因此他认为应鼓励研发人员参与企业的实际生产,更强调企业的研发活动。

迄今为止,我国学者在FDI的技术吸收能力方面的研究不多。赵江林(2004)[2]在总结我国引进外资的经验时指出人力资本水平对利用、吸收外资的重要性。赖明勇等(2002)[3]是较早对我国吸收能力进行了深入探讨的学者之一,作者以Borenztein等(1998)提供的模型为基础,选取了三个人力资本的代理指标:中学生入学率、大学生入学率、政府教育投入进行实证研究,结果表明FDI的技术外溢效应对经济增长有较为显著的正向推动作用,而且FDI更多的是与人力资本结合而作用于经济增长,较少反应在资本积累效益上。研究还发现在选取的三个代理指标中,具有中学教育程度的劳动者比具有大学教育程度的能够更好地与FDI结合在一起,其原因在于FDI在我国大多分布在劳动密集型的加工贸易业领域。张斌盛等(2006)[4]从人力资本流量指标的视角,选取留学回国率和外资就业率作为人力资本流量的代理指标,与传统的人力资本存量指标,如平均受教育年限和政府教育投入一起,纳入模型进行回归比较分析。结果表明FDI和人力资本相结合与经济增长呈显著正相关,尤其是

---

① Lankhuizen, M. (2001). Catching Up, Absorption Capability and the Organisation of Human Capital. Maastricht. Website. : *Maastricht Economic Research Institute on Innovation and Technology*.

② 赵江林:《外资与人力资源开发:对中国经验的总结》[J],《经济研究》,2004年第2期,第47—54页。

③ 赖明勇等:《我国外商直接投资吸收能力研究》[J],《南开经济研究》,2002年第3期,第45—51页。

④ 张斌盛,唐海燕:《外商直接投资的技术吸收能力研究——基于人力资本流量指标的视角》,《华东师范大学学报(哲学社会科学版)》,2006年第1期,第112—117页。

留学回国率以及外资就业率与 FDI 的结合正效应更为显著。我国利用外资的策略应注重提高技术吸收能力,促进 FDI 的技术溢出效应的发挥,其关键在于鼓励人力资本在国际间以及内外资企业间有效流动。

四、金融市场与技术吸收能力

　　Schumpeter 几乎在一个世纪以前就认识到一个发达的金融中介在促进技术创新、资本积累和经济增长中的重要作用。高效的金融市场通过降低交易成本,有效配置金融资本,从而提高增长率。持这一观点的著名学者还有 Goldsmith (1969)[1], McKinnon (1973)[2] 和 Shaw (1973)[3]。King 和 Levine(1993)[4]、Beck 和 Levine(2000)[5] 通过实证分析,阐述了金融体系对于生产率提高和经济发展的重要性。关于不同金融体系的作用,Levine 和 Zervos(1998)[6]认为,尽管股市和银行提供不同的服务,但流动性强的股市和健全的银行体系有助于实现经济增长、资本积累和生产率提高。通过对不同产业部门分析,Rajan 和 Zingales (1998)[7]发现,金融体系的健康发展能降低企业外部融资成本,从而促进经济增长。Wurgler(2000)[8]实证分析结果也表明,即使金融发展不

　　① Goldsmith, R: *Financial Structure and Development*, New Haven, Connecticut, Yale University Press, 1969.

　　② McKinnon, R. I. (1973) "Money and Capital in Economic Development Washington D. C.: The Brookings Institution."

　　③ Shaw, E. S. (1973) *Financial Deepening in Economic Development New York*: Oxford University Press.

　　④ King R. and R. Levine, 1993, "Finance, Entrepreneurship, and Growth: Theory and Evidence," *Journal of Monetary Economics*, 32(3), pp. 513 - 542.

　　⑤ Beck, T., R. Levine, and N. Loayza, 2000, "Financial Development and the Sources of Growth," *Journal of Financial Economics*, 58(1 - 2), pp. 261 - 300.

　　⑥ Levine, R., Zervos, S., 1998. "Stock Markets, Banks and Economic Growth". *American Economic Review 88*, pp. 537 - 558.

　　⑦ Rajan R, Zingales L. Financial Systems, Industrial Structure and Growth[R]. mimeo University of Chicago, 1999.

　　⑧ Wurgler, J. "Financial Markets and the Allocation of Capital". *Journal of Financial Economics*, 2000, Vol. 58, pp. 1 - 2: pp. 187 - 214.

能导致投资增加,但也有助于分配现存投资资源从而实现经济增长。

　　Jeannine N. Bailliu(2000)[①]通过建立一个包含私人资本流动和金融中介部门变量的简单内生经济增长模型[②],运用 GMM 分析技术(Generalized Method of Moments),以"商业银行资产/(商业银行资产＋央行资产)"指标表示国内金融部门发展水平,对 1975—1995 年间40 个发展中国家的动态面板数据进行了跨国回归分析,结果表明,银行部门发达国家净私人资本流入(含 FDI)对经济增长有着正效应;反之,银行部门欠发达国家的净资本流入对经济增长贡献率则为负。Jeannine N. Bailliu 认为,国内金融中介部门(银行部门)将从两个方面促进引资国的经济增长:首先,发达、健全的金融中介能降低贷款成本,实现储蓄/国外私人流入资本向投资的积极转化;其次,随着金融中介部门的不断发展,使银行积累更多的风险——收益评估经验,提高其投资项目的选择水平,所以以发达的银行体系往往能够将很大比例的储蓄/国外私人流入资本投入这些项目,从而提高资金的分配和使用效率。在国外私人资本是通过国内金融中介流入的条件下,发达的国内金融体系能够将外部流入资金有效转化为投资或将其投入边际产出较高的项目上,因而能促进东道国的经济增长。

　　Alfaro 等(2003)[③]的研究是金融市场效率与技术吸收能力方面影响较大的成果之一,其模型的数学表达式为: $\dfrac{\partial^2 Y_t}{\partial K_t^{FDI} \partial \delta} =$

　　① Bailliu, Jeannine N. , 2000. "Private Capital Flows, Financial Development, and Economic Growth in Developing Countries," Working Papers 00‑15, Bank of Canada.

　　② 模型为:$(g^* = A^* \phi^* \dfrac{(S+NCF)}{Y} - \delta = A^* \phi^* s^* - \delta$(其中,$g^*$、$A^*$、$\phi^*$、$\delta$、$Y$、$S$、$NCF$ 分别表示稳定状态时的经济增长率、全要素生产率、储蓄中用于投资的比率、资本折旧率、收入、储蓄和净资本流入,详细推导过程见 Jeannine N. Bailliu,"Private Capital Flows, Financial Development, and Economic Growth in Developing Countries", Working Paper 2000 ‑15/Document de travail 2000 ‑15.

　　③ Laura Alfaro、Areendam Chanda、Sebnem Kalemli‑Ozcan and Selin Sayek, 2003, "FDI spillovers, financial markets and economic development", IMF workingpaper, WP/03/186.

$$-B\theta(K_t^{FDI})^{\theta-1}s^\gamma\frac{\partial\varepsilon_t^*}{\partial\delta}\left[1+\frac{(1-\varepsilon_t^*)(1-\theta)}{\varepsilon_t^*}\right],\text{其中},0<\theta<1,0<$$

$\gamma<1,\frac{\partial\varepsilon_t^*}{\partial\delta}>0$，$Y$、$K_t^{FDI}$、$\delta$、$B$、$s$、$\varepsilon_t^*$ 分别表示总产出、FDI 部门的资本投入、金融市场效率水平、生产率系数、固定资本投入、企业家能力价值[1]。Alfaro 等(2003)将东道国国内企业分为本国私人企业和 FDI 企业两个部门，并且假定每个本国私人企业产出有赖于借入固定资本投入和企业家本身能力的大小，认为，FDI 引资国的国内金融市场效率决定着私人企业固定资本投入大小或固定资本投入获得的可能性。在这种条件下，Alfaro 等人的研究结论显示，如果东道国国内金融市场富有效率(体现为借款成本的降低)，将导致国内企业(家)数量增多(即国内企业家能够有效地从国内金融市场借入固定资本投入所需要的资金)，而本国私人企业又能通过学习、借鉴、模仿 FDI 生产部门先进技术和管理经验，利用 FDI 部门良好的营销网络、进入国际市场的便利条件等有利因素，促进自身产量的提高，因此，国内企业(家)数量增多将导致东道国产出的增长。换言之，东道国金融市场越富有效率，FDI 和本国私人企业数量越多，本国的产出溢出效应将越大，这当然会促进东道国经济增长。

金融市场作用机理在于：首先，FDI 的溢出效应不仅能降低企业的劳动成本，更重要的是要利用新技术，东道国企业需要通过购入新的机器设备、重新整合企业结构、雇佣新的经理和有技能的劳动力来改善其日常的经营管理。这些都需要一定的资金支持，而健全的国内金融体系则为这种融资提供了可能性。其次，尽管东道国企业能够通过内部资金积累为新设备的添置提供资金支持，但如果企业现存技术和新技术差距太大，那么，企业就可能需要较大的外部融资，如果国内金融市

① 其中 δ 表示金融市场效率水平，该值越大，说明金融市场越缺乏效率，借款的成本越大，固定资本投入 s 越难以获得，模型的推导过程见 Laura Alfaroa、Areendam Chanda、Sebnem Kalemli-Ozcan and Selin Sayek, 2003, "FDI spillovers, financial markets and economic development", IMF working paper, WP/03/186.

场缺乏效率,这种外部融资的可能性将降低。进一步说,国内金融市场缺乏效率还降低了国内企业家创业的可能性。最后,一国缺乏发达的金融体系还将限制 FDI 与东道国企业建立前、后向联系的可能性,而前、后向联系的建立,无论是国内企业向 FDI 企业提供中间投入品还是 FDI 向国内企业提供中间投入品,都能使国内企业实现规模经济效应。Alfaro 等(2003)也运用 1975—1995 年期间 71 个国家的跨国数据,选择了衡量国内金融市场发展水平的五个指标,即金融系统的流动性负债(M2/GDP)、商业银行资产、私人部门贷款、银行贷款和"股票成交额/GDP",回归分析了每一个指标与"FDI 和经济增长"之间的关系,他们认为,金融体系完善和发达的国家能够做到充分、有效地利用 FDI。他们进一步指出,FDI 在一国的经济增长中起着非常重要的作用,其作用不可或缺,然而,金融体系发达的国家才能从 FDI 中获得显著正效应;反之,金融体系脆弱的国家,FDI 对其经济增长贡献率小甚至为负。

Niels Hermes 和 Robert Lensink(2003)[1]通过建立了一个直接包含金融部门变量的简单内生经济增长模型:$g = (1/\theta)\left[\left(\dfrac{L}{f(FDI)}\right)h(H)^{1/(1-\alpha)}\left(\dfrac{1-\alpha}{\alpha}\right)\alpha^{2/(1-\alpha)} - \rho\right]$[2],通过实证检验认为,发达的金融体系能够提高资源的分配效率,这将有利于一国与 FDI 有关的吸收能力提高,特别重要的是,一个发达的金融体系还有利于 FDI 的技术扩散,这两点都将促进东道国的经济增长。与 Alfaro 等人相似,他们认为,金融体系是通过技术水平对经济增长率产生影响的。首先,发达的金融体系不仅能够动员国内储蓄,增加金融投资资源和促进消费,而且能有效监管所投资的技术革新项目,进而提高投资效率,

---

[1]　Niels Hermes & Robert Lensink, 2003. "Foreign direct investment, financial development and economic growth", *The Journal of Development Studies*, *Taylor and Francis Journals*, vol. 40(1), pp. 142 - 163, January.

[2]　其中 g、θ、L、$f(FDI)$、$h(H)$、α、ρ 分别表示经济增长率、边际效用弹性、劳动投入、新资本品的研发成本、金融部门发展水平、收入中的资本比例、贴现率;模型简单推导过程见 Niels Hermes and Robert Lensink, 2003, "Foreign direct investment, financial development and economic growth" (C), *The Journal of Development Studies*, Vol. 38.

这两点都将促进经济增长。其次,国内企业提高现有技术或吸收新技术的投资往往比其他投资的风险大,但一般而言,金融体系或特定的金融机构能够减少此类投资风险。再次,国内企业一方面通过 FDI 的示范效应、竞争效应或与 FDI 企业前、后向联系来提高现有技术或吸收新技术时,需要进行某种投资;另一方面,国内企业也需要投资培训员工以提高其技能,而国内金融体系的发展水平将至少在一定程度上决定这些投资的实现程度。最后,由于流入东道国的 FDI 有的是通过外债或证券投资来实现的,因为 FDI 能借助于健全的股票市场,实现对国内企业的收购、兼并,并且健全的金融市场(主要是资本市场)也能扩大金融资源对企业的支持范围和实现内外资企业之间紧密联系,因此,东道国金融市场的流动性和规模将影响着 FDI 流入规模,进而影响 FDI 在东道国技术、生产率等溢出效应的大小,从而影响经济增长率。Niels Hermes 和 Robert Lensink(2003)也借助于最小二乘法,以"银行贷款额/GDP"指标表示金融发展水平,运用亚洲、拉美和非洲共计 67 个国家的数据,分析了国内金融市场在推动 FDI 促进经济增长中的作用,结果表明,国内金融体系富有效率的国家(共计 37 个),FDI 对经济增长有着正的贡献率,这些国家多为亚洲和拉丁美洲国家;国内金融体系缺乏效率而且非常脆弱的国家(共计 30 个),FDI 对经济增长的贡献率是负数,它们多为非洲次撒哈拉地区国家。

Chee-Keong Choong、Zulkornain Yusop 和 Siew-Choo Soo(2004)[1]则强调,金融部门的发展不仅能引导资金在短缺和盈余部门之间流动、加快资本积累、提高资源分配效率,更重要的是能提高东道国对 FDI 先进技术、管理经验等的吸收能力,这些都将促进一国的经济增长。Chee-Keong Choong、Zulkornain Yusop 和 Siew-Choo Soo(2004)采用时间序列数据,以"贷款额/GDP"指标表示金融部门发展水平,借助于

---

[1] Chee-Keong Choong Zulkornain Yusop Siew-Choo Soo "Foreign direct investment, economic growth, and financial sector development: a comparative analysis" IN: *ASEAN economic bulletin* 21(3,2004): pp. 278 - 289.

协整技术和误差修正模型，比较分析了发达国家(以日本、英国和美国为例)和发展中国家(以印度尼西亚、韩国、马来西亚、菲律宾、新加坡和泰国为例)的国内金融体系在"FDI 引致的经济增长"和"GDP 增长引致的 FDI"中的作用。对于 FDI 引致的经济增长，Chee-Keong Choong 等认为，FDI 对东道国经济增长的正效应取决于东道国吸收 FDI 先进的技术、管理能力的大小，而这一能力主要取决于国内金融市场的发达程度，与东道国实行何种财政政策、工业化发展水平以及其他因素无关。他们进一步指出，要使 FDI 促进经济增长，东道国国内金融体系的发展至少应达到一个最低水平，在此基础上，金融体系越发达，东道国与 FDI 有关的吸收能力就越大，从而 FDI 的技术、效率、管理等扩散效应就越大，FDI 就越能促进东道国的经济增长。

五、知识产权保护与技术吸收能力

知识产权(Intellectual Property Right，IPR)保护的政策目标是通过有限排他性与公众利益进行交换，提高公众福利(Ryan 1998)[1]。技术指的是一种系统知识，其目的是为了制造产品、应用工艺方法或者提供服务[2]。技术的公共产品属性会造成市场失灵，从而损害技术创新者的创新激情，影响技术进步和经济增长。构建垄断竞争条件下的内生技术进步的增长模式证实了报酬递增和经济增长是通过不断研发、以创新的资本来实现的，知识产权是对这种形式技术进步的保证和激励。知识产权保护从两个方面与技术吸收能力有着密不可分的关系。首先，知识产权制度使得技术创新者在一定条件下具有垄断权利[3]，能够激励技术创新者增加用于技术创新的 R&D 投入，如前文所说 R&D

---

① Ryan，M.，1998，*Knowledge Diplomacy：Global Competition and the Politics of Intellectual Property*，Brookings Institution Press：Washington，DC.

② 该定义来源于世界知识产权组织(WIPO)1977 年出版的《供发展中国家使用的足可证贸易指南》。

③ 知识产权制度通过赋予技术创新者在公开其技术方案的条件下，在一定期限内(如发明专利保护期限为自申请日起 20 年)拥有垄断力，来激励创新。

投入的增加一方面直接促进一国的技术进步,另一方面提高一国的技术吸收能力;其次,知识产权保护度通过影响 FDI 的质和量,影响东道国获取和运用知识的可能性并为其提供制度保障。

首先,知识产权制度通过影响跨国公司的国际化战略选择,来影响跨国公司的 FDI 决策,从而影响发展中东道国获取知识和运用知识的可能性,对技术吸收能力产生一定影响。

有关 IPR 保护与 FDI 的关系的文献中大多采用的是两区域(南方—北方)一般均衡分析框架,在这一分析框架中大多假定北方国家技术绝对领先,主要从事创新,南方国家技术落后从事生产和模仿。且均假定北方国家的知识产权制度是完善的,考察随着南方国家知识产权保护度的变化,北方国家的企业如何在全球进行资源配置,进行国际化,北方国家企业国际化的战略选择主要有出口、FDI 和技术许可(Nunnenkamp 等,1994)①。FDI 作为跨国公司进行全球资源配置的具体方式受到其国际化战略选择的影响,跨国公司在做出国际化战略选择的决策时 IPR 保护是其主要考虑的因素之一。北方企业选择国际技术转移的方式还和东道国知识产权保护密切相关。较低的 IPR 保护度提高了模仿概率,侵蚀了企业的所有者优势,降低了东道国的本土化优势,阻止 FDI 和鼓励出口。强的 IPR 保护体系可能对 FDI 存在负面作用,使得许可成为 FDI 的替代方式。Smith (2001)②也发现随着 IPR 保护度的增强,相对于出口而言对 FDI 更为有利,但是相对于技术许可而言,FDI 就处于不利地位。他揭示强的 IPR 保护对 FDI 和技术许可都存在正相关关系,尤其是在那些具有很强模仿能力的国家更是如此。这意味着可能存在知识产权保护度的临界值或者适宜范围。但是,已有文献关于 IPR 保护度和 FDI 的量之间的关系的实证结果是不确定的。

---

① Nunnenkamp, Peter, Jamuna P. Agarwal, Erich Gundlach (1994). Globalisation of Production and Markets. Kiel Studies 262, Tübingen: J. C. B. Mohr.

② Smith, Pamela J. (2001). "How Do Foreign Patent Rights Affect U. S. Exports, Affiliate Sales, and Licenses?" *Journal of International Economics* 55: pp. 411 - 439.

Ferrantino（1993）[1]、Maskus and Eby-Konan（1994）[2]没有得到 IPR 保护度和 FDI 的量之间统计意义上的正向相关关系的结论。而 Lee and Mansfield（1996）[3]实证分析发现美国的跨国公司在投资额与 14 个发展中国家的知识产权保护度之间具有显著相关性。Maskus（1998）[4]也发现 IPR 保护度与美国对发展中国家的 FDI 之间存在统计意义上正向的显著相关性，并认为已有文献得出非显著性结论的原因可能是因为 IPR 保护度测量过于粗糙，而且先前的实证研究没有考虑到产业特征和东道国的特性。

Yang 和 Maskus（2001b）[5]运用生产循环的动态一般均衡模型分析了南方国家加强知识产权保护对北方跨国公司的 FDI 和技术许可的激励效应，发现随着南方国家 IPR 保护的增强，短期内北方跨国公司的 FDI 和技术许可均会增加，但会削弱 FDI 的内部效应和增加专利许可费用，这可能会引起更低的总体创新率，从而导致更少新技术被许可。而且还发现如果 IPR 保护较强，跨国公司不是通过 FDI 进行技术许可，而是许可给其他公司。

Branstetter 等（2005）[6]利用 16 个国家，1980 年代和 1990 年代的主要数据来实证分析美国跨国公司对加强 IPR 保护的反应。利用美

① Ferrantino, Michael J. (1993), "The Effect of Intellectual Property Rights on International Trade and Investment," *Weltwirtschaftliches Archiv*, vol. 129, pp. 300 - 331.

② Maskus, K., Konan, D., 1994. "Trade-related intellectual property rights: Issues and exploratory results". In: Deardor3, A., Stern, R. (Eds.), *Analytical and Negotiating Issues in the Global Trading System*. University of Michigan Press, Ann Arbor, MI, pp. 401 - 446.

③ Lee, J.-Y., Mansfield, E., 1996. "Intellectual property protection and U. S. foreign direct investment". *Review of Economics and Statistics*, vol. 78, pp. 181 - 186.

④ Maskus, Keith. 1998. "The International Regulation of Intellectual Property". *Weltwirtschaftliches Archiv*, vol. 134: pp. 186 - 208.

⑤ Yang, G. and K. E. Maskus, 2001, "Intellectual property rights, licensing, and innovation in an endogenous product-cycle model", *Journal of International Economics*, vol. 53, pp. 169 - 187.

⑥ Branstetter, L., R. Fisman, F. Foley and K. Saggi, 2005, "Intellectual Property Rights, Imitation, and Foreign Direct Investment: Theory and Evidence", *Quarterly Journal of Economics*.

国经济分析局 BEA(Bureau of Economic Analysis)对美国跨国公司的年度调查数据,对数千家跨国公司的企业水平数据进行了分析,分析其在 IPR 改革前后情况。他们的模型的每一个预测结果显示美国的跨国公司在一国进行知识产权改革后,通常扩大其活动的规模。

其次,知识产权保护通过影响 FDI 的产业流向,决定一国引入 FDI 的质量,从而影响该东道国面临的技术选择集的质量,对一国技术吸收能力产生重要影响。

IPR 保护对 FDI 产业流向的理论分析是基于 Dunning(1977①,1981②)的 OLI 分析框架,认为 IPR 保护对 FDI 的影响会因为产业的不同而存在差异。有关跨国公司的调查显示 IPR 保护的重要性在不同产业间是各不相同的。Levin 等(1987)③调查了 100 多个制造业的 R&D 执行官,研究了专利保护激励机制对不同产业作用的差异。被调查的 R&D 执行官认为在一些行业专利制度保护效力较弱,因为竞争者可以利用专利文献,通过逆向工程或者高薪聘用发达国家的研发人员进行技术转移。他认为石油提炼、药品、整形外科、无机化学和有机化学等领域应该给予最高的专利保护。Cohen 等(2000)④对 Levin 等的调查进行了更新,认为离散产业和联合产业⑤对专利制度的依赖

① Dunning, John H. (1977). "Trade, Location of Economic Activities and the MNE: A Search for an Eclectic Approach". In Per-Ove Hesselborn, Bertil G. Ohlin, Per-Magnus Wijkman (eds.), *The International Allocation of Economic Activity*. London: Mac Millan: pp. 395 - 418.

② Dunning, John H. (1981). International Production and the Multinational Enterprise. London: George Allen and Unwin. Euromoney (var. iss.). London. Euromoney Publications.

③ Levin, Richard, Alvin Klevorick, Richard Nelson, and Sidney Winter. 1987. "Appropriating the Returns from Industrial Research and Development". *Economic Activity*, vol. 3: pp. 783 - 820.

④ Cohen, Wesley M., Richard R. Nelson, and John P. Walsh. 2000. *Protecting Their Intellectual Assets: Appropriability Conditions and Why U. S. Manufacturing Firms Patent (Or Not)*. NBER Working Paper No. 7552.

⑤ 离散产业和联合产业的分类是由 Merges and Nelson 1990 年提出的,离散产业是指诸如:药品、化学和生物,联合产业是指电子和科学仪器。两者的不同之处在于专利保护的主体不同。联合产业中通常通过专利技术之间的相互辅助来阻止竞争者的创新;而在离散产业中每个新创新独享一个专利。

性存在明显的差异。Mansfield(1994)[1]调查了六个制造行业中的100个美国企业,发现 IPR 保护对某个特定国家的各个产业领域的影响是不同的,而对所有国家某个特定产业的影响是相似的。而且,发现不同的投资目的决定了对 IPR 制度的敏感度:投资于销售和分销的企业仅有20%关心 IPR 保护;投资技术密集度较低的产业和组装企业有30%被调查者认为 IPR 保护非常重要;在制造业这一比例增加到50—60%;在 R&D 设备领域这一比例更是提高到80%。

Mansfield(1995)[2]认为 IPR 保护在诸如汽车制造业等产业领域并不是非常重要的,因为在该领域企业如果不进行大规模复杂和昂贵的投入将无法利用竞争者的新技术。但是,IPR 制度对诸如药品、化妆品和保健产品、化学制品、机械和设备、电子设备等部门是非常重要的。Lee 和 Mansfield(1996)[3]指出在1991年,跨产业间的关于 FDI 的 IPR 保护效应存在明显的不同。被调查的94家美国企业认为,IPR 保护太弱使得他们不能将最新的技术向全资拥有的分公司转移,或者与当地企业进行合资经营。这一比例在化学行业中(包括制药行业)最高,而在钢铁行业最低。这种不同可能是因为不同的产业特征,如人力资本密度和 R&D 密度等造成的。

Maskus(1998[4],2000[5])认为 IPR 保护在服务业以及标准化、劳动密集型和低技术的制造业中并不是 FDI 的主要推动力量,而在那些明显拥有与 IPR 相关的所有权优势的产业中,IPR 保护度增强 FDI 将

① Mansfield, Edwin. 1994. *Intellectual Property Protection, Foreign Direct Investment, and Technology Transfer*. International Finance Corporation, Discussion Paper 19.

② Mansfield, Edwin. 1995. *Intellectual Property Protection, Foreign Direct Investment, and Technology Transfer: Germany, Japan, and the United States. International Finance Corporation*, Discussion Paper 27.

③ Lee, J.-Y., Mansfield, E., 1996. "Intellectual property protection and U. S. foreign direct investment". *Review of Economics and Statistics*, vol. 78, 181 - 186.

④ Maskus, Keith. 1998. "The International Regulation of Intellectual Property". *Weltwirtschaftliches Archiv*, vol. 134: pp. 186 - 208.

⑤ Maskus, Keith. 2000. "Intellectual Property Rights in the Global Economy. Washington, D. C.: Institute for International Economics".

增加,因为 IPR 允许他们通过国际组织机构有效地利用其所有权优势(Maskus,2000)。对于那些一经发明就很容易被模仿的产品和工艺的产业领域,FDI 的国际化动机可能是最强的(Maskus,1998)。

Smarzynska(1999)[1]认为如果东道国缺乏对 IPR 的有力保护措施,那么外国企业趋向于投资于低技术产业,而且还会缩减在东道国的 R&D 活动。Smarzynska (2004)[2]认为跨国公司的 IPR 保护的敏感度与产业的技术密集程度以及 FDI 的目的有关,通过实证证实了 IPR 保护较弱对 FDI 的组成具有明显的冲击。首先,会阻止外国投资者进入四个技术密集型企业:药品、化妆品和保健品,化学制品,机械和装置以及电子设备,这些领域 IPR 保护扮演着非常重要的角色。其次,IPR 保护较弱鼓励外国投资者设立分销机构而不是在当地进行生产。

Nunnenkamp 和 Spatz(2003)[3]分部门、分区域考察 IPR 对 FDI 的影响,认为东道国的性质和产业特征是影响 IPR 与 FDI 关系的重要因素。发现当一国模仿能力和教育水平较高时 IPR 保护对 FDI 具有明显推动作用;在那些人力资本和技术密集的产业中 IPR 保护与 FDI 显著正相关。因此他们认为 IPR 保护政策运用得当的东道国不仅能够吸引更多的 FDI,而且能够从 FDI 中获得更多利益。但同时认为 IPR 保护度不是越高越好,知识产权保护度过高可能会使得跨国公司选择技术许可而不是 FDI。知识产权制度的国际收敛将导致:足够的知识产权保护是 FDI 的必要条件,但是,在吸引更多更高质量的 FDI 方面,强化 IPR 保护将会招致收益递减。

———————

① Smarzynksa, Beata. 2000. *Composition of Foreign Direct Investment and Protection of Intellectual Property Rights*:*Evidence from Transition Economies*. Mimeo, World Bank.

② Smarzynksa, Beata. 2004. "Composition of Foreign Direct Investment and Protection of Intellectual Property Rights: Evidence from Transition Economies". *European Economic Review*, vol. 48(2004) pp. 39－62.

③ P. Nunnenkamp and J. Spatz, 2003, *Intellecrual Property Right and Foreign Direct Investment*:*The Role of Idustry and Host-Coutry Characteristics*, Kiel Working Paper No. 1167.

值得指出的是,IPR 测量指标的选择非常困难。Rapp 和 Rozek (1990)[1]第一次对 IPR 保护度进行测定,通常称之为 RR 指数。Rapp 和 Rozek 利用 159 个国家的数据,对专利保护度进行测定,RR 指数的取值范围为 0 至 5,数值越强表示该国专利保护度越强。但是,RR 指数最主要的缺陷在于所采用的是过渡时期的数据。Ginarte 和 Park (GP)(1997)[2]对 RR 指数进行了扩充,GP 指数利用 110 个国家,1960—1990 年的数据,测定专利保护度,该指数根据专利法考察五个方面:(1)保护范围;(2)保护期限;(3)国际专利协议的成员;(4)保护不力的预防;(5)执行机制。每个部分赋值 0 至 1,并赋予同等权重。就像 RR,总指数 0 至 5 进行变化,其中 0 表示没有专利保护,5 表示最高水平的专利保护。但是,RR 指数和 GP 指数均仅仅测定的是专利保护度,而没有包括版权等其他知识产权形式,而且没能真正解决执行机制的问题。正如 Ostergard(2000)[3]所说,IPR 保护的执行方面在特定国家对保护水平存在至关重要的影响。Ostergard 采用包括 20 个国家,1988、1991 和 1994 年三年的数据,针对 IPR 的各个方面(专利、版权和商标),定量测定保护指数。Ostergard 的版权保护指数取值范围为 0 至 10,而 IPR 保护执行水平指数取值范围为 0 至 4,数值越高对应的执行水平越高。但是,该指数仅仅考虑了 1994 年有盗版方面数据的 24 个国家中的 14 个,选取国家的代表性存在一定的问题。Nunnenkamp 和 Spatz(2003)[4]提出可以运用世界经济论坛(2002)的调查结果对 GP 指数进行补充。世界经济论坛(2002)调查了 75 个国家,调查不仅仅针

① Rapp, Richard T. and R. P. Rozek. 1990. *Benefits and Costs of Intellectual Property Protection in Developing Countries* [M]. Working Paper 3, White Plains, NY: National Economic Research Associates, Inc.

② Ginarte, J. and W. Park, 1997, "Determinants of Patent Rights: A Cross-National Study", *Research Policy*, vol. 26, pp. 283 – 301.

③ Ostergard, R. 2000, "The Measurement of Intellectual Property Rights Protection", *Journal of International Business Studies*, vol. 31(2), pp. 349 – 360.

④ P. Nunnenkamp and J. Spatz, 2003, *Intellecrual Property Right and Foreign Direct Investment: The Role of Idustry and Host-Coutry Characteristics*, Kiel Working Paper No. 1167.

对专利领域,而是针对知识产权的所有领域,同时考虑了执行机制问题。根据调查结果将 IPR 保护度分为 7 等级,分值 1 表示 IPR 保护"微弱或不存在",分值 7 表示 IPR 保护为"世界最严厉的保护"。但是,本方法所采用的数据没有时间跨度,这影响了其应用的广度。总之,目前有关 IPR 保护度的测量指标存在不同程度上的缺陷,缺乏一个所利用的数据资料包括更多国家和更长的时间跨度,覆盖 IPR 保护的各个领域,真正用定量方法的手段解决执行机制的 IPR 保护度的测量指标体系。

六、市场体制与技术吸收能力

在 FDI 的技术吸收能力研究中有关市场体制与技术吸收能力的研究大多集中在经济体制,经济开放度(通常以贸易开放度作为替代指标)以及市场竞争程度等方面。

市场体制是计划经济还是市场经济对市场的运行状况会带来深刻影响,主要是通过经济开放度和市场竞争状况等方式来影响一国 FDI 技术吸收能力。Findley(1978)[①]、Koizimi 和 Kopecky(1997)[②]、Wang(1990)[③]以及 Rivera Batiz(1991)[④]分别从人力资本的积累和中间投入品产业的多样化角度,对 FDI 规模扩大对东道国经济增长的促进作用作了详细的理论分析,证实了对外开放规模和 FDI 的外溢效应之间的正相关关系的存在,通常用工业部门外国直接投资企业的总产值占当地工业总产值的份额来表示经济开放度。

衡量一国经济开放度最常用的代理指标为贸易开放度,可以说贸

---

① Findlay R. (1978), Relative Backwardness, Direct Foreign Investment and the Transfer of Technology: a Simple Dynamic Model, Quarterly Journal of Economics, 92, pp. 1 - 16.

② "International Transfer of Technological Knowledge". *Journal of International Economics*.

③ Wang Jian-ye, 1990, "Growth, Technology Transfer, and the Long-run Theory of International Capital Movement", *Journal of International Economics*, 29, pp. 255 - 271.

④ Rivera-Batiz, Luis A., and Paul M. Romer (1991), "Economic Integration and Endogenous Growth", *Quarterly Journal of Economics*, vol. 106, pp. 531 - 555.

易开放度是影响技术吸收能力又一重要决定因素。它主要通过两种渠道影响技术吸收能力：一是贸易开放通过从发达国家进口先进的产品、设备和仪器给本国带来了更多的模仿和学习机会（Grossman 和 Helpmen，1991[①]）；二是贸易开放通过竞争效应迫使东道国企业投入更多的研发以增强自身的国际竞争力（Holmes 和 Schmitz，2001[②]）。从这个角度而言，贸易流的实质是反映了国家间在商业、科学、教育和社会等方面的相互联系，反映的是知识的流动。Boer 等（2001）[③]对土耳其制造企业研发的实证分析、Comina D. 和 B. Hobijn（2004）[④]对 23 个发达工业国家的 20 种技术扩散实证都证明了贸易开放影响技术扩散速度的竞争效应。显然，贸易开放的这两种效应都会影响东道国技术吸收能力，Wang（1990）、Rivera Batiz（1991）以及何洁（2000）[⑤]的实证研究也证实了对外开放规模扩大和 FDI 技术外溢效果之间的正相关性。为了估计贸易开放度和经济增长之间的关系，一些学者采用贸易扭曲度指标[⑥]，另一些利用一系列变量代理整体的贸易开放度（Sachs 和 Warner，1995[⑦]）。Edwards（1998）[⑧]给出了不同代理指标

---

① G. Grossman and E. Helpman (1991), *Innovation and Growth in the Global Economy*. Cambridge：MIT Press，pp. 59－83.

② Holmes, Thomas J. & Jr., James A. Schmitz, 2001. "A gain from trade：From unproductive to productive entrepreneurship," *Journal of Monetary Economics*，Elsevier，vol. 47(2)，pp. 417－446，April.

③ Boer, L., Labro, E., Morlacchi, P. (2001), "A review of methods supporting supplier selection", *European Journal of Purchasing & Supply Management*，vol. 7 pp. 75－89.

④ Comina D, Hobijnb B. "Cross-country technology adoption：making the theories face the facts [J]". *Journal of Monetary Economics*，2004,22(5)：pp. 39－83.

⑤ 何洁：《外商直接投资对中国工业部门外溢效应的进一步精确量化》,世界经济，2000(8)p. 29－36。

⑥ 贸易扭曲度：通常用一国贸易品价格指数与美国该贸易品价格指数之比来表示，详见 Dollar，1992。

⑦ Sachs, J. and A. Warner (1995). "Economic reform and the process of global integration," Brookings Papers on *Economic Activity* 1：pp. 1－118.

⑧ Edwards, S. (1998). "Openness, productivity and growth：what do we really know?" *Economic Journal*，vol. 108：pp. 383－398.

的概要和各种测定方法。这些研究发现贸易开放度和经济增长之间存在正向相关关系，这已经成为被广泛接受的"经济学真理"。然而，Rodriguez 和 Rodrik（2000）[1]最近的研究对这种观点提出了批判，他们认为：这些代理指标不够完美，有可能影响结论，改变回归方程的表达式将会改变结果和因果关系的事实。

贸易和技术流之间的进一步关系可能来自于出口活动。De Long 和 Summers（1993）[2]利用进口设备与 GDP 的比率作为解释变量，发现其与经济增长是正向相关的。Hobday（1995）[3]在对中国、韩国、新加坡和中国台湾、香港的案例分析中，强调出口市场企业供给的技术的重要性，为了证明这一观点，采用了制造业出口和 GDP 的比率，设备出口和 GDP 的比率为解释变量。在这两个比率中，出口被定义为仅仅发达国家的出口。Pack（1994）[4]利用制造业出口和 GDP 的比率作为解释变量，作为跨国间增长回归的解释变量。

在衡量我国的经济开放度时，大多选用出口依存度作为代替指标，原因在于验证流入我国的 FDI 与贸易之间究竟存在着替代效应（Substitute）还是互补效应（Complement）。按照以芒德尔的"完全替代"模型为代表的传统对外直接投资理论认为，国际直接投资实际是在有贸易壁垒的情况下对初始的贸易关系的替代。然而，以小岛清为首的学者们认为，FDI 同样可以在投资国与东道国之间创造新的贸易，使贸易在更大规模上进行。小岛清的投资与贸易互补效应学说的关键在于把直接投资看作是资本技术、经营管理知识的综合体由投资国向东道国的同一产业部门的特定转移，因此 FDI 所带来的先进的生产函数

① Rodriguez, F., Rodrik, D., 2000. "Trade Policy and Economic Growth: A Skeptic's Guide to the Cross-National Evidence". in Ben S. Gernake and Kenneth Rogoff (ed.), *NBER Macroeconomics Annual 2000*, pp. 261 - 325.

② De-long, J. B. and Summers, L-H. (1991), "Equipment Investment and Economic Growth", *Quarterly Journal of Economics*, vol. 106, pp. 445 - 502.

③ Hobday, M. (1995), Innovation in East Asia. Edward Elgar, UK.

④ Pack, H. (1994), "Endogenous Growth Theory: Intellectual Appeal and Empirical Shortcomings", *Journal of Economic Perspectives*, vol. 8, pp. 55 - 72.

将通过员工、经营管理者的培训以及诱发当地企业参与竞争等形式固定下来,这也是小岛清提出的 FDI"生产函数改变后的比较优势"概念。在我国的外资企业大多是出口导向型的,尤其是近二十年来(1989 年至今)外商投资企业日益活跃的贸易活动成为我国对外贸易的主要增长点。这说明我国的 FDI 与贸易可能存在着如小岛清所说的互补关系。

关于市场竞争度对技术吸收能力的影响也是一个研究者关注的热点问题之一。学者普遍认为,FDI 的进入会增加东道国相应行业的竞争程度。本地企业在面对竞争压力的状况下,会努力采用新技术以提高生产效率,从而避免原有市场份额的丢失或被挤出市场(Kokko,1992[①])。Langdon(1981)[②]对肯尼亚肥皂业的案例研究中发现,当进入肯尼亚的国际肥皂制造企业将机器制造的肥皂引入市场后,本地制造商不得不去引进相应的制造技术,因为手工制造的肥皂已经没有销路了。Jenkins(1990)[③]也描述了本地企业在面临强大的外资产品竞争状况下通过引进技术或者降低成本获得生产效率的提高。与此同时,经验研究也提供了一些成果,例如,Sjoholm(1999)[④]对印度尼西亚的研究中采用反应行业集中度的指标"Herfindalh"进行分组,研究结果显示当 Herfindalh 较低,行业中企业竞争越激烈,FDI 溢出效应就越明显,此外,当 Wang 和 Blomstrom(1992)[⑤], Blomstrom、Kokko and

① Kokko. A. (1992), *Foreign direct investment, host country characteristics, and spillovers*. The Economics Research Institute, Stockholm.

② LANGDON, S. W., 1981. *Multinational corporations in the political economy of Kenya*. New York: St. Martin's Press.

③ Jenkins, R. (1990) "Comparing foreign subsidiaries and local firms in LDCs: Theoretical issues and empirical evidence", *Journal of Development Studies*, vol. 26, pp. 205 - 228.

④ Sjoholm, Fredrik, 1999. "Productivity Growth in Indonesia: The Role of Regional Characteristics and Direct Foreign Investment," *Economic Development and Cultural Change*, University of Chicago Press, vol. 47(3), pp. 559 - 584, April.

⑤ Wang, J. and M. Blomstrom (1992), "Foreign investment and technology transfer: A simple model", *European Economic Review*, vol. 36, pp. 137 - 155.

Zejie(1994)①、Blomstrom 和 Kokko(1995)②探讨本地企业的技术能力对外资企业引进新技术的影响时指出,当本地竞争处于较为激烈的状态时,外资企业同样面临较大竞争压力,从而迫使外资企业较快地引进更为先进的技术。Bhagwati(1985)③、Ozawa(1992)④和 Balasubramanyam 等(1996)⑤学者认为:只有在完善的东道国市场体制下,外商企业才能通过竞争效应迫使东道国企业加强研发投入以提升自身市场竞争力,否则,如果东道国市场存在较为严重的垄断现象,那么外商企业的加入往往将进一步强化这一市场扭曲效应。Dunning (1993)⑥、Kokko(1996)⑦发现外资企业往往趋向于进入那些原本市场集中度较高的行业,其原因就在于这些行业具有较高的垄断超额利润。

七、其他因素与技术吸收能力

除了上述的基础设施、R&D、人力资本、金融市场效率、知识产权以及市场体制等要素对吸收能力具有重要影响外,其他诸如所有制形式、政府政策(尤其是引资政策)、发展战略、内外资企业的关联度、地理位置以及东道国的文化、风俗、语言、政局、腐败等等经济和非经济因素

① Blomström, M., A. Kokko and M. Zejan (1994), "Host Country Competition and Technology Transfer by Multinationals", *Weltwirtschaftliches Archive*, vol. 130, pp. 521 - 533.

② Magnus Blomstrom & Ari Kokko, 1995. "Policies to Encourage Inflows of Technology Through Foreign Multinationals," NBER Working Papers 4289, *National Bureau of Economic Research*, Inc.

③ Bhagwati, J. N., 1985. *Inveting Abroad: Esmée Fairbairn Lecture*, Lancaster University Press, Lancaster.

④ Ozawa, (1992). "Foreign Direct Investment and Economic Development". *Transnational Corporations*, Vol. 1, 1992, p. 43.

⑤ Balasubramanyam, V. N., David Sapsford and Mohammed Salisu (1996): "Foreign Direct Investment and Growth in EP and IS Countries", *Economic Journal*, vol. 106, pp. 92 - 105.

⑥ Dunning, J. H. (1993), *Multinational Enterprises and the Global Economy*, Addison-Wesley, Workingham.

⑦ Kokko, A. (1996), "Productivity Spillovers from Competition between Local Firms and Foreign Affiliates", *Journal of International Development*, Vol. 8, pp. 517 - 530.

均可能对技术吸收能力产生一定影响。

许多学者(肖耿,1998[①];刘小玄,1998[②];钱颖一,1999[③])认为,国有企业和非国有企业具有不同的激励、监督和约束机制,而且不同所有制性质的企业在行业进入、退出,历史负担以及投、融资等方面也享受迥然不同的政策,所有这些都使得非国有企业与国有企业相比,更加注意提高企业效率,以在激烈竞争中获得生存和发展。

政府政策,尤其是政府的引资政策对一国的吸收能力具有重要影响。我国自 1992 年以后对 FDI 政策放宽,并且制定了以系列的方针、政策来吸引 FDI,这对我国技术吸收能力的提高带来了积极的影响。赖明勇等(2002)[④]将政府引资政策的虚拟变量放入综合回归模型进行回归分析发现:相关系数为正,而且 FDI 对中国经济增长的影响作用是与虚拟变量所代表的政府政策作用紧密结合在一起的。可见政府政策不仅是影响 FDI 本身波动变化的关键因素,而且也深刻地影响了FDI 对我国经济增长的作用效果。

林毅夫等(2003)[⑤]研究表明,发展中国家的知识吸收能力不是外生变量,而是内生于国家发展战略。并认为发展中国家可以利用与发达国家的技术差距,发挥后发优势,通过借鉴发达国家现有技术提高其经济增长率,但发展中国家的技术吸收能力内生地决定于这个国家的发展战略。如果发展中国家遵循比较优势的发展战略,发挥后发优势,那么发展中国家的人均收入水平会等于(甚至大于)发达国家的人均收入水平;如果违背比较优势的原则,试

---

① 肖耿:产权与中国经济改革[M].北京:中国社会科学出版社,1998 年.28.

② 刘小玄:《国有企业与非国有企业的产权结构及其对效率的影响》,《经济研究》1995年第 7 期。

③ 钱颖一:《激励与约束(Incentives and Constraints)》,《经济社会体制比较》,北京,1999 年第 5 期。

④ 赖明勇等:《我国外商直接投资吸收能力研究》[J],《南开经济研究》,2002 年第 3期.第 45—51 页。

⑤ 林毅夫、刘培林:《经济发展战略对劳均资本积累和技术进步的影响——基于中国经验的实证研究》[J],中国社会科学,2003,(4)。

图鼓励企业在选择其企业和技术时,忽视现有的比较优势,使得引进的技术与现有技术差距过大,将会降低知识吸收能力和人均收入水平。

东道国当地上、下游配套产业形成的产业关联效应同样是构成吸收能力的重要因素,如我国天津地区集中了通讯行业外商投资企业的关键原因就在于当地具有良好的配套产业群。Barrel 和 Pain(1999)[1] 把这一吸收能力称之为"聚集效应"(agglomeration economies), Markusen 和 Vanables (1998)[2] 则从规模经济、技术互补性等角度对产业聚集效应进行了具体分析。

我国利用外资的早期,外资主要将中国作为一个低成本加工组装基地,零部件主要靠进口,在中国制造和增值的[3]比重较低,这表明我国利用外资的早期 FDI 与国内产业的关联度较低。存在这种关联度较低的原因主要有三:一是跨国公司在战略定位上,将中国定位为加工组装基地;二是国内产业的技术水平较低,为外商投资企业提供合格配套产品的能力较低;三是外商投资企业在海外配套的企业进入中国的较少,即跟随性配套投资较少。上述问题近年来有了明显改善,国内产业为外商投资企业提供配套的能力不断提高,外商投资企业与国内产业的关联度明显提高。据江小涓等(2002)[1]对 127 户跨国公司在华投资企业的调查发现,在华配套率超过 50% 的企业已占 64%。国内产业配套能力得到增强,配套性外商投资企业增加。

地理位置在很大程度上决定了企业的交通条件、信息和技术获取能力、获得中间品和其他生产要素的能力,甚至极大地影响企业的竞争

① Barrell, R. , and N. Pain (1997), "Foreign Direct Investment, Technological Change and Economic Growth within Europe", *the Economic Journal*, 107, pp. 1770 - 1786.

② Markusen J. R. , Venables A. J. , (1998), "Multinational Firms and the New Trade Theory [J]", *Journal of International Economics* 46, pp. 183 - 203.

③ 江小涓在 2000—2001 年间,主持了一个系列调研项目,对北京、上海、深圳和苏州 127 家跨国公司在华投资企业进行了访谈和问卷调查,在 2002 年 7 月第 7 期中公开了部分数据。详见江小娟、李蕊:《FDI 对中国工业增长和技术进步的贡献》,中国工业经济,2002 年第 7 期。

意识,从而会对企业的技术效率产生影响。另外,一国的政局稳定性、文化传统、风俗习惯、语言、政府的行政效率以及腐败等政治经济因素都会影响技术吸收能力的提高。

迄今为止,国内在该领域的相关研究为数不多。汤文仙等(2000)[①]、秦晓钟(1998)[②]、张诚等(2001)[③]、何洁(2000)[④]、江小娟(2002)以及赖明勇等(2002,2003)[⑤]在这方面作出了一定的贡献。

中国已经连续多年成为引资最多的发展中国家,国内大量学者也纷纷考察了FDI对我国经济的影响作用,学者们研究的一个基本共识是传统的以发展经济学为基础的"双缺口模型"(Chenery & Strout,1966[⑥])已经解释不了在我国没有明显的储蓄资金缺口和外汇缺口情况下,流入我国的FDI仍然不断增多的事实。江小娟(2000)[⑦]针对在近年来我国生产能力和资金都过剩的情况下,提出为何还要强调利用外资的问题,作者指出内资之所以不能替代外资的原因就在于外商直接投资对东道国经济能起到改善资产质量、促进技术进步、提升产业结构、带动配套产业、增强国际竞争力、带动人力资源开发等作用。然而,也有部分学者(如陈炳才,1998)指出我国FDI的技术外溢效应实际上很有限,并据此对"以市场换技术"的引资思路提出了质疑。隆

---

① 汤文仙、韩福荣:《三缺口模型:对双缺口模型的修正》,《当代经济科学》,2000年5期,第340页。

② 秦晓钟:《浅析外商对华直接投资技术外溢效应的特征》,《投资研究》,1998年第4期,第45—47页。

③ 张诚等:《跨国公司的技术溢出效应及其制约因素》,《南开经济评论》,2001年第3期,第3—5页。

④ 何洁:《外商直接投资对中国工业部门外溢效应的进一步精确量化》,《世界经济》,2000年第8期第29—36页。

⑤ 赖明勇等:《我国外商直接投资吸收能力研究》[J],《南开经济研究》,2002年第3期,第45—51页;赖明勇、包群:技术外溢与吸收能力研究进展述评,《经济学动态》,2003年第8期,第75—79页。

⑥ Chenery, Hollis and Strout, W. "Foreign assistance and economic development". *American Economic Review*,1996,66,pp. 679-733.

⑦ 江小涓:《内资不能替代外资》,《国际贸易》,2000年第3期,第4—8页。

国强(2000)①则针对"以市场换技术"的局限性,提出了"以竞争求技术"的开放经济下一国技术进步的初步思路。张诚等(2001)、陈敏敏(2000)②分析了跨国公司对东道国技术进步存在的多方面限制,如跨国公司技术转移战略的影响、技术适用性的限制等。陈敏敏(2000)对上海浦东 80 家外商投资工业企业的调查表明绝大部分的外资企业(77.5%)处于关键性中间投入品的浅度国产化阶段,而仅有 6.25%的外资企业实现了技术创新。

　　然而,这些研究主要侧重于 FDI 技术外溢的定性分析,因此难以得出一般性的结论,近年来一些学者也试图运用计量经济方法对我国引资实效进行具体的定量测算。秦晓钟(1998)对 9 种行业的横截面回归分析发现就我国工业总体而言,存在着外商直接投资的技术外溢效应,同时外资企业技术水平的相对高低并不影响外资企业的技术外溢效应,但外资企业所处行业销售水平影响了技术外溢效应。姚洋(1998)③利用第三次全国工业普查的资料,从中随机抽取了 12 个大类行业中的 14 607 家企业作为样本,发现与国有企业相比三资企业的技术效率要高 39%,港澳台三资企业要高 33%;并且在行业中如果外国三资企业数量比重每增加一个百分点,行业的技术效率就会提高 1.1 个百分点。何洁、许罗丹(1999)④借鉴 Feder(1982)模型,实证得出"外商直接投资带来的技术水平每提高一个百分点,我国内资工业企业的技术外溢作用就提高 2.3 个百分点"的结论。何洁(2000)⑤则进一步

---

① 隆国强:《以竞争求技术——开放经济下技术进步的新战略》,《国际贸易》,2000 年第 7 期,第 22—25 页。

② 陈敏敏:《跨国公司对东道国技术进步的反思》,《国际贸易问题》,2000 年第 5 期,第 13—16 页。

③ 姚洋:《非国有经济成分对我国工业企业技术效率的影响》,《经济研究》,1998 年第 12 期。

④ 何洁,许罗丹:《我国工业部门引进外国直接投资的外溢效应的实证研究》,《世界经济文汇》,1999,(2)。

⑤ 何洁:《外商直接投资对中国工业部门外溢效应的进一步精确量化》,《世界经济》,2000 年第 8 期第 29—36 页。

以前述模型为基础,发现 FDI 外溢效应的发挥受当地经济发展水平的门槛效应制约,指出单纯提高一个地区的经济开放程度对提高 FDI 的外溢效应水平是没有意义的,甚至有负面作用。沈坤荣(1999)[①]利用各省的外商直接投资总量与各省的全要素生产率作横截面的相关分析,得出 FDI 占国内生产总值的比重每增加一个单位,可以带来 0.37 个单位的综合要素生产率增长。包群、赖明勇(2002)[②]进一步区分了 FDI 促进我国技术进步的直接效应和间接效应,指出 FDI 技术进步效应主要表现在外资企业自身要素生产率的提高,同时外资企业对国内企业的技术外溢效果并不明显。

第四节　本章小结

目前,国内关于技术吸收能力的国家层面的研究文献还不够系统、深入。在 FDI 技术吸收能力的诸多决定要素中,关于 R&D、贸易开放度和人力资本的实证研究有部分学者取得了较多成果(赖明勇,2002、2003、2005[③];沈坤荣和耿强,2001[④];陈涛涛,2003[⑤]),关于基础设施、知识产权与市场体制大多数研究还是停留在定性分析方面,定量研究的文献少见。胡立法(2006)在其博士论文中专门就金融市场在 FDI 推动中国经济增长中的作用进行了研究。他在 Alfaro 等(2003)模型的基础上选取了金融系统的流动性负债(LLY)——M2/GDP、私人部门贷款(PRIVCR)——金融中介对私人部门的贷款除以 GDP 两项指

①　沈坤荣:《外国直接投资与中国经济增长》,《管理世界》,1999 年第 1 期。

②　包群、赖明勇:《外商直接投资与我国技术进步的实证研究》,《经济评论》,2002 年第 6 期。

③　赖明勇等:《经济增长的源泉:人力资本、研究开发与技术外溢》,《中国社会科学》,2005 年第 2 期。

④　沈坤荣、耿强:《外国直接投资、技术外溢与内生经济增长——中国数据的计量检验与实证分析》,《中国社会科学》2001 年第 5 期,第 82—93 页。

⑤　陈涛涛等:《对影响我国外商直接投资行业内溢出效应的因素的经验研究》,《金融研究》,2003 年第 5 期,第 117—126 页。

标,纳入回归模型进行分析。并通过分别选取发达国家美国、日本和英国以及发展中国家韩国和巴西进行了国际比较研究,结果发现落后的金融市场确实对 FDI 促进经济增长不利,对中国的实证检验也证明中国的金融市场对中国利用 FDI 促进经济增长的作用不明显。赖明勇等是研究中国 FDI 技术吸收能力较早的学者,赖明勇等(2002)对我国吸收能力进行了初步探讨,他们以 Borensztein 等(1998)模型为基础,研究发现在影响吸收能力的众多因素中,人力资本存量起着至关重要的作用;而且通过选取三类人力资本不同指标(中学生入学率、大学生入学率、政府教育投入)进行比较研究的结果表明,由于我国 FDI 投资分布的一个显著特点是以劳动密集型的加工贸易业为主,因此具有中学教育程度的劳动者反而比具有大学教育程度者能够较好地与 FDI 结合在一起,其中一个原因就在于前者有着后者所不具备的相对"廉价劳动力"优势。

　　该领域的研究虽然总体而言取得一定的成果,但是到目前为止还存在以下几个方面的不足:(1)技术吸收能力的代理指标体系有待完善。外商直接投资的技术吸收能力几乎无法用一个单独的指标来进行测量,到目前为止,所有的实证研究均是用若干种指标带代替,构造这些代理指标与 FDI 相互作用的变量,检验其与技术进步、经济增长率之间的关系,由此证明该代理指标与技术吸收能力之间的关系。由于指标体系不完善导致得出的结论往往不能说明一国技术吸收能力的整体状况。正因为技术吸收能力无法用单个指标测定,所以建立一个技术吸收能力的指标体系显得非常重要,该新建指标体系应该包括了技术吸收能力的主要决定要素,同时选取主要代理指标来代替主要决定要素,放入模型中进行实证检验。这些不足之处也正是本文尝试去探索的问题之一。(2)技术吸收能力研究的视角较为单一,研究系统性有待加强。目前的研究大多是从发达国家的视角研究技术溢出效应。"溢出"、"外溢"或者"外部效应"等均是以发达国家,以跨国公司为出发点的。而真正以发展中国家为出发点,研究跨国公司技术溢出后,发展中国家如何才能够有效吸收跨国公司的外溢技术的文献还不多,专门以中国为研究对象,研究外商直接投资的技术吸收能力的文献更少,赖明勇等学者在这方面作了有益的探索。本书也试图在以往学者研究的基础上进一步加强中国 FDI 技术吸收能力的系统性研究。(3)缺乏统一的理论分析框架。在进行技术外溢和技术吸收能力的研究时,学者大多将技术吸收能力的决定要素分开进行分析,部分学者将多种衡量吸收能力的指标纳入同一分析框架下来进行综合研究(Blomstrom 和 Sjoholm, 1999)[①]。同时用当地企业的研发投入、出口额来度量吸收能力,结果发现当地企业的研发投入与技术外溢之间并不存在确定性关系,然而用出口额来度量的吸收能力与技术外溢存在显著的正相关性,其原因在于国际市场竞争压力往往远大于国内市场,因此出口型企业往往具有较强的市场竞争力和市场反应能力。Olfsdotter(1998)[②]也认为不仅东道国的人力资本向量决定了吸收能力的大小,而且像经济开放度、技术缺口、政府政策(Henley 等,1999)[③]、人口增长率、基础设施状况(Stern,1991)[④]以及行政效率、知识产权保护(Torstensson,1994[⑤];Mauro,1995[⑥])这类因素同样起着重要作用。Wang 和 Blomstrom(1992)[⑦]则将技术扩散视为内生于跨国公司与东道国企业的博弈过程,其理论模型也表明东道国企业的吸收能力是决定技术扩

① Blomström, M. and F. Sjöholm (1999), "Technology Transfer and Spillovers: Does Local Participation with Multinationals Matter", *European Economic Review*, 43, pp. 915 - 923.

② Olofsdotter K. (1998), "Foreign Direct Investment, Country Capabilities and Economic Growth", *Weltwirts chaftliches Archiv*, 134,3.

③ Henley, J. C. and G. Wilde (1999), "Foreign Direct Investment in China: Recent Ttrends and Current Policy Issues [J]", *The World Economy*, 22(2), pp. 233 - 243.

④ Stern, Nicholas. (1991), "Public Policy and the Economics of development [J]", *European Economic Review*, 35, pp. 241 - 271.

⑤ Tortensson J. (1994), *Property Right and Economic Growth: An Empirical Study*, *Kyklos*, vol. 47, No. 2, pp. 231 - 247.

⑥ Mauro, P. (1995), "Corruption and Growth" [J], *Quarterly Journal of Economics*, 110: pp. 681 - 712.

⑦ Wang, J. and M. Blomstrom (1992), "Foreign investment and technology transfer: A simple model", *European Economic Review*, 36, pp. 137 - 155.

散博弈结果的关键因素。因此,如果能将技术吸收能力的指标体系中的各种指标纳入到统一分析框架中去,将会是非常有意义的一项工作。(4)检验模型还须进一步发展。新增长理论的形成激发了关于 FDI 技术外溢效应的研究,但初期研究大多侧重于运用计量方法寻求统计规律,而且难以对众多研究工作中得到的不同检验结果给予合理的解释,这使得近来学者开始从东道国经济自身的吸收能力去解释 FDI 的技术外溢效应,用东道国吸收能力的差异将"技术外溢效应"给予内生化。但值得指出的是,尽管吸收能力的研究是由于新增长理论的兴起所激发,但大多数研究并没有在新增长模型的基础上建立起吸收能力研究的理论分析框架,相反,很多研究仍然侧重于运用计量方法进行实证研究,而且这些研究往往建立在新古典生产函数的模型基础上。新增长理论发展至今,已经建立了内生技术进步的多种表述方式,如干中学(Romer,1986[①])、人力资本积累(Lucas,1990[②])、R 和 D(Romer,1990[③];Grossman 和 Helpman,1991[④])等,尽管有关吸收能力的研究已经从多个角度对其进行了分析,然而如何结合新增长理论来对吸收能力、技术外溢研究建立起一个完备的理论框架将是今后的一个发展方向。此外,尽管众多实证工作都表明了吸收能力对技术外溢效果起着关键作用,然而如何准确地定义和测算技术外溢、吸收能力仍然存在较大争议,度量指标选取的不同必然导致结论的差异。

尽管还存在上述不足,然而吸收能力研究无疑为考察 FDI 技术外溢效应提供了新的视角,尤其是对于发展中东道国而言,如何建立在自身技术吸收能力的基础上制定本国引资政策成为利用外商直接投资的

① Romer P. M. (1986), "Increasing Returns and Long — Run Growth", *Journal of Political Economy*, 94,5(October), pp. 1002-1037.

② Lucas, R. (1990), "Why Doesn't Capital Flow from Rich Countries to Poor Countries?", *American Economic Review* 80, pp. 92-96.

③ Romer P. M. (1990), "Endogenous Technological Change". *Journal of Political Economy*, 98(5), pp. S71-S102.

④ G. Grossman and E. Helpman (1991), *Innovation and Growth in the Global Economy*. Cambridge: MIT Press, pp. 59-83.

关键。一个普遍性的结论是，FDI 技术外溢效果不显著的区域（如非洲、东南亚地区），往往是技术吸收能力不强的东道国，如当地自身技术水平落后、研发投入不足、人力资本积累慢、金融体系不健全等。因此，如何从提高本国技术吸收能力出发，如促进产业关联度、提高本国人力资本存量、增强本国企业技术吸收水平等，将成为东道国政府制定引资政策、产业政策的一个基本政策导向。

第三章 技术吸收能力的理论框架与分析方法

第一节 基本理论框架

外商直接投资的技术吸收能力研究是建立在新增长理论的开放条件下的内生技术进步的思想上,吸收了外商直接投资理论的优秀成果,探索一国技术进步和经济增长的实现路径。因此,外商直接投资理论和内生增长理论是外商直接投资的技术吸收能力研究的两个主要理论基础。

一、FDI技术吸收能力概念的重新界定

技术吸收能力是一个动态发展变化的概念。Abramowitz(1986)[①]提出的"社会能力说"(Social Capability)被称为是技术吸收能力的理论雏形。Abramowitz(1986)在分析国际间生产率水平的分化和收敛时指出,国家间生产率水平存在强烈的潜在收敛趋势的假定前提条件为,后进国家均具有足够的社会能力去吸引先进技术,并认为制度和人力资源是一国社会能力的重要组成部分,如:人力资本的受教育年限以及政治、商业、工业和金融体制等。一个国家要吸收先进的科技成果,必须首先拥有足够的基础设施、技术水平等基本条件。Chenery

---

① Abramovitz, M. (1986), "Catching Up, Forging Ahead and Falling Behind", *Journal of Economic History* 46(2), pp. 385 - 406.

和Strout(1996)①通过对50多个国家经济发展的近代史研究发现,发展中国家常常受到三种约束,即储蓄约束(也称投资约束)、外汇约束(或称贸易约束)和技术约束。其中第三种约束也可以称之为"技术吸收能力约束",即由于缺乏必要的技术能力、企业家和管理人才,无法更多地吸引外资和动员各种资源,从而影响了生产效率的提高和经济增长。双缺口模型较好地解释了发展中国家积极利用外资、克服储蓄约束和外汇约束的问题,但对发展中国家存在的吸收能力约束却无能为力。而吸收能力约束对发展中国家而言是长期存在的,而且是非常重要的。

Cohen和Levinthal(1989②,1990③)在分析企业的研发作用时首次明确提出的吸收能力的概念。吸收能力(Absorptive Capability)的概念最早提出是建立在产业组织理论的基础之上的,他们认为企业的R&D对技术进步的贡献主要表现在两个方面:一是R&D成果直接推进企业的技术进步;二是增强了企业获取、学习和运用外部新知识的能力。Cohen和Levinthal将后者称之为企业的吸收能力,并将吸收能力的概念表述为:吸收能力是企业创新能力的关键要素,指的是企业认识外部新信息的价值,将它吸收并用于商业目的的能力,是已有知识的函数。这种经典定义表明,企业吸收能力不仅表现在引进外部技术,更重要的是使用技术,这点与企业以资源为基础的发展观(RBV)和以知识为基础的发展观(KBV)是一致的(Peter J. Lane 等,2002)④。

---

① Chenery和Strout所指的发展中国家常常受到三种约束:一是储蓄约束(也称投资约束),国内储蓄不足以支持投资扩张的需要,从而影响经济发展;二是外汇约束(或称贸易约束),即出口支出大于进口收入,有限的外汇不足以支持经济发展所需要的资本品的进口,从而阻碍了国内的生产和出口的发展;三是技术约束,即由于缺乏必要的技术、企业家和管理人才,无法更多地吸收外资和动员各种资源,从而影响了生产效率的提高和经济增长。详见 Chenery, Hollis and Strout, W. "Foreign assistance and economic development". *American Economic Review*, 1996, 66, pp. 679 - 733.

② Cohen, W. and D. Levinthal (1989), "Innovation and learning: The two faces of R&D", *Economic Journal*, 99, pp. 569 - 596.

③ Cohen, W. and D. Levinthal, (1990), "Absorptive Capacity: A New Perspective on Learning and Innovation", *Administrative Science Quarterly* 35, pp. 128 - 152.

④ Lane, P. J., Koka, B., and S. Pathak, 2002 "A thematic analysis and critical assessment of absorptive capacity research". *Academy of Management Proceedings* (BPS:M2).

Mowery 和 Oxley(1995)[1]则认为吸收能力是一组应用范围较广的技能,它们主要用来处理从企业外部转移来的新技术中隐含的各种知识并使其适合于企业自身应用。Kim(1997)[2]提出吸收能力是组织学习和解决问题的一组技能。Van den Bosch 等(1999)[3]把学习加入 Cohen 和 Levinthal 吸收能力的概念中,形成吸收能力—学习—新的吸收能力的反馈环。Niosi and Bertrend Bellod(2002)[4]对地区吸收能力进行了专门的研究,把公司的技术吸收能力向地区扩展,提出地区潜在吸收能力转化为现实吸收能力的政策。

近年来,吸收能力的概念得到不断发展。Zahra 和 George (2002)[5]在总结以上概念的基础上,认为吸收能力体现了组织的一系列过程和惯例,通过对它们的具体应用,企业获取知识、同化知识、转换知识和利用知识从而产生动态的组织能力;潜在的知识吸收能力和现实的知识吸收能力是组织吸收能力的两个重要组成部分。Zahra 和 George 推进了组织吸收能力概念、维度和模型的研究,为潜在的和现实的知识吸收能力与企业的多种产出联系在一起研究提供了较大的便利。按照 Zahra 和 George 关于吸收能力的定义,组织的吸收能力包含潜在型知识吸收能力和现实型知识吸收能力两个子集,潜在型知识吸收能力强调价值链的上端(技术资源的培育),现实型知识吸收能力注重价值链的下端(技术转化为市场收益的过程)这两种吸收能力具有各

---

① Mowery, D. C. & Oxley, J. E. (1995). "Inward technology transfer and competitiveness: The role of national innovation systems". *Cambridge Journal of Economics*, 19: pp. 67 - 93.

② Kim, L. (1997). *From imitation to innovation: the dynamics of Korea's technological learning*. Cambridge, MA: Harvard Business School Press.

③ Van Den Bosch, F. A. J., R. Van Wijk and H. W. Volberda (2003), "Absorptive Capacity: Antecedents, Models and Outcomes". *Blackwell Handbook of Organizational Learning & Knowledge Management*, pp. 278 - 301.

④ J. Niosi: "The dynamics of regional innovation systems", in Annual Meeting of the European Association for Evolutionary Political Economy, Aix-en-Provence, France, November 2002.

⑤ Zahra, S. A. and G. George (2002), "Absorptive capacity: a review and reconceptualization, and extension", *Academy of Management Review* 27(2), pp. 185 - 203.

自的独立性,但相互之间存在着互补的关系并共存于组织之中。比如:如果企业获取、同化了那些有价值的新知识而且还能够及时地把它们转换到企业的生产系统之中加以利用,那么这些新知识才能够真正为企业带来利润。因此,企业单独拥有较高的潜在型吸收能力或现实型吸收能力并不一定就能够提高企业的绩效,只有将这两种吸收能力形成一定的结构并整合到企业中,才会最终改善企业的绩效。由此可见,无论是 Cohen 和 Levinthal(1989,1990)首次提出的吸收能力概念,还是 Zahra 和 George(2002)对吸收能力的重新概括,均是在产业组织的理论基础上进行演绎的,而且以上概念的一致之处在于都认同吸收能力是一个多维结构,涉及到评价、同化和运用知识的能力,或者是知识和人们各种主动行为的结合。各种定义虽然都集中于一定的范围,但在企业知识运动的主要方式上存在差异,并且各自所强调的维度也有所不同。

本书的研究对象为中国的 FDI 技术吸收能力,于是有必要将传统的吸收能力的概念限定在技术吸收能力的范畴,扩展到宏观领域,即将技术吸收能力的概念扩展到国家层面。到目前为止,还没有文献就国家层面的 FDI 技术吸收能力给出一个明确的定义。本文在总结已有文献关于吸收能力概念的基础上,认为国家层面的技术吸收能力为:一国获得、吸取、转化和利用跨国公司在该国的分支机构的技术,从而产生动态的自主创新能力的能力。本书的定义有几个特点:(一)定义的是国家层面东道国对 FDI 的技术吸收能力;(二)本书定义的是技术吸收能力,而不是吸收能力①。FDI 的吸收能力与技术吸收能力两个概

---

① 世界知识产权组织(WIPO)1997 年出版的《供发展中国家使用的许可证贸易指南》中对技术的定义是:技术是一种系统知识,其目的是为了制造产品、应用工艺方法或者提供服务。另外,联合国工业发展组织(UNIDO)在《发展中国家技术引进指南》中指出:技术是指为制造某种产品,建立一个企业所必需的知识、经验和技能。以上两种对技术的定义实际上指的是技术的软件形态,即操作方法与操作技能。本文倾向于采用这两个权威国际组织关于技术的定义,从其功能划分包括生产技术、管理技术、决策技术和服务技术等。因为,本文研究的对象为外商直接投资的技术吸收能力,如果技术指的是其实物形态,则表现出来的是设备和工具的流动。同时,本文认为硬件仅仅是技术的载体,硬件中所含的物化技术,当被技术吸收国吸收的时候,这种物化技术立刻又变成了软件了,技术的硬件内涵的实质是依附于硬件的软件。

念密切相关但也存在区别。FDI 吸收能力是指一个国家能够将最大FDI 的量有效地整合并运用到其经济中去的能力。显然，FDI 吸收能力包括 FDI 技术吸收能力和 FDI 的引进能力，FDI 技术吸收能力决定着 FDI 的质，引进能力代表着 FDI 的量的方面。FDI 吸收能力是质和量的统一。技术吸收能力是 FDI 吸收能力的核心能力；（三）本书所指的 FDI 技术吸收能力是指吸收跨国公司在该国的分支机构的技术，贸易和技术许可不在本书的研究范畴；四是 FDI 技术吸收能力包括四个关键环节"获得、吸取、转化和利用"，"获得"提供的是技术吸收的机会或者可能性；"吸取"是通过学习对技术具有较全面的理解；"转化"在"吸取"的基础上将吸取到的技术转化为自有知识，以便灵活运用；"利用"指的是 FDI 技术吸收能力最终是在利用技术的过程当中实现自主创新。另外，FDI 技术吸收能力与"干中学"不同，"干中学"通常指的是通过在实践中不断积累经验，对那些已经做过的事情自动地变成更高效，而技术吸收能力是指获得外部知识，使得做这件事情的方式有了较大的创新。所以说，"干中学"的结果是提高了做某件事情的熟练程度与效率，而技术吸收能力是提高一国的自主创新能力。

二、FDI 技术吸收能力的基本理论框架

（一）基本理论框架

FDI 技术吸收能力理论框架是建立在新增长理论的开放条件下的内生技术进步的思想上，吸收了外商直接投资理论的优秀成果，以经济增长为最终落脚点，探索一国技术进步和经济增长的实现路径。

开放型内生经济增长是指资本、劳动力、技术等生产要素跨国界流动配置内生技术创新和技术进步实现经济的内生增长。在开放经济条件下，一国的技术进步是由国内资本投资内生的自主创新技术进步和国际资本投资内生的模仿创新技术进步共同作用的结果[①]。自主创新

---

① 程惠芳：《国际直接投资与开放型内生经济增长》，《经济研究》2002 年 10 期，第 71—78 页。

技术进步是国内资本积累和资本深化的结果,而模仿创新技术进步是由国际直接投资带来的技术溢出和技术转移及消化吸收的产物。因此按开放型内生经济增长理论的观点,一国的经济增长来源于内生技术的进步,而内生技术的进步得益于自主创新能力的提高,自主创新主要由三个方面组成,即原始创新、集成创新和二次创新,是一国技术进步的根本。而对发展中国家而言,由于技术基础较为薄弱,其要提高自主创新能力的关键在于其对外部技术的吸收能力。外部技术进入发展中国家的途径有贸易、技术许可和 FDI 等,本书重点研究的是 FDI 技术吸收能力(基本理论结构见图 3-1)。

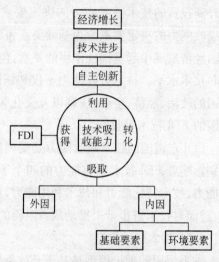

图 3-1 FDI 技术吸收能力基本理论结构图

由本书给出的 FDI 技术吸收能力基本概念可以知道,FDI 技术吸收能力包括四个关键环节"获得、吸取、转化和利用"。这四个环节是 FDI 技术吸收能力的具体体现,可称之为技术获得能力、技术吸取能力、技术转化能力和技术利用能力。技术获得能力是技术吸收能力的基础,提供的是技术吸收的机会或者可能性,可见,封闭市场的技术获得能力必将较低,反之开放市场技术获得能力就较高;技术吸取能力是在具备一定的技术获得能力的前提下,通过学习获得的技术,对技术具有较全面的理解,是通常所说的消化吸收;技术吸取能力显然同一国的人力资本水平和 R&D 等密切相关;技术转化能力是在技术"吸取"的基础上将吸取到的技术转化为自有知识,以便灵活运用;技术利用能力将获得、吸取和转化而得的知识运用到经济活动中去,最终在利用技术的过程当中实现自主创新。

FDI 技术吸收能力的影响因素包括内因和外因两个方面。外因主要指的是跨国公司的海外投资动机①以及东道国的国际政治经济环境等外部因素。

内因指的是东道国的原有技术基础、人力资本水平、基础设施状况以及制度要素等,是 FDI 技术吸收能力的决定要素。本书重点分析的是外商投资的技术吸收能力的决定要素。为分析方便本书将 FDI 技术吸收能力的决定要素分为基础要素和环境要素。基础要素指的是在一国经济发展中起基础性作用的要素,包括物质资本基础、人力资本基础和技术水平。技术吸收能力不仅和该国的基础要素密切相关,而且一国的政治、经济、金融、法制以及文化风俗等等均会从不同程度影响一国的 FDI 技术吸收能力。

FDI 东道国的技术吸收能力是受内因和外因的共同影响,各因素分别影响着 FDI 技术吸收能力的四个子能力:技术获得能力、技术吸取能力、技术转化能力和技术利用能力,从而影响东道国的自主创新能力,进而对技术进步带来推动或者阻碍的作用,影响该国的经济增长。

(二) 基本理论模型

本书运用的理论模型是基于开放条件下的中间品种类扩张型内生技术进步模型。在我们的模型中借鉴了赖明勇等(2005)②建模思想,主要做了以下几个方面的改进:(1)假定技术吸收过程在两个阶段进行,其一是在研发阶段,可以吸收国外研发知识存量;另一阶段是在最终产品生产时,中间产品投入阶段,当购买的是国外中间产品时,国内技术吸收能力决定着有效中间产品的投入状况,也就是说技术吸收能

---

①　跨国公司按海外投资动机可以分为四种类型:资源指向型、市场指向型、效率导向型和战略资产导向型。前三者可以归纳为利用资产型,后一种类型属于扩充资产型,不同类型跨国公司转移技术的策略不同,从而东道国获取跨国公司技术的可能性也不同,从而影响东道国的技术吸收能力。

②　基本理论模型部分基本运用赖明勇等发表于《中国社会科学》2005 年第 2 期的"经济增长的源泉:人力资本、研究开发与技术外溢"一文中的建模思想,关键假设和模型推导基本类似,在此致谢。

力越大,在购买了国外中间品投入最终产品生产时,转化成的有效中间品的数量越大,反之则转化率低。(2)本书将技术吸收能力的六大决定要素:基础设施、R&D、人力资本、金融市场、知识产权保护度以及市场体制纳入理论模型进行理论分析,假设研发部门的技术吸收能由该六大决定要素决定。(3)对有效中间产品投入参数做了简化,使最终模型表达式更为简单。

1. 模型的基本假定

本模型考察的是一个三部门开放经济系统,假设存在三个经济部门,(1)最终产品部门:经济系统中仅存在一种最终产品,产量用 Y 表示,由最终产品生产部门提供;(2)中间产品部门:生产中间品,出售给最终产品生产部门;(3)研发部门:开发中间品设计方案,出售给中间品生产部门。模型还假定人力资本 H 可以投入到最终产品生产部门和研发部门,最终产品生产部门投入的人力资本记为 H_Y,研发部门投入的人力资本记为 H_N,人力资本总量 H 为给定值 $H = H_Y + H_N$。

整个经济系统的运行机制是:研发部门在国内现有的知识技术存量的基础上,同时运用通过经济开放获得的国外技术外溢,投入人力资本 H_N 进行研究开发,并将其开发出来的中间产品设计方案采取知识产权进行永久性保护,并出售给中间产品生产商;中间产品生产商使用购买来的中间产品设计方案生产新的中间产品,然后将新生产出来的中间产品出售给最终产品生产商;最终产品生产商运用购买来的中间产品,投入一定的人力资本 H_Y 生产最终产品。值得注意的是,最终产品生产部门可以从两个渠道购买中间品,一是国内中间品生产部门购买新的中间产品(用 x_i 表示);二是国外中间品生产部门购买的新的中间产品(用 x_i^* 表示)。

2. 模型推导

(1) 最终产品生产函数

根据模型的假定,我们可以得到最终产品生产部门生产函数,用D-S扩展形式表示为:

$$Y = AH_Y^{\alpha}\left[\int_0^N x_i^{\beta}\, di + \int_0^{N^*} x^*{}_{i^*}^{\beta^*}\, di^*\right],\ \alpha,\ \beta > 0,\ \alpha + \beta = 1$$

$$(3.1)$$

其中,Y 为最终产品的产量;$A>0$ 为技术水平参数,可视为制度因素,如政府行为、法律体系、产权安排等的函数;H_Y 为投入到最终产品生产部门中的人力资本;N 为国内中间产品的种类数,为避免整数约束,设 N 是连续而非离散的[①],x_i 为第 i 种国内中间产品数量。N^* 表示从外商企业购买的中间产品种类数,$x_{i^*}^*$ 表示从投入到最终产品部门的第 i^* 种外商企业中间产品数量。

(2) 中间产品生产函数

假定在中间产品领域,在 $[0, N]$ 上分布着无数个中间产品生产企业,每个企业只生产一种中间产品,而且这些中间产品之间不存在直接的替代关系或互补关系。为模型简便起见,借鉴 Barro and Sala-i-Martin (1995)[②]思想,我们假设在中间产品部门,一单位任一种类型的中间产品的生产正好耗费一单位的物质资本投入,即生产函数是线性的:

$$x_i = Y \tag{3.2}$$

假定 K 为物质资本存量,则有 $\int_0^N x_i \mathrm{d}i = K$。

(3) 研发部门生产函数

研发部门开发新的中间产品设计方案,其产出取决于研发部门的人力资本投入和现有技术存量,而现有技术存量包括两个部分:一是国内已有技术存量;二是在开放经济体系中通过贸易、FDI 等各种方式对国外技术的模仿、学习和吸收国外已有的技术存量。因此,研发部门的生产函数可以表示为:

---

① 一般来讲,N 应被视为代表性企业生产过程的技术复杂性或代表性企业所雇佣的生产要素的平均专业化程度的一个易于处理的代表性指标。这一广义概念的 N 将是连续而非离散的。

② Barro, R. and X. Sala-i-Martin (1995), *Economic Growth*, New York, McGraw Hill.

$$\dot{N} = \delta H_N [N + f_{AC} N^*],\ f_{AC} \in [0,1] \tag{3.3}$$

其中，$\dot{N}$ 为技术知识的增量，N 和 N^* 分别表示本国与外商企业的已有技术知识存量，即已被研究开发出来的中间产品种类。δ 为研发部门的生产率参数，H_N 为投入的人力资本量。$f_{AC} \in [0,1]$ 表示本国研发部门的技术吸收能力，根据前述文献 f_{AC} 是本国基础设施（INF）、R&D（RAD）、人力资本（H）、金融市场（FINANCE）、知识产权保护度（IPR）和市场体制（MARKET）的函数，$f_{AC} = f($INF, RAD, H, FINANCE, IPR, MARKET$)$。由(3.3)式可见，$\dot{N}$ 的变化取决于外资企业研发存量 N^* 和本国技术吸收能力 f_{AC} 的综合作用，而技术吸收能力又是由基础设施、R&D、人力资本、金融市场、知识产权保护度和市场体制六大要素所决定的。

假定最终产品 Y 的价格单位化为 1，即 $P_Y = 1$；最终产品市场、劳动力市场和资本市场是完全竞争市场，中间产品市场假定为：(1)中间产品部门是自由进出的；(2)当研发部门开发出一个新产品设计方案后，便被某个中间产品生产商购买，并进行垄断性生产。

(1) 最终产品生产部门

最终产品生产部门通过选择本国中间产品 x_i 和国外中间产品 x_i^*，以及雇佣一定量的人力资本 H_Y，实现利润最大化：

$$\max_{x_i,\ x_i^*,\ H_Y} \pi = Y\{x_i,\ x_i^*,\ H_Y\} - W_{H_Y} H_Y - \int_0^N P_{x_i} x_i di - \int P_{x_i^*} x_i^* di^* \tag{3.4}$$

其中，W_{H_Y} 表示投入最终产品部门的人力资本报酬率；P_{x_i}、$P_{x_i^*}$ 分别表示国内中间产品价格以及外资企业中间产品价格。根据利润最大化条件，分别取利润对 H_Y、x_i 和 x_i^* 的一阶偏导为 0，得：

$$W_{H_Y} = \frac{\alpha Y}{H_Y} = \alpha A H_Y^{\alpha-1}\left[\int_0^N x_i^\beta di + \int_0^{N^*} x^{*\ \beta}_i di^*\right] \tag{3.5}$$

$$x_i = H_Y\left[\frac{A}{P_{x_i}}\right]^{\frac{1}{\alpha}},\ 即\ P_x = A H_Y^\alpha x^{-\alpha} \tag{3.6}$$

$$x_i^* = H_Y\left[\frac{A}{P_{x_i^*}}\right]^{\frac{1}{a}}, \text{即 } P_{x^*} = AH_Y^a x^{*-a} \tag{3.7}$$

由于,国内中间品和国外中间品均对称地投入到最终产品生产部门,具有相同的需求函数,(3.6)和(3.7)分别表示国内中间产品的需求函数和国外中间产品需求函数,而且(3.6)和(3.7)式中的下标均可省略。

(2)中间品生产部门

由(3.2)式可知中间产品商购买上游部门(研发部门)开发出来的一个新的中间产品设计方案成本为 $1\cdot x$。中间产品生产商也是遵循利润最大化原则进行决策的,因此国内中间产品生产商的决策规划为:

$$\max_x \pi_m = P_x \cdot x - x \tag{3.8}$$

根据(3.6)和(3.8)可得中间品的垄断定价为:

$(P_x \cdot x - x)' = (AH_Y^a x^{-a} \cdot x - x)' = A\beta H_Y^a x^{-a} - 1 = 0$, 所以有:

$$P_{x_i} = P_x = \frac{1}{\beta} \tag{3.9}$$

类似于本国研发部门对外资企业的技术外溢吸收能力,此处我们同样考虑了外资企业中间投入品在本国最终产品部门的生产效率。尽管本国最终产品部门的生产函数(3.1)式假设内、外资企业中间投入品的产出弹性相同(β)。然而,与国内中间品生产企业不同,东道国当地生产条件(包括技术差距、要素禀赋、产业结构等)、市场环境(包括市场体制、法律体系、金融环境等)以及消费偏好与外商企业母国必然存在差异,这也决定了本国最终产品部门获得的有效中间产品数量必然小于其购买量。Evenson and Westphal(1994)[1]将技术使用对环境的依赖称为"环境敏感性"(Circumstantial Sensitivity),即技术本身是可以

---

① Evenson, R. E. and Larry E. Westphal (1994). "Technological Change and Technology Strategy." In T. N. Srinivasan and Jere Behrman (eds.) Handbook of Development Economics vol. 3, New York: North Holland Publishing Company.

完全模仿的,然而技术的应用却取决于包括经济发展、社会环境、生产状况、要素禀赋、要素相对价格等系列技术环境的制约。这如同种子的传播取决于各地的水分、日照、土壤等综合环境条件。一个显然的推论是如果技术模仿国(企业)与技术领先国(企业)的技术环境越为接近,则技术采用成本越低。

假设从外资企业购买 x^* 单位中间产品,本国最终产品部门获得的有效中间产品数量为 ϑx^*($0 \leqslant \vartheta \leqslant 1$),$\vartheta$ 定义为有效中间投入品参数。显然,ϑ 是外资企业与东道国最终产品生产部门的磨合程度的参数。例如,尽管东道国最终产品部门可以通过向外资企业购买质量更好的先进仪器、设备来提高生产效率,然而如果国内最终产品部门雇佣员工缺乏一定的技能培训,将制约国内企业对外资企业中间产品的有效利用。当 $\vartheta = 1$ 时,此时本国最终产品部门的有效中间产品数为 x^*,即国内最终产品部门完全吸收了外资企业的中间产品(full absorption)。将 ϑx^*,代入(8)式,同理,可求出外资企业中间品均衡价格为:

$$P_{x_i^*} = P_{x^*} = \frac{1}{\vartheta \beta} \tag{3.10}$$

将(3.9)、(3.10)代入(3.6)和(3.7),分别求出均衡状态时有:

$$x_i = \bar{x} = A^{1/\alpha}\beta^{1/\alpha}H_Y \tag{3.11}$$

$$x_i^* = \overline{x^*} = A^{1/\alpha}\beta^{1/\alpha}H_Y\vartheta^{1/\alpha} \tag{3.12}$$

将(3.11)、(3.12)代入(3.1),得最终产品生产部门均衡产出水平:

$$Y = AH_Y^{\alpha}[N\bar{x}^{\beta} + N^* \overline{x^*}^{\beta}] = A^{1/\alpha}H_Y\beta^{\beta/\alpha}[N + N^* \vartheta^{\beta/\alpha}] \tag{3.13}$$

(3) 研发部门

研发部门的总收入为:

$$TR = P_N\dot{N} = P_N\delta H_N[N + f_{AC}N^*] \tag{3.14}$$

研发部门的总成本为: $\qquad TC = W_{H_N} \cdot H_N \tag{3.15}$

均衡状态时,总收益等于总成本,根据(3.14)和(3.15)可得研发部门人力资本报酬为：

$$W_{H_N} = \delta P_N [N + f_{AC} N^*] \tag{3.16}$$

中间产品市场的竞争性假设,使得中间产品专利的价格等于垄断生产者收益的贴现值：

$$P_N = V(t) = \int_t^{\infty} \pi_m e^{-\bar{r}(s, t)(s-t)} ds \tag{3.17}$$

$\bar{r}(s, t)$ 为 t 时刻到 s 时刻的平均利率,如果 r 不随时间变化,则有：

$$P_N = V(t) = \frac{1}{r} \pi_m(t) = \frac{1}{r} (P_x \cdot \bar{x} - \bar{x})$$

$$= \frac{1}{r} \left(\frac{1}{\beta} - 1 \right) \bar{x} = \frac{1}{r} \cdot \frac{\alpha}{\beta} \cdot \bar{x} \tag{3.18}$$

(4) 代表性家庭与市场均衡

代表性家庭最优化得出消费增长率的一般表达式为：

$$g_C = \frac{\dot{C}}{C} = \frac{1}{\sigma} (r - \rho) \tag{3.19}$$

均衡状态下,最终产品生产部门与研发部门人力资本报酬相等,即 $W_{H_Y} = W_{H_N}$,根据(3.5)、(3.11)、(3.12)、(3.16)和(3.18),得：

$$H_Y = \frac{r[N + \vartheta^{\beta/\alpha} N^*]}{\delta[N + f_{AC} N^*]} \tag{3.20}$$

假定 t 时刻技术水平总存量 $N^T = N + N^*$,$\dfrac{N^*}{N} = u$,其中 $u \geqslant 1$ 为内外资企业技术水平差距,所以(3.20)可改写为：

$$H_Y = \frac{r[1 + u\vartheta^{\beta/\alpha}]}{\delta[1 + u f_{AC}]} \tag{3.21}$$

根据(3.3)有：

$$\frac{\dot{N}}{N} = \frac{\delta H_N [N + f_{AC} N^*]}{N} = \delta H_N [1 + u f_{AC}] = g_N \quad (3.22)$$

在均衡状态时有：

$$g = g_C = g_Y = g_N = \delta H_N [1 + u f_{AC}] = \delta (H - H_Y)[1 + u f_{AC}] \quad (3.23)$$

根据(3.19)、(3.21)、(3.23)，可得：

$$g = g_C = g_Y = g_N = \frac{\delta H [1 + u f_{AC}] - \frac{\rho}{\beta} [1 + w \vartheta^{\beta/(1-\beta)}]}{1 + \frac{\sigma}{\beta} [1 + w \vartheta^{\beta/(1-\beta)}]} \quad (3.24)$$

其中，g，g_C，g_Y，g_N 分别为经济增长率、消费增长率、产出增长率和中间品增长率；δ 为研发部门生产率参数；H 为国内总人力资本；u 为内外资企业技术水平差距；f_{AC} 为本国研发部门的技术吸收能力；ρ 为消费者的主观时间偏好；$1/\sigma$ 为跨时期替代弹性；β 为 D-S 生产函数指数，中间品的产出弹性；ϑ 为有效中间品投入参数。由此可见，稳态经济增长率取决于技术吸收能力(f_{AC})、最终产品部门利用外资能力(ϑ)、本国人力资本存量(H)、内外资企业技术差距(u)以及技术参数(δ，β)与偏好参数(σ，ρ)。

3. 各关键参数的增长效应分析

(1) 技术吸收能力的增长效应

根据方程(3.24)对 f_{AC} 偏导，显然有 $\partial g / \partial f_{AC} > 0$，技术吸收能力的提高有利于促进稳态经济增长率。其对稳态增长率的影响表现在两方面：首先，由(3.3)式可以看出，增加 f_{AC} 将直接提高本国研发部门知识产出增长率，从而提高稳态增长率；其次，由(3.16)式可知，研发部门人力资本报酬 W_{H_n} 是 f_{AC} 的递增函数，因此 f_{AC} 的增加也将由于提高了研发部门人力资本投资回报率而使得人力资本从最终产品部门转移到本国研发部门，从而提高了稳态增长率。值得一提的是 f_{AC} 取决于基础设施(INF)、R&D(RAD)、人力资本(H)、金融市场(FINANCE)、知识产权保护度(IPR)和市场体制(MARKET)六大决定要素,关于六大技术吸收能力决定要素与经济增长率之间的关系将在后文进行实证检验。

(2) 有效中间产品参数 ϑ 的增长效应

通过对(3.24)式求偏导数,我们发现 $\frac{\partial g}{\partial \vartheta} < 0$,外资企业中间品在本国最终产品生产部门的参与程度越有效,本国稳态增长率越低,这一结果似乎出乎我们意料,如何解释这一现象呢? 关键是区分 ϑ 的水平效应与增长效应。

首先,通过对(3.13)式求偏导,可得 $\frac{\partial Y}{\partial \vartheta} > 0$,说明外资企业中间产品在本国最终产品生产部门的有效参与越高(ϑ 增加),最终产品的产出也越高,即 ϑ 具有正的水平效应。这一结果与各国引资实践相吻合,即引入外商直接投资能够通过提供更具多样化的中间投入品、更高质量的替代品而直接提高东道国的产出水平。然而,正如 Romer(1990)所指出的,研发部门人力资本投资的机会成本实际上就是最终产品部门雇佣员工的工资收入。由(3.5)式可知,由于增加 ϑ 将提高最终产品部门劳动力的边际产出值,因而相应地提高了其工资报酬率,即增加了研发部门人力资本投资的机会成本。在人力资本总量(H)给定的情况下,最终产品部门的高工资报酬将吸引人力资本从研发部门转移到最终产品部门,其结果是虽然最终产品部门的产出值增加,然而由于研发部门人力资本投资下降而降低了新知识产品增长率,从而最终使稳态增长率下降。这也正是通过利用外资促进经济增长的负面效应:利用外资虽然在短期内提高了国内最终产品产出值,然而从长期来看,外资进入通过改变本国人力资本部门配置结构而对长期经济增长产生了负面影响。

必须指出的是,我们的结论不同于 20 世纪 60 年代后期、70 年代初的经济民族主义与依附论。经济民族主义强调跨国公司的直接投资与发展中东道国经济增长之间的冲突、对立的一面以及跨国公司通过收购、排挤当地企业而对当地经济导致的"逆民族化"问题;依附论则认为大量的 FDI 流入发展中东道国并逐渐在当地经济部门占支配地位,将使东道国经济融入到跨国公司的全球运作中,从而加深对跨国公司的依附程度。显然,这两种观点都过于强调利用外资的绝对弊端,而没有区分利用外资的短期水平效应与长期增长效应。Young A.(1992)对新加坡经济增长的经验研究支持了我们的结论:Young计算发现样本期间新加坡全要素生产率要远远低于同时期的经济增长率,因此Young认为新加坡经济增长主要是要素积累推动型,因此难以保持长期稳定增长。Young对新加坡低技术进步率给出的解释之一是外商投资在新加坡经济中扮演了重要角色,虽然外商投资在短期内推动了新加坡经济发展,然而另一方面使得新加坡将人力资本等生产要素转移到了最终产品部门,从而导致了国内研发部门投入不足。我国引资初期实践也论证了这一点;注意到 ϑ 主要取决于外商企业生产与东道国当地要素禀赋的磨合度,因此以劳动密集型产品为主的外商投资(港澳台企业占了很大比重)无疑与我国充裕的廉价劳动力资源能够较好磨合,其结果不仅充分利用了我国劳动力优势,也推动了我国经济的快速增长。然而,如果不改变这一以劳动密集型产品为主的外商投资结构、同时提高我国劳动力素质,这种低水平的"有效磨合"无疑不利于经济的长期增长。事实上,这也是广大发展中国家利用外资所面临的共同问题:一方面要利用外资提高短期产出增长,另一方面也要防止对长期经济增长的负面效应。

(3) 内、外资企业技术差距的增长效应

由(3.24)式我们发现 $\frac{\partial g}{\partial u}$ 符号不确定,即内外资企业的技术差距对稳态增长率的影响作用不明确。技术的绝对收敛理论模型(Krugman,1979)根据技术知识产品非竞争性(Non-rival)这一特性,认为技术模仿成本要远远小于技术创新成本[1]。因此,技术差距越大,意味着可供技术落后者模仿的技术选择集也越大,因此较大的初始技术差距有利于技术的扩散和传播。然而,技术的条件收敛理论模型认为知识产品生

---

① Mansfield等(1981)的经验性研究为这一观点提供了证据,其对美国化工、制药等行业48种产品的研究结果表明平均模仿成本仅为创新成本的65%。

产具有很强的自我累积性和路径依赖特点,因为任何新知识都是在已有知识的基础上开发出来的,较大的现存知识量意味具有较强的研发能力去开发出更多的新知识品。而且研发投入对本国企业技术进步往往具有双重效应:研发作用不仅在于直接带来了新技术成果,更重要的是增强了企业、本国对外来技术的模仿、学习和吸收能力。因此,技术水平差距对技术外溢效果的影响是两方面的:如果内、外资企业技术水平差距过大,虽然可供国内企业进行技术模仿、学习的机会很多,然而由于内资企业自身没有足够的技术能力去吸收、模仿外资企业的技术,导致最后技术外溢效果很小。Verspagen(1992)[①]、Kinoshita(2000)[②]则为这一技术扩散的相对收敛观提供了经验性支持。

我们的模型推导结果则表明,一方面 $\frac{\partial g}{\partial u}$ 符号不确定性决定了技术差距与经济增长率之间并没有单一的关系,另一方面对于某一时刻而言我们可以确定该时刻内外资企业的最优技术差距 u^* [③],u^* 的现实含义是技术引进、技术吸收与国内现有技术水平的适配性(Appropriateness),即当外资企业与国内企业的技术差距保持在一个适度范围内时,此时本国从技术模仿、技术吸收获利最大。Driffield 和 Taylor(2000)为本书模型这一结论提供了经验性支持:Driffield 和 Taylor 通过实证分析发现技术外溢效果与技术差距之间存在着非线性关系,并且临界值为 $u = 1.2$,即内、外资企业技术差距一旦高于1.2,则技术外溢效果递减。类似地,Kokko 等(1996)[④]根据内、外资企

① Verspagen, B., 1992, "Endogenous Innovation in Neo-Classical Growth Models: A Survey", *Journal of Macroeconomics*, vol. 14, no. 4(Fall), pp. 631 - 662.

② Yuko Kinoshita, (2000). "R&D and Technology Spillover via FDI innovation and Absorptive Capacity", *William Davidson Institute Working Papers Series* 349.

③ 显然,最优技术差距 u^* 由 $\frac{\partial g}{\partial u} = 0$ 给出,对(26)式求偏导可以看出最优技术差距 u^* 取决于本国技术参数(δ, β)、偏好参数(σ, ρ)、人力资本以及技术吸收能力。

④ Kokko, A. (1996), "Productivity Spillovers from Competition between Local Firms and Foreign Affiliates", *Journal of International Development*, vol. 8, pp. 517 - 530.

业技术水平差距的高低,对其乌拉圭工业企业样本数据进行分类回归。其实证结果表明,对于技术差距处于中间程度的样本企业而言,技术外溢效果最为显著。与这些经验证据相吻合,本文理论模型也证明了存在最优技术差距;同时本书模型进一步推导出最优技术差距是取决于其他经济因素的内生变量,包括国内消费偏好、生产环境、要素禀赋等系列因素。这提醒我们,当发展中国家在制定其技术引进政策时,并不能单纯考虑技术引进项目的技术水平高低,更要综合考虑国内消费者市场、已有生产体系对引进技术的影响和制约。

(4)人力资本积累的增长效应

同样对(3.24)求偏导有:$\frac{\partial g}{\partial H} > 0$,所以可得提高人力资本积累 H,将提高稳态增长率。人力资本积累对稳态经济增长的作用也有两方面:首先,提高 H 将直接增加研发部门人力资本投资(H_N)。由

(3.21)式可看出 $\frac{\partial \left(\frac{H_N}{H_Y} \right)}{\partial H} > 0$,即人力资本存量越丰裕的国家,其研发部门与最终产品部门的人力资本比重也越大,这一结论与现实也较为吻合。其次,提高 H,通过增加 H_N 从而间接提高本国研发部门技术吸收能力,最终提高稳态增长率。

(5)技术参数、偏好参数的增长效应

通过对(3.24)式求偏导数,易得 $\frac{\partial g}{\partial \delta} > 0$;$\frac{\partial g}{\partial \beta} > 0$;$\frac{\partial g}{\partial \sigma} < 0$;$\frac{\partial g}{\partial \rho} < 0$。

由此我们有提高研发部门生产参数 δ 与中间产品产出弹性 β、降低消费者时间偏好率 ρ 以及跨期替代参数 σ,将提高稳态经济增长率的结论。

显然,σ 增大意味边际效应弹性越大,即消费者更偏好当前消费,而不愿接受平滑型消费模式,从而减少当前投资导致 g 减小;消费者的主观时间偏好率 ρ 增大,相对于未来消费而言当期消费能够带来更大的效用,故消费者没有当期投资动力也将使得 g 减小。

为了分析研发部门生产参数 δ 对稳态增长率的影响,我们可由(3.16)式看出 δ 提高(意味着研发部门生产效率提高),使得研发部门

人力资本投资回报率 W_{H_n} 增加,结果更多的人力资本将用于研发部门的生产活动,从而提高了技术知识增长率以及经济增长率 g。中间产品产出弹性 β 提高对稳态增长率的作用类似:由(3.20)式可看出,最终产品人力资本投入 H_y 是 β 的递减函数,即提高 β 将使得人力资本由最终产品部门转移到研发部门,从而提高稳态增长率。

第二节 基本分析方法

自从 Cohen and Levinthal (1989;1990)关于吸收能力的论文发表以来,许多文献对东道国企业的技术吸收能力进行了实证检验,但是针对国家层面的技术吸收能力的实证研究较少。造成国家层面实证研究不足的主要原因是技术吸收能力测量困难,因此,实证检验大多采用技术吸收能力决定因素代替放入回归模型进行检验。文献通常采用的检验方法可分为两大类:第一,利用所研究技术吸收能力的决定要素对样本进行分组,利用基础模型进一步进行回归分析,通过观察两组样本在反映外资参与程度的解释变量前后的系数有没有显著的变化,来判别用于分组的技术吸收能力决定要素是否对 FDI 的技术吸收能力产生显著影响。其中最典型要数门槛效应分析框架。首先必须先估计技术吸收能力代理指标的一个门槛值,然后以门槛值为界限对研究样本按照技术吸收能力的代理指标进行分类,比较各子样本的技术吸收能力的大小。如 Kokko 等(1996)[1]按照技术差距对乌拉圭制造业企业进行分类,再比较各种技术差距企业的技术溢出,从而判断技术吸收能力与技术差距之间的关系。第二,通过创造"连乘解释变量",即将需要检验的决定要素与反映 FDI 参与程度的变量相乘,通过回归分析考察连乘变量是否与解释变量存在显著的相关关系。如:Kinoshita(2001)[2],

---

[1] Kokko, A. (1996), "Productivity Spillovers from Competition between Local Firms and Foreign Affiliates", *Journal of International Development*, Vol. 8, pp. 517 - 530.

[2] Kinoshita, Y., and A. Mody, 2001, "Private Information for Foreign Investment Decisions in Emerging Markets," *Canadian Journal of Economics*, Vol. 34, pp. 448 - 464.

选取技术吸收能力的代理指标有 R&D 强度和初始技术水平(与前沿技术的差距),然后分析技术吸收能力代理指标对全要素生产力的相关关系。

本书实证检验的基本分析方法是在前述理论分析模型的基础上构建包含连乘变量的基本回归模型,根据中国 1985—2004 年的有关数据进行实证研究①。

如前文所述,外商直接投资的技术吸收能力几乎不可能用一个单独的指标直接量化,这给实证检验带来较大困难,于是,在实证研究中学者大多采用将技术吸收能力的决定因素作为其间接量化指标放入模型进行实证分析,通过考察这些决定因素与技术进步和经济增长之间的关系,来证明一国技术吸收能力的强弱。但是,技术吸收能力涉及的要素非常复杂繁多,而目前大多数文献仅仅针对其中一项或者两项进行研究,因此其结果虽然具有一定的价值,但在系统性和全面性方面始终缺乏说服力。从这个角度而言构建外商直接投资的技术吸收能力的指标体系就显得非常重要了。

在以往文献中提到的外商直接投资的技术吸收能力决定要素主要有基础设施、R&D、人力资本、金融市场效率、知识产权、市场体制等,另外诸如所有制形式、政府政策(尤其是引资政策)、发展战略、内外资企业的关联度、地理位置以及东道国的文化、风俗、语言、政局、腐败等等经济和非经济因素均可能对技术吸收能力产生一定影响。本书在进行实证检验时主要选择基础设施、R&D、人力资本、金融市场效率、知识产权和市场体制六种决定要素进行多元线性回归分析②。主要原因

---

① 由于我国的统计口径即统计方法的变化,部分数据无法找到 1985—2004 年间的完整数据,故部分变量的样本区间并非 1985—2004 年间,但这并不会对我国的实证分析结果带来根本改变,详细的样本选取本文将在后文进行注明。

② 值得说明的是:本文提及的基础设施、R&D、人力资本、金融市场效率、知识产权和市场体制六种决定要素并非代表中国技术吸收能力的整体,其他决定要素仍然会对中国 FDI 的技术吸收能力产生重大影响,只是本文目前的研究阶段仅以这六种决定要素作为研究对象,今后的研究将逐步涉及其他重要的决定要素。

在于:一是基础设施、R&D、人力资本、金融市场效率、知识产权和市场体制量化较为容易,适合用在回归模型中进行回归分析;二是这六大要素几乎涵盖了一国经济增长的主要变量,对这六大要素与经济增长的分析能够较为客观、全面地说明技术吸收能力与经济增长的关系;三是本文重点分析的是基础设施、R&D、人力资本、金融市场效率、知识产权和市场体制六种决定要素对技术吸收能力的影响。诚然,其他如政府政策、链接效应、发展战略以及政局的稳定性等均会对我国 FDI 技术吸收能力产生不可忽略的影响,但本书仅仅是我国FDI 技术吸收能力研究的阶段性成果,对于其他决定要素对技术吸收能力的影响将会是我们今后研究的重要方向。

　　根据在六大决定要素对一国经济增长的影响特征,结合现有文献的分析,本书将 FDI 技术吸收能力的决定因素按其性质分成两大类,即基础要素(BASE)和环境要素(ENVIR)。其中,基础要素主要包括:基础设施(INF)、R&D(RAD)和人力资本(H);环境要素主要包括:金融市场效率(FINANCE)、知识产权保护度(IPR)和市场体制(MARKET)。各决定要素中还包括若干代理指标(详见表 3-1)。

表 3-1　FDI 技术吸收能力指标体系

要素种类	决定因素	一级代理指标	二级代理指标
基础要素	基础设施(INF)	电话普及率	本地年末电话用户数(万户)(PHONE)
			年末手机用户数(万户)(MOBILE)
		电信业务量	邮电业务量(亿元)(POST)
			全社会旅客周转量(亿人公里)(TURN)
		道路交通状况	公路里程数(万公里)(ROAD)
	研究与发展(RAD)	R&D 投入状况	R&D 经费投入(亿元)(RDG)
		R&D 产出状况	国内发明专利申请数(项)(LAPP)
			国内发明专利授权数(项)(LGRA)
			国内三大检索系统论文发表数(篇)(PAPER)

（续表）

要素种类	决定因素	一级代理指标	二级代理指标
基础要素	人力资本（H）	受教育水平	平均受教育年限(年)(AVEDU)
		人力资本结构	每万人口中大学生人口数(人)(DXS)
			每万人口中中学生人口数(人)(ZXS)
			每万人口中小学生人口数(人)(XXS)
			参加科技活动的人口数(万人)(TECHW)
			留学回国人数(人)(BACK)
			外企就业人数(万人)(FWORK)
		教育投入	国家财政性教育经费的支出(亿元)(EDUG)
环境要素	金融市场（FINANCE）	银行部门	M2(亿元)(M2)
			各类贷款数(亿元)(LOAN)
		股票市场	股票流通市值(亿元)(STOCK)
			股票筹资额(亿元)(CZE)
	知识产权保护（IPR）	信心指数	外资中国发明专利申请数(项)(FAPP)
		实际保护	外资中国发明专利授权数(项)(FGRA)
	市场体制（MARKET）	经济开放度	外贸依存度(DEP)
		市场化程度	国有工业总产值比重(%)(GYCZ)

注：后文的实证检验中主要针对二级代理指标与 FDI 之间的相互作用进行实证检验，为了减少变量的异常波动，本文采用对各检验变量取对数，再放入模型进行检验。

一、基础要素

基础要素指的是在一国经济发展中起基础性作用的要素，包括物质资本基础、人力资本基础和技术水平。本书主要指的是基础设施（INF）、研究与开发（RAD）和人力资本（H）三大要素。

（一）基础设施（INF）

基础设施指的是一国经济发展的硬件环境，主要包括交通运输状况,邮政电信运营状况等,它通过影响一国的知识、信息及人员等要素的流动和传播的速度而影响 FDI 的技术吸收能力。本书选取了三个一级代理指标来进行测定基础设施的完备程度。

1. 电话普及率

电话作为人们沟通的主要工具之一,在技术吸收能力的分析中通常被看作是知识和技术传播的重要渠道之一,一个国家电话用户数量代表着一个国家电话的普及程度,电话越普及,越有利于知识和信息的流动,能够有效促进对外部技术的吸收。因此,可以推断电话普及率与技术吸收能力成正比。本书选取两个二级指标表示电话普及率,即固定电话普及率和手机普及率。手机普及率与电话普及率类似,本来在两者之间只需选择一种即可,本书之所以选择手机普及率作为代理指标之一,主要是因为手机代表的是一种新型的电信设备,它在技术吸收能力分析中的经济学含义与人均拥有的电话机数类似。理论上有关因特网的用户数是一个更好的代表从新型电信设备的指标,但因为在我们的样本区间 1985—2004 年间,我国的统计数据不全,最后我们不得不放弃采用,而选择年末手机用户数。

2. 电信业务量

电信业是人们传递信息的主要渠道之一,本书主要选择邮电业务量和旅客周转量来表示。邮电业务也是人们传递信息的常用途径之一,邮电业越发达,人们传递信息就越便捷,知识、信息的传播效率就越高,因此,在对技术吸收能力的分析中研究者也经常用邮电业务量来作为电信基础设施发达程度的代理指标之一,同样可以推断邮电业务量与技术吸收能力成正比关系。旅客周转量表示的是人员流动的便捷度。人是知识和技术的载体,许多情况下知识与技术的传播主要依靠的是人员的沟通与交流。因此,全社会旅客周转量自然成为测定知识和技术传播的重要变量之一,对技术吸收能力带来一定影响。

3. 道路交通状况

道路交通是一国基础设施的最重要的方面之一。邮电业务中相当一部分以及旅客周转大多依赖交通状况,交通的具体形式涉及公路、水路和航空三类,每类中又有多种形式。一国道路交通状况越好,越有利于增强技术吸收能力。

(二) 研究与发展(RAD)

研究与发展(RAD)对一国技术进步具有两种效应,一是自主创新直接推动技术进步;二是学习和模仿提高一国技术吸收能力,从而促进技术进步。所以研究与发展是一国技术吸收能力的最重要的决定要素之一。国内外学者围绕着研究与发展与技术进步以及技术吸收能力之间的研究较为深入,取得了丰硕成果,但是,研究中研究与发展的代理指标较为单一,大多选取的只是研究与发展的投入指标,而对产出指标很少涉及,本书扩展了研究与发展的代理指标,使研究与开发的代理指标既包含投入指标,也包括产出指标。具体说来主要包括:

1. R&D 经费的投入状况

理论上 R&D 经费的投入应该包括全社会 R&D 经费的投入,包括国家各级政府、企业和事业单位以及个人的 R&D 经费的投入。但实际很难采集到这些数据,因此,文献普遍采用的是政府 R&D 经费的投入替代该国 R&D 经费的投入。我国研究与发展的投入主要还是靠国家和各级政府的投入,因此,用政府 R&D 经费的投入替代整体 R&D 经费的投入在我国相对于发达国家而言可能会更加准确。

2. R&D 经费产出的专利状况

专利作为 R&D 产出应用成果的主要形式之一,主要有三种类型:发明、实用新型和外观设计。一般而言,发明专利的申请和授权状况更能说明该国的技术能力,而技术能力与技术吸收能力密切相关。由于发明专利的申请与授权表示的产出质量信息相差较大,因此,本文选择了产出的专利申请状况和专利授权状况具体表示 R&D 产出的专利状况指标。

3. R&D 经费产出的论文情况

论文是 R&D 经费投入后产出的成果的另一种形式,可以与 R&D 产出的专利状况一起用来表示 R&D 的成果产出状况。目前世界公认的科技类论文主要是指科学引文索引(SCI)、工程索引(EI)和科学技术会议录索引(ISTP)三大类。因此,本文采用被这三大类索引系统索引的科技论文作为 R&D 论文产出的代理指标。

(三) 人力资本(H)

人力资本的概念是美国经济学家 Schultz Theodore W. (1960)首先提出,贝克尔(Becheru Gary, 1964)等人建立了人力资本理论。80 年代卢卡斯(Lucus, 1988)和罗默(Romer, 1990)将人力资源的理论引入新增长理论之中,认为知识和人力资本同物质资本一样是生产要素,由于知识产品和人力资本具有溢出效应,因而具有递增的边际生产率,对知识和人力资本的不断投入可以持续提高一国的长期增长率。关于人力资本的代理指标,早期的研究是以测量不同国家组入学率作为人力资本存量的刻度,Psacharopoulos 和 Ariagada (1986)[1]、Lau 等 (1991)[2]、Nehru 等(1995)[3]、Kyriakou(1992)[4]等利用入学率估计平均受教育年限;Barro 和 Lee(1993[5]、1996[6]、2000[7])估计了 1960—2000 年间跨国平均五年的入学率分布,即初等、中等和高等教育入学率,用来构建和计算 15 岁及以上人口平均受教育年数,他们的计算包括 142 个国家,其中 109 个国家有 1960—2000 年间每五年的数据。采

① Psacharopoulos and Ariagada, "The Educational Composition of the Labor Force: An International Comparison", *International Labor Review*, 1986/125/pp. 561 - 574.

② Lau, L, D. Jamison, and F. Louat, (1991), "Education and Productivity in Developing Countries: An Aggregate Production Function Approach", *Report no. WPS* 612, *The World Bank*, March.

③ Nehru V E Swanson A Dubey, "A New Data Base on Human Capital Stock. Sources, Methodology, and Results", *Journal of Development Economics*, 1995/46/pp. 379 - 401.

④ Kyriacou,, G. , 1991. "Level and growth effects of human capital: a cross-country study of the convergence hypothesis" [A]. *C. V. Starr Center for Applied Economics Research Report* 91 - 26[C]. New York University, US.

⑤ Barro, R. J. and J. W. Lee (1993), "International Comparison of Educational Attainment" [J], *Journal of Monetary Economics*, 32: pp. 363 - 394.

⑥ Barro, R. J. and J. W. Lee (1996), "International Measures of Schooling Years and Schooling Quality" [J], *American Economic Review*, 86(2), May: pp. 218 - 223.

⑦ Barro, R. J. and J. W. Lee (2000), "International Data on Educational Attainment: Updates and Implications", *CID Working Paper* No. 42, April.

用 15 岁及以上人口平均受教育年数是目前国际上衡量人力资本比较好的指标,能够用于国际比较,但其缺陷是无法反映各国教育质量。Borenztein 等(1998)[1]沿用了 Barro 和 Lee(1993、1996)的平均受教育年数的指标体系,同时,引入了政府教育投入作为人力资源的另一指标。赖明勇等(2002)[2]也基本沿用这一指标体系,采用的是中学生入学率、大学生入学率和政府教育投入进行实证研究。Mark Rogers(2004)[3]提出的技术吸收能力的新的代理指标中包括海外留学生、电信基础设施以及出版物等,其中海外留学生是作为人力资本的一个新的代理指标。

在上述文献的基础上,我们认为人力资本的代理指标可以分成三类,即受教育水平、人力资本结构指标和人力资本投入指标。

1. 受教育水平指标

通常用一国平均受教育年限来表示,代表的是一国教育存量,这是在文献中运用最多的一种人力资本代理指标。

2. 人力资本结构指标

指的是劳动力人口中各种受教育水平的人口比率或者具有各种工作经验的人口比率,主要包括:研究生入学率、大学人口比率、中学人口比率和小学人口比率以及技术人员比率、留学回国人员比率和外企就业人员比率。

大学、中学和小学人口比率代表的是各种受教育程度人口所占的比率,这从一个方面代表的是人力资本的质的方面,通过考察大学、中学和小学人口比率与 FDI 技术吸收能力的关系,可以指导进行教育改革。

① Borensztein. E, Gregorio J. D. and Lee J-W (1998), "How does Foreign Direct Investment Affect Economic Growth" [J]? *Journal of International Economics*, 45, pp. 115 – 135.

② 赖明勇等:《我国外商直接投资吸收能力研究》[J],《南开经济研究》,2002 年第 3 期,第 45—51 页。

③ Mark Rogers (2004), "Absorptive Capability and Economic Ggrowth: How do Countries Catch-up" [J]? *Cambridge Journal of Economics*, vol. 28, 4, pp. 577 – 596.

技术人员比率指的是技术人员在劳动人口中所占的比率,代表着该国从事与科技活动有关的人口比率,这也是人力资本质量的代理指标之一。从根本上说,一国的技术进步大多来自于技术人员的研发活动,因此技术人员比率与技术吸收能力之间应该存在正向相关关系。

留学回国人员比率。知识与技术具有强烈人才依附特性,定居全球各地的中国留学生,形成了欧美乃至亚洲各国研发高新技术的新生力量和依附载体。留学生回国一方面可以直接带回国外先进的知识与技术,另一方面因为其与海外的密切联系,可以进一步提高我国的技术吸收能力。从这个角度而言,回国留学生无论是就业还是自主创业都能很好地与外资企业结合,促进经济增长。

外企就业人员比率。外资企业从业人员是我国国内与 FDI 结合最紧密的群体,随着经验的积累和观念的更新,他们中的相当一部分可能会选择回到国内企业担任高管或者自主创业。Bloom (1992)[1]发现,在韩国当生产部经理离开跨国公司自主创业时,会发生实质性的技术转移;Pack 等(1997)[2]在论文中也提到:1980 年代中期,台湾的化工企业几乎 50％的工程师,63％的熟练工人离开跨国公司进入当地企业或自主创业,给台湾经济增长带来巨大的促进作用。因此,如何引导和鼓励外资企业就业的中国员工进入本国企业或自主创业,是提高我国技术吸收能力和促进我国技术进步和经济增长的又一重要途径。

3. 人力资本投入指标

人力资本的教育水平或者结构的提升均来源于教育,因此,通常教育的投入状况也作为人力资本的代理指标之一。

二、环境要素

技术吸收能力不仅和该国的基础要素密切相关,而且,一国的政

① Bloom, M. (1992), "Technological Change in the Korean Electronics Industry", OECD, Paris.

② Pack, H. and Saggi, K. (1997), "Inflows of Foreign Technology and Indigenous Technological Development" [J], *Review of Development Economics* 1, pp. 81 - 98.

治、经济、金融、法制以及文化风俗等等均会从不同程度影响一国的FDI技术吸收能力。为实证方便，综合已有文献我们主要讨论环境要素的三方面决定要素，主要包括金融市场、法律制度和市场体制。

（一）金融市场

金融市场是指资金供求双方借助金融工具进行各种货币资金交易活动的市场（或场所），也就是各种融资市场的总称。金融活动的方式大体上分为两种，即直接融资和间接融资。直接融资是指资金供求双方通过一定的金融工具直接形成债权债务关系的融资形式。所用金融工具多为商业票据、股票、债券等。间接融资则为直接融资的对称，是指资金供求双方通过金融中介机构实现资金融通的活动。本文主要指的是银行部门（或信贷市场）和与股票市场（或证券市场）有关的两类。

1. 银行部门

与银行部门有关的指标有 4 个：①金融系统的流动性负债，这是度量全部金融中介包括中央银行、储蓄存款货币银行和其他金融机构规模的一个指标，也是衡量一国经济货币化程度的重要指标；②商业银行资产，等于商业银行资产除以商业银行资产与央行资产之和，它反映了商业银行对中央银行来说分配社会储蓄资源的程度；③私人部门贷款，等于金融中介对私人部门的贷款除以 GDP，它衡量了除央行外，私人金融中介分配社会储蓄的能力；④银行贷款，等于储蓄存款货币银行对私人部门的贷款除以 GDP，它衡量了除中央银行、金融信托投资公司、金融租赁公司之外，其他私人金融机构分配社会储蓄的能力（King 和 Levine，1993[1]；Levine 和 Zervos，1998[2]；Levine，2000[3] 等）。鉴于

---

① King, R. and Levine, R. (1993a), "Finance and Growth: Schumpeter Might be Right", Quarterly Journal of Economics 108, pp. 717 - 737; King, R. and Levine, R. (1993b), "Finance, Entrepreneurship, and Growth", *Journal of Monetary Economics* 32, pp. 513 - 542.

② Levine, R., Zervos, S., 1998. "Stock Markets, Banks and Economic Growth". *American Economic Review 88*, pp. 537 - 558.

③ Levine, R., Loayza, N., Beck, T., 2000. "Financial Intermediation and Growth: Causality and Causes". *Journal of Monetary Economics*，46:1, pp. 31 - 77.

商业银行资产、私人部门贷款和银行贷款均为衡量金融中介分配社会储蓄资源程度的指标,本文仅选取金融系统流动性负债和银行贷款两个指标作为衡量一国国内金融市场发展水平的重要指标。

2. 股票市场

与股票市场有关的指标,主要是股票成交额与 GDP 之比,股票市值与 GDP 的比率以及股票筹资额与 GDP 的比值,它衡量了一国金融资源资本化程度。可作为股票市场效率的指标。

(二)法律制度

法律制度对一国技术吸收能力的影响主要通过规范一国的市场秩序,影响技术创新的动力等实现。关于法律制度与技术吸收能力的关系的研究主要集中在知识产权保护与技术吸收能力的研究方面(Smarzynska,1999[①]),并认为如果东道国缺乏对知识产权的有力保护措施,那么外国投资企业趋向于进行低技术投资,而且外商企业也缺乏在当地进行研发活动的动力。为了测量知识产权保护度,本文采用中国专利中外国单位和个人的申请比例和授权比率两个代理指标进行测定。

1. 外资中国发明专利申请数

外国单位和个人在中国申请专利的比例可以看成是国外机构对中国专利保护的信心指数。一般来说,外国机构对中国专利保护制度越有信心,越愿意在中国申请专利。因此,外资中国专利申请比例代表着中国专利保护制度在外资机构心目中的保护强度,与技术吸收能力密切相关。

2. 外资中国发明专利授权数

外国单位和个人在获得的实际专利授权代表着中国对外资机构专利的保护强度,与技术吸收能力密切相关。

(三)市场体制

市场体制涉及的因素较多,如经济开放度、市场化程度、市场竞争

① Smarzynska, Beata. 1999. "Composition of foreign direct investment and protection of intellectual property rights in transition economies" CEPR Working Paper 2228, September.

程度等等。因为市场竞争程度主要用于行业分析中作为某行业竞争的激烈程度的衡量指标,而本文主要考察的是国家层面 FDI 技术吸收能力,因此主要采用经济开放度和市场化程度两个指标来考察市场体制对技术吸收能力的影响。

1. 经济开放度

Findley (1978)[1]、Koizumi 和 Kopecky(1977)[2]、Wang(1990)[3]以及 Rivera Batiz(1991)[4]对 FDI 规模扩大对东道国经济增长的促进作用进行了严密的理论分析,证实了对外开放的规模和 FDI 外溢效应之间的正相关关系的存在。实证检验中研究人员通常用出口依存度指标来代替经济开放度(包群等,2002[5]),这样有利于验证我国的对外贸易与 FDI 之间究竟存在着替代效应(Substitution)还是互补效应(Complement)。一般认为,出口依存度与技术溢出效应存在正向相关关系,但是与技术吸收能力关系如何还有待于实证检验。

2. 市场化程度

一国的市场化程度是由国有企业在市场中占有的份额所决定的,通常认为国有企业的份额越大,市场化程度越低,反之,市场化程度越高。因此,我们也可以用市场化程度指标表示市场竞争的激烈程度。本文用国有及国有控股企业的工业产值来表示市场化程度指标,可以推断这一指标应该与一国的技术吸收能力成反比。

概括而言,FDI 技术吸收能力指标体系由两大类,6 大决定要素,

① Findley R. (1978), "Relative Backwardness, Direct Foreign Investment and the Transfer of Technology: a Simple Dynamic Model", *Quarterly Journal of Economics*, 92, pp. 1-16.

② Koizumi, T. and K. J. Kopecky (1977), "Economic Growth, Capital Movements and the International Transfer of Technical Knowledge", *Journal of International Economics*, 7, February, pp. 45-65.

③ Wang Jian-ye, 1990, "Growth, Technology Transfer, and the Long-run Theory of International Capital Movement", *Journal of International Economics*, 29, pp. 255-271.

④ Rivera-Batiz, Luis A., and Paul M. Romer(1991), "Economic Integration and Endogenous Growth", *Quarterly Journal of Economics*, 106, pp. 531-555.

⑤ 包群、许和连、赖明勇:《贸易开放度与经济增长:理论及中国的经验研究》,《世界经济》,2003,2,第10—18页。

14 个一级代理指标,25 个二级代理指标共同组成。接下来本书将对 25 个二级代理指标进行量化,并检验其与技术吸收能力之间的关系。

第三节　本章小结

本章首先对 FDI 技术吸收能力的概念进行重新界定,认为国家层面的技术吸收能力为:一国获得,吸取,转化和利用跨国公司在该国的分支机构的技术,从而产生动态的自主创新能力的能力,包括"获得,吸取,转化和利用"四个关键环节。并在此基础上给出了 FDI 技术吸收能力的基本理论框架和模型,并通过比较静态分析给出了各自变量与因变量之间的影响的理论趋势。

然后,本章简单介绍了在后文即将运用的分析方法,并构建了一个包括两大类,6 大决定要素,14 个一级代理指标,25 个二级代理指标共同组成的技术吸收能力指标体系,从而为后文的实证分析结果做好理论和方法的铺垫。

第四章 基础要素与技术吸收能力

根据第三章构建的 FDI 技术吸收能力指标体系,外商直接投资的技术吸收能力的决定要素分为基础要素(BASE)与环境要素(ENVIR)。本文的一个核心的假设为:如果某一决定要素与 FDI 的连乘变量与我国 GDP 增长率成正相关关系,则认为该决定要素的改善能提高我国的技术吸收能力。本章主要讨论基础要素与 GDP 的增长率之间的关系。正如本文所说,基础要素分为三类,即基础设施(INF)、研究与发展(RAD)、人力资本(H)。本章的具体安排是首先依次对三类基础要素进行实证分析,讨论三类基础要素是如何影响 FDI 的技术吸收能力,从而影响人均 GDP 增长率。

第一节 基础设施与技术吸收能力

如前文所述,基础设施包括三类一级指标和五类二级指标,三类一级指标分别为:电话普及率、电信业务量和道路交通状况。其中,电话普及率我们选择了 2 类二级指标,即本地年末电话用户数(万户)(PHONE)和年末手机用户数(万户)(MOBILE);电信业务量也包括 2 类二级指标,即邮电业务量(亿元)(POST)和全社会旅客周转量(亿人公里)(TURN);道路交通状况我们用公路里程数(万公里)(ROAD)来表示。因变量为 GDP。分别对各个变量取对数值,以下为各代理指标的计算方法:

GDP=ln(国内生产总值)

PHONE=ln(本地年末电话用户数)

MOBILE=ln(年末手机用户数)

POST＝ln（邮电业务量）

TURN＝ln（全社会旅客周转量）

ROAD＝ln（公路里程数）

FDI＝ln（实际利用外资金额/GDP）

构造的连乘变量分别为：

PHONFDI＝FDI×PHONE

MOBFDI＝FDI×MOBILE

POSTFDI＝FDI×POST

TURNFDI＝FDI×TURN

ROADFDI＝FDI×ROAD

初始人均 GDP 用 Y_0 表示，Y_0＝ln（上一年度人均国内生产总值）。

一、电话普及率与技术吸收能力

电话普及率涉及本地年末电话用户数（万户）（PHONE）和年末手机用户数（万户）（MOBILE）两个二级代理指标，借鉴 Borensztein 等（1998）和赖明勇等（2005）的建模思路，构造连乘变量，建立如下回归模型：

$$GDP = C_0 + C_1 FDI + C_2 PHONFDI + C_3 Y_0 + e \qquad (4.1)$$

$$GDP = C_0 + C_1 FDI + C_2 MOBFDI + C_3 Y_0 + e \qquad (4.2)$$

e 为误差项。

分别采用中国 1985—2004 年的统计数据，运用 Eviews3.1 计量分析软件进行分析，数据来源于各年《中国统计年鉴》。

（一）电话用户数与技术吸收能力的实证分析

1. 变量的平稳性检验

变量的平稳性检验是能否运用线性回归模型的基本前提，而大多数时间序列数据都是不平稳的，因此非常有必要分别对模型（4.1）的变量 GDP，FDI，PHONFDI，Y_0 进行 ADF 检验，检验结果见表4－1：

表 4 - 1　ADF 检验结果

变　　量	ADF 统计量	1％临界值	5％临界值	10％临界值
GDP 水平序列	−2.903 5(1)	−4.574 3	−3.692 0	−3.285 6
GDP 一阶差分	−2.459 3(1)	−4.619 3	−3.711 9	−3.296 4
GDP 二阶差分	−3.097 8(1)	−3.922 8	−3.065 9	−2.674 5
FDI 水平变量	−1.860 9(1)	−4.574 3	−3.692 0	−3.285 6
FDI 一阶差分	−2.366 5(1)	−3.887 7	−3.052 1	−2.667 2
FDI 二阶差分	−3.022 5(1)	−3.922 8	−3.065 9	−2.674 5
Y_0 水平变量	−2.121 2(1)	−4.574 3	−3.692 0	−3.285 6
Y_0 一阶差分	−2.146 4(1)	−4.619 3	−3.711 9	−3.296 4
Y_0 二阶差分	−3.259 3(1)	−3.922 8	−3.065 9	−2.674 5
PHONFDI 水平变量	−2.158 3(1)	−4.574 3	−3.692 0	−3.285 6
PHONFDI 一阶差分	−2.205 2(1)	−4.619 3	−3.711 9	−3.296 4
PHONFDI 二阶差分	−2.712 7(1)	−3.922 8	−3.065 9	−2.674 5

注:本分析结果采用 Eviews3.1 软件计算。在对水平变量进行 ADF 检验时,由于变量具有非零均值,且有明显趋势,因此选择既包括截距项又包括趋势项的检验模型,而在对一阶差分和二阶差分进行检验时,由于差分变量没有明显趋势,因此选择仅包括截距项的检验模型。第二列括号中的数字表示滞后期。

由表 4 - 1 的 ADF 检验结果可以看出:变量 GDP,FDI,PHONFDI,Y_0 的水平序列和一阶差分序列均不能拒绝单位根假设,说明水平序列和一阶差分序列是非平稳的;但是二阶差分序列在滞后期为 1 时均能拒绝单位根假设,所以二阶差分序列是平稳的。GDP 和 PHONFDI 均在 90％的置信区间拒绝单位根假设,FDI 和 Y_0 在 95％的置信区间拒绝单位根假设。

2. 协整分析

由 ADF 检验结果可知,模型 4.1 中的各变量的二阶差分序列为平稳系列,滞后期为 1,因此满足协整检验的条件,于是本文利用 Johanson 协整检验分析方法,检验各变量之间的长期、稳定动态关系,检验结果见表 4-2:

表 4-2 协整检验结果(滞后 1 期)

特征值	似然率	5%临界值	1%临界值	假定协整方程的个数
0.998 6	166.82	47.21	54.46	无**
0.854 4	34.47	29.68	35.65	至多 1 个*
0.220 1	4.86	15.41	20.04	至多 2 个
0.007 0	0.13	3.76	6.65	至多 3 个

标准化的协整系数及标准差(括号内数字表示)

GDP	FDI	PHONFDI	Y_0	C
1.000 000	0.027 553 (0.003 66)	0.001 128 (0.004 16)	$-1.101\ 322$ (0.010 78)	$-1.691\ 983$

注:*(**)为在 5%(1%)的显著性水平下拒绝原假设,协整方程选有截距。数据同样采用中国 1985—2004 年间的统计数据,数据来源于各年《中国统计年鉴》。

表 4-2 显示:GDP、FDI、PHONFDI 和 Y_0 之间,在 99%的置信区间存在唯一的协整关系,标准化的长期均衡方程如下:

$$GDP = -1.691\ 983 + 0.027\ 553FDI$$
$$+ 0.001\ 128PHONFDI - 1.101\ 322Y_0 \qquad (4.3)$$

3. Granger 因果检验

有了 PHONFDI 变量与 GDP 之间的长期、稳定关系还不够,我们进一步运用 Pairwise Granger Causality Tests 因果检验法对 GDP 与

PHONFDI 的因果关系进行检验①,结果如表 4 - 3:

表 4 - 3　Granger 因果检验结果(滞后 1 期)

零　假　设	样本数	F 统计值	概　率
GDP 不是 PHONFDI 的原因	19	0.063 55	0.804 17
PHONFDI 不是 GDP 的原因		4.576 04	0.048 19

注:样本区间为 1985—2004 年间,数据根据各年《统计年鉴》及《统计公报》处理而得,利用 Eviews3.1 统计软件进行处理。

表 4 - 3 显示,在置信区间为 95% 的情况下,PHONFDI 确实是 GDP 变化的原因,也就是说,电话拥有数 PHONE 与 FDI 作用确实能够引起 GDP 的变化,两者之间存在长期稳定的关系,这种变化的强弱和方向主要看协整方程连乘变量的系数。

4. 结果讨论

(1) 电话拥有数 PHONE 与 FDI 的连乘变量 PHONFDI 与 GDP 存在正向因果关系。这说明固定电话的普及作为基础设施的重要变量之一,通过与外商直接投资的相互作用,的确能够提升我国 FDI 技术吸收能力,促进 GDP 的增长。

(2) PHONFDI 的标准化协整系数为 0.001 128,这一数值非常小,说明目前我国电话普及率对技术吸收能力的提高和 GDP 增长的促进作用较小。

(二) 手机用户数与技术吸收能力的实证分析

1. 变量的平稳性检验

基本研究思路和本小节(一)类似,首先,对变量的平稳性进行 ADF 检验,由于时间序列变量 GDP, FDI, Y_0 的 ADF 检验在前文已经完成,均为二阶差分滞后 1 期时序列是平稳的,所以这里只需要对时间序列数据变量 MOBFDI 的单整性进行 ADF 检验,检验结果见表 4 - 4:

① 由于 FDI 和 Y_0 与 GDP 的因果关系早已经被经典经济学理论所证明,所以本文仅仅分析 PHONFDI 与 GDP 之间的因果关系,后文涉及到因果检验也是如此。

表 4-4 ADF 检验结果

变 量	ADF 统计量	1%临界值	5%临界值	10%临界值
MOBFDI 水平变量	-0.219 0(1)	-4.574 3	-3.692 0	-3.285 6
MOBFDI 一阶差分	-0.638 1(1)	-4.619 3	-3.711 9	-3.296 4
MOBFDI 二阶差分	-2.830 4(1)	-3.922 8	-3.065 9	-2.674 5

注:本分析结果采用 Eviews3.1 软件计算。在对水平变量进行 ADF 检验时,由于变量具有非零均值,且有明显趋势,因此选择既包括截距项又包括趋势项的检验模型,而在对一阶差分和二阶差分进行检验时,由于差分变量没有明显趋势,因此选择仅包括截距项的检验模型。第二列括号中的数字表示滞后期。

由表 4-4 的 ADF 检验结果可以看出:变量 MOBFDI 的水平序列和一阶差分序列不能拒绝单位根假设,说明水平序列和一阶差分序列是非平稳的;但是二阶差分序列在滞后期为 1 时能拒绝单位根假设,所以二阶差分序列是平稳。GDP 和 MOBFDI 均在 90%的置信区间拒绝单位根假设。

2. 协整分析

由 ADF 检验结果可知,模型 4.2 中的各变量的二阶差分序列为平稳系列,滞后期为 1,因此满足协整检验的条件,于是本文利用 Johanson 协整检验分析方法,检验各变量之间的长期、稳定动态关系,检验结果见表 4-5:

表 4-5 协整检验结果(滞后 1 期)

特征值	似然率	5%临界值	1%临界值	假定协整方程的个数
0.999 6	155.11	47.21	54.46	无**
0.654 6	30.35	29.68	35.65	至多 1 个*
0.553 2	13.34	15.41	20.04	至多 2 个
0.027 7	0.45	3.76	6.65	至多 3 个

（续表）

标准化的协整系数及标准差（括号内数字表示）				
GDP	FDI	MOBFDI	Y_0	C
1.000 000	0.012 760	0.011 194	$-1.012\,468$	$-2.455\,605$
	(0.001 64)	(0.001 37)	(0.009 34)	

注：*（**）为在 5％（1％）的显著性水平下拒绝原假设，协整方程选有截距。数据同样采用中国 1988—2004 年间的统计数据，数据来源于各年《中国统计年鉴》。

表 4-5 显示：GDP、FDI、MOBFDI 和 Y_0 之间，在 99％的置信区间存在唯一的协整关系，标准化的长期均衡方程如下：

$$GDP = -2.455\,605 + 0.012\,760 FDI$$
$$+ 0.011\,194 MOBFDI - 1.012\,468 Y_0 \qquad (4.4)$$

3. Granger 因果检验

有了 MOBFDI 变量与 GDP 之间的长期、稳定关系还不够，我们进一步运用 Pairwise Granger Causality Tests 因果检验法对 GDP 与 MOBFDI 的因果关系进行检验，结果如表 4-6：

表 4-6　Granger 因果检验结果（滞后 1 期）

零　假　设	样本数	F 统计值	概　率
GDP 不是 MOBFDI 的原因	16	0.051 56	0.758 13
MOBFDI 不是 GDP 的原因		8.456 04	0.035 38

注：样本区间为 1988—2004 年间，数据根据各年《统计年鉴》及《统计公报》处理而得，利用 Eviews3.1 统计软件进行处理。

表 4-6 显示，在置信区间为 95％的情况下，MOBFDI 确实是 GDP 变化的原因，也就是说，手机拥有数 MOBILE 与 FDI 相互作用确实能够引起 GDP 的变化，这种变化的强弱和方向主要看协整方程连乘变量的系数。

4. 结果讨论

（1）手机拥有数 MOBILE 与 FDI 的连乘变量 MOBFDI 与 GDP 存在正向因果关系。这说明手机的普及作为基础设施的重要变量之一，通过与外商直接投资的相互作用，的确能够提升我国 FDI 技术吸收能力,促进 GDP 的增长。

(2) MOBFDI 的标准化协整系数为 0.011 194,这一数值非常小,说明目前我国手机普及率对技术吸收能力的提高和 GDP 增长的促进作用较小。但是值得注意的是较之固定电话的普及率 PHONFDI 与 GDP 的标准化协整系数 0.001 128 而言,其对 FDI 技术吸收能力的影响要显著得多。如果将手机定义为现代化的通信设备,则我们可以得出的结论为:现代化的通讯设备通讯手段较传统的通信手段而言,其发展对 FDI 技术吸收能力和 GDP 的促进作用要强得多。

二、电信业务量与技术吸收能力

电信业务量的二级代理指标之间有两种:一是邮电业务量(亿元)(POST);二是全社会旅客周转量(亿人公里)(TURN)。同样,借鉴 Borensztein 等(1998)和赖明勇等(2005)的建模思路,分别采用中国 1985—2004 年的统计数据,运用 Eviews3.1 计量分析软件进行分析,数据来源于各年《中国统计年鉴》,建立如下分析框架(e 为误差项):

$$GDP = C_0 + C_1 FDI + C_2 POSTFDI + C_3 Y_0 + e \qquad (4.5)$$

$$GDP = C_0 + C_1 FDI + C_2 TURNFDI + C_3 Y_0 + e \qquad (4.6)$$

1. 变量的平稳性检验

基本研究思路和本小节(一)类似,首先,对变量的平稳性进行 ADF 检验,由于时间序列变量 GDP, FDI, Y_0 的 ADF 检验在前文已经完成,均为二阶差分滞后 1 期时序列是平稳的,所以这里只需要对时间序列数据变量 POSTFDI 和 TURNFDI 的单整性进行 ADF 检验,检验结果见表 4-7:

表 4-7 ADF 检验结果

变　量	ADF 统计量	1%临界值	5%临界值	10%临界值
POSTFDI 水平变量	−2.039 2(1)	−4.574 3	−3.692 0	−3.285 6
POSTFDI 一阶差分	−1.916 4(1)	−4.619 3	−3.711 9	−3.296 4

（续表）

变　量	ADF 统计量	1%临界值	5%临界值	10%临界值
POSTFDI 二阶差分	−2.676 9(1)	−2.727 5	−1.964 2	−1.626 9
TURNFDI 水平变量	−2.167 1(1)	−4.574 3	−3.692 0	−3.285 6
TURNFDI 一阶差分	−3.106 2(1)	−4.619 3	−3.711 9	−3.296 4
TURNFDI 二阶差分	−3.357 2(1)	−3.922 8	−3.065 9	−2.674 5

注:本分析结果采用 Eviews3.1 软件计算。在对水平变量进行 ADF 检验时,由于变量具有非零均值,且有明显趋势,因此选择既包括截距项又包括趋势项的检验模型,而在对一阶差分和二阶差分进行检验时,由于差分变量没有明显趋势,因此选择仅包括截距项的检验模型。第二列括号中的数字表示滞后期。

由表 4−7 的 ADF 检验结果可以看出:变量 POSTFDI 与 TURNFDI 的水平序列和一阶差分序列不能拒绝单位根假设,说明水平序列和一阶差分序列是非平稳的;但是二阶差分序列在滞后期为 1 时能拒绝单位根假设,所以二阶差分序列是平稳的,且在 95%的置信区间拒绝单位根假设。

2. 协整分析

由 ADF 检验结果可知,模型 4.5 和 4.6 中的各变量的二阶差分序列为平稳序列,滞后期为 1,因此满足协整检验的条件,于是本文利用 Johanson 协整检验分析方法,分别检验模型 4.5 和 4.6 各变量之间的长期、稳定动态关系,检验结果见表 4−8 和表 4−9:

表 4−8　协整检验结果(滞后 1 期)

特征值	似然率	5%临界值	1%临界值	假定协整方程的个数
0.998 1	155.14	47.21	54.46	无**
0.791 6	42.33	29.68	35.65	至多 1 个*
0.431 7	14.09	15.41	20.04	至多 2 个
0.195 8	3.22	3.76	6.65	至多 3 个

（续表）

标准化的协整系数及标准差（括号内数字表示）				
GDP	FDI	POSTFDI	Y_0	C
1.000 000	−0.191 610 (0.130 11)	0.155 321 (0.095 67)	−1.106 051 (0.041 73)	−2.886 588

注：*（＊＊）为在5％（1％）的显著性水平下拒绝原假设，协整方程选有截距。数据同样采用中国 1988—2004 年间的统计数据，数据来源于各年《中国统计年鉴》。

表 4-8 显示：GDP、FDI、POSTFDI 和 Y_0 之间，在 99％的置信区间存在唯一的协整关系，标准化的长期均衡方程如下：

$$GDP = -2.886\,588 - 0.191\,610FDI \qquad (4.7)$$
$$+ 0.115\,321POSTFDI - 1.106\,051Y_0$$

表 4-9 协整检验结果（滞后 1 期）

特征值	似然率	5％临界值	1％临界值	假定协整 方程的个数
0.998 083	131.640 7	47.21	54.46	无＊＊
0.841 155	37.153 08	29.68	35.65	至多 1 个*
0.127 527	2.677 923	15.41	20.04	至多 2 个
0.004 510	0.085 886	3.76	6.65	至多 3 个

标准化的协整系数及标准差（括号内数字表示）				
GDP	FDI	TURNFDI	Y_0	C
1.000 000	0.006 387 (0.013 05)	0.006 236 (0.015 27)	−1.098 635 (0.010 63)	−1.830 604

注：*（＊＊）为在5％（1％）的显著性水平下拒绝原假设，协整方程选有截距。数据同样采用中国 1988—2004 年间的统计数据，数据来源于各年《中国统计年鉴》。

表 4-9 显示：GDP、FDI、POSTFDI 和 Y_0 之间，在 99％的置信区间存在唯一的协整关系，标准化的长期均衡方程如下：

$$GDP = -1.830\ 604 + 0.006\ 387FDI$$
$$+ 0.006\ 236TURNFDI - 1.098\ 635Y_{\circ}$$

(4.8)

3. Granger 因果检验

有了 MOBFDI 变量与 GDP 之间的长期、稳定关系还不够,我们进一步运用 Pairwise Granger Causality Tests 因果检验法对 GDP 与 MOBFDI 的因果关系进行检验,结果如表 4-10:

表 4-10 Granger 因果检验结果(滞后 1 期)

零 假 设	样本数	F 统计值	概 率
GDP 不是 POSTFDI 的原因	19	0.866 57	0.865 74
POSTFDI 不是 GDP 的原因		12.491 3	0.002 76
GDP 不是 TURNFDI 的原因	19	0.199 20	0.661 35
TURNFDI 不是 GDP 的原因		8.049 93	0.011 89

注:样本区间为 1988—2004 年间,数据根据各年《统计年鉴》及《统计公报》处理而得,利用 Eviews3.1 统计软件进行处理。

表 4-10 显示,在置信区间为 99% 的情况下,POSTFDI 和 TURNFDI 确实是 GDP 变化的原因,也就是说,邮电业务量 POSTFDI 和全社会旅客周转量 TURNFDI 确实与 FDI 作用确实能够引起 GDP 的变化,这种变化的强弱和方向主要看协整方程连乘变量的系数。

4. 结果讨论

(1) 邮电业务量 POST 以及全社会旅客周转量 TURN 与 FDI 的连乘变量 POSTFDI、TURNFDI 与 GDP 存在正向因果关系。这说明加强邮电业务的发展和促进旅客周转速度,通过与外商直接投资的相互作用,的确能够提升我国 FDI 技术吸收能力,促进 GDP 的增长。

(2) POSTFDI 的标准化协整系数为 0.115 321,而 TURNFDI 的标准化协整系数为 0.006 236,说明目前我国邮电业在信息交流过程中仍然起着非常重要的作用,其对我国 FDI 技术吸收能力的促进作用要大于旅客周转速度的作用。

三、道路交通状况与技术吸收能力

道路交通状况常用的代理指标之间为公路里程数（万公里）（ROAD），同前文建立如下分析框架（e 为误差项）：

$$GDP = C_0 + C_1 FDI + C_2 ROADFDI + C_3 Y_0 + e \qquad (4.9)$$

1. 变量的平稳性检验

基本研究思路和本小节（一）类似，对时间序列数据变量 ROADFDI 的单整性进行 ADF 检验，检验结果见表 4-11：

表 4-11　ADF 检验结果

变　　量	ADF 统计量	1%临界值	5%临界值	10%临界值
ROADFDI 水平变量	−1.963 6(1)	−4.574 3	−3.692 0	−3.285 6
ROADFDI 一阶差分	−2.564 4(1)	−3.887 7	−3.052 1	−2.667 2
ROADFDI 二阶差分	−3.202 3(1)	−3.922 8	−3.065 9	−2.674 5

注：本分析结果采用 Eviews3.1 软件计算。在对水平变量进行 ADF 检验时，由于变量具有非零均值，且有明显趋势，因此选择既包括截距项又包括趋势项的检验模型，而在对一阶差分和二阶差分进行检验时，由于差分变量没有明显趋势，因此选择仅包括截距项的检验模型。第二列括号中的数字表示滞后期。

由表 4-11 的 ADF 检验结果可以看出：变量 ROADFDI 的水平序列和一阶差分序列不能拒绝单位根假设，说明水平序列和一阶差分序列是非平稳的；但是二阶差分序列在滞后期为 1 时能拒绝单位根假设，所以二阶差分序列是平稳的，且在 95%的置信区间拒绝单位根假设。

2. 协整分析

由 ADF 检验结果可知，模型 4.9 中的各变量的二阶差分序列为平稳系列，滞后期为 1，因此满足协整检验的条件，于是本文利用 Johanson 协整检验分析方法，分别检验模型 4.9 各变量之间的长期、稳定动态关系，检验结果见表 4-12：

表 4 - 12　协整检验结果(滞后 1 期)

特征值	似然率	5％临界值	1％临界值	假定协整方程的个数
0.996 980	124.638 9	47.21	54.46	无**
0.367 541	14.389 92	29.68	35.65	至多1个*
0.256 154	5.685 259	15.41	20.04	至多2个
0.003 298	0.062 764	3.76	6.65	至多3个

标准化的协整系数及标准差(括号内数字表示)				
GDP	FDI	ROADFDI	Y_0	C
1.000 000	−0.001 096 (0.013 72)	0.019 267 (0.018 44)	−1.105 912 (0.011 38)	−1.787 744

注:*(**)为在 5％(1％)的显著性水平下拒绝原假设,协整方程选有截距。数据同样采用中国 1988—2004 年间的统计数据,数据来源于各年《中国统计年鉴》。

表 4 - 12 显示:GDP、FDI、ROADFDI 和 Y_0 之间,在 99％的置信区间存在唯一的协整关系,标准化的长期均衡方程如下:

$$GDP = -1.787\ 744 - 0.001\ 096 FDI$$
$$+ 0.019\ 267 ROADFDI - 1.105\ 912 Y_0 \qquad (4.10)$$

3. Granger 因果检验

有了 ROADFDI 变量与 GDP 之间的长期、稳定关系还不够,我们进一步运用 Pairwise Granger Causality Tests 因果检验法对 GDP 与 ROADFDI 的因果关系进行检验,结果如表 4 - 13:

表 4 - 13　Granger 因果检验结果(滞后 1 期)

零假设	样本数	F统计值	概率
GDP 不是 ROADFDI 的原因	19	0.184 56	0.673 21
ROADFDI 不是 GDP 的原因		9.924 92	0.006 19

注:样本区间为 1988—2004 年间,数据根据各年《统计年鉴》及《统计公报》处理而得,利用 Eviews3.1 统计软件进行处理。

表 4 - 13 显示,在置信区间为 99% 的情况下,ROADFDI 确实是 GDP 变化的原因,也就是说,公路里程数与 FDI 的连乘变量 ROADFDI 确实能够引起 GDP 的变化,这种变化的强弱和方向主要看协整方程连乘变量的系数。

4. 结果讨论

道路交通状况的代理指标公路里程数 ROAD 与 FDI 的连乘变量 ROADFDI 与 GDP 存在正向因果关系,相关系数为 0.019 267,这说明加强道路交通的建设,通过增强和 FDI 之间的产业联系可以增强我国的技术吸收能力,从而促进 GDP 的增长。

四、简单小结

1. 基础设施要素 INF 的各类代理指标均与 GDP 之间存在正相关关系,但相关关系不显著。由方程 4.3、4.4、4.7、4.8 和 4.9 可见 PHONFDI、MOBFDI、POSTFDI、TURNFDI 和 ROADFDI 与 GDP 的协整系数分别为 0.001 1、0.011 2、0.115 3、0.006 2 和 0.019 3。基础设施要素对经济增长具有正向推动作用,但是这种推动作用并不显著。

2. 我国基础设施要素 INF 对技术吸收能力的提升仍然主要依靠传统的邮政业务来实现。在基础设施的诸多代理指标中仍然以 POSTFDI 的协整系数最大为 0.115 3,其次为公路里程数 ROADFDI,接着分别为手机用户数 MOBFDI、全社会旅客周转量 TURNFDI 和固定电话的普及率 PHONFDI。这说明基础设施不仅是吸引外商直接投资的一个重要因素,而且是对 FDI 技术溢出的吸收提供必要的条件。随着基础设施内涵的不断发展变化,现代化电信设施在基础设施中的重要性越来越不言而喻了。我们的实证研究发现我国传统基础设施对技术吸收能力的贡献较大,而现代化基础设施的代表 MOBFDI 的贡献较小,这说明现代化基础设施对我国技术吸收能力的贡献还不如传统方式。这一方面说明在我国对传统的基础设施的依赖惯性还较强;另一方面我国现代化基础设施对经济发展的贡献还大有潜力可挖。因此,为增强我国的技术吸收能力,在加强基础设施建设时,应充分重视现代化基础设施的建设。

第二节 R&D 与技术吸收能力

如前文所述研究与发展（RAD）包括两类一级指标：R&D 投入状况和 R&D 产出状况。其中 R&D 投入状况理论值应该为一国投入的所有研究与发展经费，包括国家、企业、个人以及其他机构与组织，但是很难获得有关准确数据，又因为在我国研究与发展经费最主要的投入方仍然为企业，所以在本文同其他文献一样采用（GRD）来表示 R&D 投入状况。另外，有关 R&D 产出状况我们选取了国内专利申请数（LAPP）、国内专利授权数（LGRA）以及国内发表的 SCI/EI/ISTP 三大论文索引（PAPER）情况来表示。同前文因变量为 GDP，初始人均 GDP 为 Y_0。研究与发展的投入与产出指标的计算方法如下：

GRD＝ln（国家 R&D 经费投入）

LAPP＝ln（国内发明专利申请数）

LGRA＝ln（国内发明专利授权数）

PAPER＝ln（SCI/EI/ISTP 三大索引论文数）

GFDI＝FDI×RD

LAPPFDI＝ln（FDI×LAPP）

LGRAFDI＝ln（FDI×NGRA）

PAPFDI＝ln（FDI×PAPER）

在遵循前一节的基本分析思路的基础上，本小节将 R&D 的 4 个二级代理指标一起分别依次进行 ADF 检验、协整检验、因果检验和实证结果的讨论。同理，分别建立如下回归模型，e 为误差项：

$$GDP = C_0 + C_1 FDI + C_2 GRDFDI + C_3 Y_0 + e \qquad (4.11)$$

$$GDP = C_0 + C_1 FDI + C_2 LAPPFDI + C_3 Y_0 + e \qquad (4.12)$$

$$GDP = C_0 + C_1 FDI + C_2 LGRAFDI + C_3 Y_0 + e \qquad (4.13)$$

$$GDP = C_0 + C_1 FDI + C_2 PAPFDI + C_3 Y_0 + e \qquad (4.14)$$

分别采用中国 1985—2004 年的统计数据,运用 Eviews3.1 计量分析软件进行分析,数据来源于各年《中国统计年鉴》。

一、ADF 检验

基本研究思路和本小节(一)类似,对时间序列数据变量 GRDFDI、LAPPFDI、LGRAFDI 以及 PAPFDI 进行单整性 ADF 检验,检验结果见表 4-14:

表 4-14　ADF 检验结果

变　　量	ADF 统计量	1%临界值	5%临界值	10%临界值
GRDFDI 水平序列	$-2.137\,5(1)$	$-4.671\,2$	$-3.734\,7$	$-3.308\,6$
GRDFDI 一阶差分	$-2.388\,2(1)$	$-3.963\,5$	$-3.081\,8$	$-2.682\,9$
GRDFDI 二阶差分	$-2.797\,9(1)$	$-4.011\,3$	$-3.100\,3$	$-2.692\,7$
LAPPFDI 水平变量	$-2.371\,7(1)$	$-4.574\,3$	$-3.692\,0$	$-3.285\,6$
LAPPFDI 一阶差分	$-2.612\,9(1)$	$-3.887\,7$	$-3.052\,1$	$-2.667\,2$
LAPPFDI 二阶差分	$-3.206\,6(1)$	$-3.922\,8$	$-3.065\,9$	$-2.674\,5$
LGRAFDI 水平变量	$-4.046\,6(1)$	$-4.574\,3$	$-3.692\,0$	$-3.285\,6$
LGRAFDI 一阶差分	$-3.849\,0(1)$	$-3.887\,7$	$-3.052\,1$	$-2.667\,2$
LGRAFDI 二阶差分	$-3.940\,9(1)$	$-3.922\,8$	$-3.065\,9$	$-2.674\,5$
PAPFDI 水平变量	$-1.758\,8(1)$	$-4.671\,2$	$-3.734\,7$	$-3.308\,6$
PAPFDI 一阶差分	$-2.327\,3(1)$	$-3.963\,5$	$-3.081\,8$	$-2.682\,9$
PAPFDI 二阶差分	$-2.756\,8(1)$	$-4.011\,3$	$-3.100\,3$	$-2.692\,7$

注:本分析结果采用 Eviews3.1 软件计算。在对水平变量进行 ADF 检验时,由于变量具有非零均值,且有明显趋势,因此选择既包括截距项又包括趋势项的检验模型,而在对一阶差分和二阶差分进行检验时,由于差分变量没有明显趋势,因此选择仅包括截距项的检验模型。第二列括号中的数字表示滞后期。

由表 4-14 的 ADF 检验结果可以看出:变量 GRDFDI、LAPPFDI 和 PAPFDI 的水平序列和一阶差分序列均不能拒绝单位根假设,说明水平序列和一阶差分序列是非平稳的；但是二阶差分序列在滞后期为1时均能拒绝单位根假设，所以二阶差分序列是平稳的。变量 LGRA 在水平序列、一阶差分序列和二阶差分序列均拒绝单位根假设，说明序列是平稳的，但是因为变量 GDP、FDI 和 Y_0 均为二阶差分序列稳定，所以在进行协整检验是也只能取二阶差分序列稳定。

二、协整分析

由 ADF 检验结果可知，模型 4.11、4.12、4.13 和 4.14 中的各变量的二阶差分序列为平稳系列，滞后期为1，因此满足协整检验的条件，于是本文利用 Johanson 协整检验分析方法，检验各变量之间的长期、稳定动态关系，检验结果见表 4-15、4-16、4-17 和 4-18：

表 4-15　模型 4.11 中变量协整检验结果（滞后 1 期）

特征值	似然率	5%临界值	1%临界值	假定协整方程的个数
0.998 689	142.272 9	47.21	54.46	无**
0.776 815	29.441 97	29.68	35.65	至多 1 个*
0.147 976	3.946 117	15.41	20.04	至多 2 个
0.069 454	1.223 718	3.76	6.65	至多 3 个

标准化的协整系数及标准差（括号内数字表示）				
GDP	FDI	GRDFDI	Y_0	C
1.000 000	0.026 762 (0.003 18)	0.037 980 (0.004 23)	−1.014 774 (0.008 53)	−2.314 628

注：*（**）为在 5%（1%）的显著性水平下拒绝原假设，协整方程选有截距。数据同样采用中国 1987—2004 年间的统计数据，数据来源于各年《中国统计年鉴》。

表 4-15 显示：GDP、FDI、GRDFDI 和 Y_0 之间，在 99% 的置信区间存在唯一的协整关系，标准化的长期均衡方程如下：

$$GDP = -2.314\,628 + 0.026\,762FDI$$
$$+ 0.037\,980GRDFDI - 1.014\,774Y_0 \qquad (4.15)$$

表 4－16　模型 4.12 中变量协整检验结果（滞后 1 期）

特征值	似然率	5％临界值	1％临界值	假定协整方程的个数
0.998 285	130.187 3	47.21	54.46	无**
0.613 938	21.921 61	29.68	35.65	至多 1 个*
0.281 270	5.741 742	15.41	20.04	至多 2 个
0.007 452	0.127 152	3.76	6.65	至多 3 个

标准化的协整系数及标准差（括号内数字表示）

GDP	FDI	PAPFDI	Y_0	C
1.000 000	0.019 174 (0.004 02)	−0.019 423 (0.005 91)	−1.060 810 (0.010 31)	−1.926 076

注：*（**）为在 5％（1％）的显著性水平下拒绝原假设，协整方程选有截距。数据同样采用中国 1987—2004 年间的统计数据，数据来源于各年《中国统计年鉴》。

表 4－16 显示：GDP、FDI、PAPFDI 和 Y_0 之间，在 99％的置信区间存在唯一的协整关系，标准化的长期均衡方程如下：

$$GDP = -1.926\ 076 + 0.019\ 174FDI$$
$$- 0.019\ 423PAPFDI - 1.060\ 810Y_0 \qquad (4.16)$$

表 4－17　模型 4.13 中变量协整检验结果（滞后 1 期）

特征值	似然率	5％临界值	1％临界值	假定协整方程的个数
0.996 925	136.018 4	47.21	54.46	无**
0.690 404	26.115 43	29.68	35.65	至多 1 个*
0.156 154	3.838 179	15.41	20.04	至多 2 个
0.031 710	0.612 257	3.76	6.65	至多 3 个

（续表）

标准化的协整系数及标准差（括号内数字表示）				
GDP	FDI	LAPPFDI	Y_0	C
1.000 000	0.011 883	0.002 720	−1.100 309	−1.778 884
	(0.004 32)	(0.005 13)	(0.011 62)	

注：＊（＊＊）为在 5%（1%）的显著性水平下拒绝原假设，协整方程选有截距。数据同样采用中国 1985—2004 年间的统计数据，数据来源于各年《中国统计年鉴》。

表 4-17 显示：GDP、FDI、LAPPFDI 和 Y_0 之间，在 99% 的置信区间存在唯一的协整关系，标准化的长期均衡方程如下：

$$GDP = -1.778\,884 + 0.011\,883FDI$$
$$+ 0.002\,720LAPPFDI - 1.100\,309Y_0 \qquad (4.17)$$

表 4-18 模型 4.14 中变量协整检验结果（滞后 1 期）

特征值	似然率	5%临界值	1%临界值	假定协整方程的个数
0.998 658	153.266 3	47.21	54.46	无＊＊
0.640 893	27.602 87	29.68	35.65	At most 1＊
0.335 034	8.144 306	15.41	20.04	At most 2
0.020 417	0.391 937	3.76	6.65	At most 3

标准化的协整系数及标准差（括号内数字表示）				
GDP	FDI	LGRAFDI	Y_0	C
1.000 000	0.009 843	0.006 891	−1.073 141	−1.963 959
	(0.002 62)	(0.000 91)	(0.004 12)	

注：＊（＊＊）为在 5%（1%）的显著性水平下拒绝原假设，协整方程选有截距。数据同样采用中国 1985—2004 年间的统计数据，数据来源于各年《中国统计年鉴》。

表 4-18 显示：GDP、FDI、LGRAFDI 和 Y_0 之间，在 99% 的置信区间存在唯一的协整关系，标准化的长期均衡方程如下：

$$GDP = -1.963\,959 + 0.009\,843FDI$$
$$+ 0.006\,891LGRAFDI - 1.073\,141Y_{\circ} \qquad (4.18)$$

三、Granger 因果检验

我们进一步运用 Pairwise Granger Causality Tests 因果检验法对 GDP 与 GRDFDI、LAPPFDI、LGRAFDI 和 PAPFDI 的因果关系进行检验,结果如表 4-19:

表 4-19 Granger 因果检验结果(滞后 1 期)

零 假 设	样本数	F 统计值	概 率
GDP 不是 GRDFDI 的原因	17	0.658 30	0.830 74
GRDFDI 不是 GDP 的原因		29.720 1	8.5E-05
GDP 不是 LAPPFDI 的原因	19	0.004 66	0.946 40
LAPPFDI 不是 GDP 的原因		41.370 8	8.3E-06
GDP 不是 LGRAFDI 的原因	19	0.318 90	0.580 10
LGRAFDI 不是 GDP 的原因		14.154 4	0.001 70
GDP 不是 PAPFDI 的原因	17	0.004 49	0.947 50
PAPFDI 不是 GDP 的原因		13.787 9	0.002 32

注:GRDFDI 和 PAPFDI 样本区间为 1987—2004 年间,LAPPFDI 和 LGRAFDI 样本区间为 1985—2004 年间,数据根据各年《统计年鉴》及《统计公报》处理而得,利用 Eviews3.1 统计软件进行处理。

表 4-19 显示,在置信区间内,GRDFDI、PAPFDI、LAPPFDI 和 LGRAFDI 确实是 GDP 变化的原因,也就是说,R&D 的投入变量和产出变量与 FDI 作用确实能够引起 GDP 的变化,这种变化的强弱和方向主要看协整方程连乘变量的系数。

四、结果讨论

1. 政府 R&D 投入变量 GRD 与 FDI 构成的连乘变量与 GDP 存在显著正向因果关系,标准化协整系数为 0.037 980,在 R&D 各代理指标中效果最明显。这说明目前政府的研发投入对我国 FDI 技术吸收能力的提高具有重要意义。由此我们可以得出结论：我国应该进一步加大科技研发资金的投入，吸引更多企业加大 R&D 的投入，形成 R&D 投入主体的多元化。这也证明 R&D 活动确实存在 Cohen 和 Levinthal（1989，1990）所说的两个方面，即技术创新能力和技术吸收能力，而且从本文实证检验的结果来看，其中的技术吸收能力的效应更加明显。这点可能与我国现阶段技术总体还比较落后，R&D 活动主要还处于跟踪国际先进技术，对国际先进技术进行学习和模仿的阶段，因此，现阶段我国应该重点加大技术引进的消化和吸收的投入，在增强技术吸收能力的基础上逐步提高我国自主创新能力。

2. 专利作为 R&D 产出的重要指标之一，主要包含专利申请和专利授权两个方面，由协整方程 4.17 和 4.18 可以看出，国内发明专利申请变量 LAPP 和发明专利授权变量 LGRA 与 FDI 的连乘变量与 GDP 之间存在正向相关关系，而且专利授权变量 LGRA 与 GDP 的协整系数要大于专利申请变量 LAPP 与 GDP 的协整系数，这点和理论预期是完全符合的。因此，我国应该在科技活动中加强科技成果的专利申请，尤其是在取得专利权之后对我国 FDI 技术吸收能力的提高具有重要意义。R&D 投入的专利产出代表着我国在应用成果方面的发展水平和研发效率，所以，我们认为单位 GRD 投入产出的专利申请数及授权数量的增加，有利于促进技术进步，推进经济增长，尤其是当它们与 FDI 相互作用，更能有效提高我国技术吸收能力。

3. R&D 产出的另一重要指标是 SCI/EI/ISTP 三大检索系统的论文产出方面，即变量 PAPFDI，协整方程 4.16 显示，论文产出量指标 PAPFDI 与 GDP 成弱的负相关，协整系数为 $-0.019\,423$，弱负相关关系说明三大国际检索论文的发表对我国 FDI 技术吸收能力的提高无促进作用，甚至起阻碍作用。这点提醒我们我国基础研究的水平较低，对 GDP 增长的贡献非常微弱。即使与 FDI 相互作用，其相关系数与其他三个投入产出指标相比较也显得较弱。这一点与我国基础研究较弱的现实相吻合。因此，我国在加强技术的引进、消化和吸收的同时，应该有重点地加强基础前沿领域的研究,重视基础研究与应用研究的有效平衡,促进我国技术吸收能力的全面提高。

第三节 人力资本与技术吸收能力

人力资本与技术吸收能力是文献中讨论最多的决定要素之一,涉及指标繁多,代表的经济含义也较为复杂。本文在已有文献的基础上选择了人力资本(H)3 类一级指标,即受教育水平、人力资本结构和教育投入。受教育水平文献中常用平均受教育年限(AVEDU)来表示。教育投入由于在我国主要依靠政府,因此本文用政府教育投入占 GDP 比率(EDUG)表示。有关人力资本结构指标较为复杂,首先包括通常所用的大学人口比率(DXS)、中学人口比率(ZXS)和小学人口比率(XXS),其次,本文还引入了 3 个新的人力资本结构代理指标,分别为:技术人员比率(TECHW)、留学回国人员比率(BACK)和外企就业人员比率(FWORK)。同理因变量为 GDP,FDI 为实际利用 FDI 金额与当 GDP 之比率,初始人均 GDP—Y_0 为上一年度的人均 GDP,为了减少时间序列变量的波动,将所有变量取常用对数,计算方法如下:

AVEDU,参照王小鲁(2000)的标准,小学毕业教育年限设为 6 年,初中毕业教育年限设为 9 年,高中毕业教育年限设为 12 年,大学毕业教育年限设为 16 年。平均受教育年限=大学文化程度人口比重×16 年+高中文化程度人口比重×12 年+初中文化程度人口比重×9 年+小学文化程度的人口比重×6 年,取常用对数。由于我国关于人均受教育年限统计数据的原因,本文仅获得 1993—2004 年间的数据进行分析。

EDUG=ln(当年政府财政性教育经费),

UNIV、MIDDLE 和 ELEM 可以直接从《中国统计年鉴》中查到,取常用对数值表示。

TECHW=ln(技术人员数量),为 1987—2004 年间的数据,用来表示人力资本的质量指标。

BACK=ln(当年留学回国的人数),用来表示人力资本的国际流动。

FWORK=ln(外资企业(包括港澳台资企业)就业人数),用来表示容易接触外资企业的先进技术的劳动人口比率,这部分人口对技术的国际扩散起着重要作用。

$AVEDUFDI = FDI \times AVEDU$

$EDUGFDI = FDI \times EDUG$

$DXSFDI = FDI \times UNIV$

$ZXSFDI = FDI \times MIDDLE$

$XXSFDI = FDI \times ELEM$

$TECHWFDI = FDI \times TECHP$

$BACKFDI = FDI \times BACK$

$FWORKFDI = FDI \times FWORK$

同理分别建立如下分析模型,其中 e 为误差项:

$$GDP = C_0 + C_1 FDI + C_2 AVEDUFDI + C_3 Y_0 + e \qquad (4.19)$$

$$GDP = C_0 + C_1 FDI + C_2 DXSFDI + C_3 Y_0 + e \qquad (4.20)$$

$$GDP = C_0 + C_1 FDI + C_2 ZXSFDI + C_3 Y_0 + e \qquad (4.21)$$

$$GDP = C_0 + C_1 FDI + C_2 XXSFDI + C_3 Y_0 + e \qquad (4.22)$$

$$GDP = C_0 + C_1 FDI + C_2 TECHWFDI + C_3 Y_0 + e \qquad (4.23)$$

$$GDP = C_0 + C_1 FDI + C_2 BACKFDI + C_3 Y_0 + e \qquad (4.24)$$

$$GDP = C_0 + C_1 FDI + C_2 FWORKFDI + C_3 Y_0 + e \qquad (4.25)$$

$$GDP = C_0 + C_1 FDI + C_2 EDUGFDI + C_3 Y_0 + e \qquad (4.26)$$

分别采用中国各年的统计数据,运用 Eviews3.1 计量分析软件进行分析,数据来源于各年《中国统计年鉴》。

一、ADF 检验

基本研究思路和本小节(一)类似,对时间序列数据变量 AV-EDUFDI、DXSFDI、ZXSFDI、XXSFDI、TECHWFDI、BACKFDI、FWORKFDI 以及 EDUGFDI 进行单整性 ADF 检验,检验结果见表 4-20:

表 4-20   ADF 检验结果

变 量	ADF 统计量	1%临界值	5%临界值	10%临界值
AVEDUFDI 水平序列	−1.950 0(1)	−5.273 5	−3.994 8	−3.445 5
AVEDUFDI 一阶差分	−2.631 2(1)	−4.461 3	−3.269 5	−2.782 2
AVEDUFDI 二阶差分	−3.067 4(1)	−4.640 5	−3.335 0	−2.816 9
DXSFDI 水平变量	−3.196 0(1)	−4.574 3	−3.692 0	−3.285 6
DXSFDI 一阶差分	−2.857 5(1)	−3.887 7	−3.052 1	−2.667 2
DXSFDI 二阶差分	−3.041 4(1)	−3.922 8	−3.065 9	−2.674 5
ZXSFDI 水平变量	−2.056 2(1)	−4.574 3	−3.692 0	−3.285 6
ZXSFDI 一阶差分	−2.384 9(1)	−3.887 7	−3.052 1	−2.667 2
ZXSFDI 二阶差分	−2.783 5(1)	−3.922 8	−3.065 9	−2.674 5
XXSFDI 水平变量	−1.796 1(1)	−4.574 3	−3.692 0	−3.285 6
XXSFDI 一阶差分	−2.275 0(1)	−3.887 7	−3.052 1	−2.667 2
XXSFDI 二阶差分	−3.028 4(1)	−3.922 8	−3.065 9	−2.674 5
TECHWFDI 水平变量	−1.947 5(1)	−4.671 2	−3.734 7	−3.308 6
TECHWFDI 一阶差分	−2.212 8(1)	−3.963 5	−3.081 8	−2.682 9
TECHWFDI 二阶差分	−2.784 3(1)	−4.011 3	−3.100 3	−2.692 7
BACKFDI 水平变量	−2.133 3(1)	−4.574 3	−3.692 0	−3.285 6
BACKFDI 一阶差分	−2.881 0(1)	−3.887 7	−3.052 1	−2.667 2
BACKFDI 二阶差分	−3.621 1(1)	−3.922 8	−3.065 9	−2.674 5
FWORKFDI 水平变量	−1.694 2(1)	−4.574 3	−3.692 0	−3.285 6

（续表）

变 量	ADF 统计量	1％临界值	5％临界值	10％临界值
FWORKFDI 一阶差分	−1.819 0(1)	−3.887 7	−3.052 1	−2.667 2
FWORKFDI 二阶差分	−2.757 3(1)	−3.922 8	−3.065 9	−2.674 5
EDUGFDI 水平变量	−2.064 8(1)	−4.574 3	−3.692 0	−3.285 6
EDUGFDI 一阶差分	−2.343 6(1)	−3.887 7	−3.052 1	−2.667 2
EDUGFDI 二阶差分	−2.852 0(1)	−3.922 8	−3.065 9	−2.674 5

注：本分析结果采用 Eviews3.1 软件计算。在对水平变量进行 ADF 检验时，由于变量具有非零均值，且有明显趋势，因此选择既包括截距项又包括趋势项的检验模型，而在对一阶差分和二阶差分进行检验时，由于差分变量没有明显趋势，因此选择仅包括截距项的检验模型。第二列括号中的数字表示滞后期。

由表 4-20 的 ADF 检验结果可以看出：时间序列变量 DXSFDI 在水平序列时不能拒绝单位根假设，为非平稳变量，而在一阶差分和二阶差分时均可以拒绝单位根假设，为平稳的时间序列变量，但是因为变量 GDP、FDI 和 Y_0 均为二阶差分序列稳定，所以在进行协整检验时也只能取二阶差分序列稳定。其他变量均是水平序列和一阶差分序列均不能拒绝单位根假设，说明水平序列和一阶差分序列是非平稳的；但是二阶差分序列在滞后期为 1 时均能拒绝单位根假设，所以二阶差分序列是平稳的。其他除了变量 BACKFDI 在 95％的置信区间拒绝单位根假设外，变量 AVEDUFDI、ZXSFDI、XXSFDI、TECHWFDI、FWORKFDI 以及 EDUGFDI 均满足二阶差分序列在 90％置信区间拒绝单位根假设。

二、协整分析

由 ADF 检验结果可知，模型 4.19、4.20、4.21、4.22、4.23、4.24、4.25 和 4.26 中的各变量的二阶差分序列为平稳系列，滞后期为 1，因此满足协整检验的条件，于是本文利用 Johanson 协整检验分析方法，检验各变量之间的长期、稳定动态关系，标准化的协整检验结果见表 4-21：

表 4 - 21　人力资本与技术吸收能力的协整检验结果

变　量	模型 4.19	模型 4.20	模型 4.21	模型 4.22	模型 4.23	模型 4.24	模型 4.25	模型 4.26
C	−1.980 7	−1.602 9	−1.898 1	−1.196 7	−6.023 3	−1.676 0	−1.847 2	−1.706 1
FDI	0.251 3 (0.014 8)	0.017 3 (0.004 1)	−0.023 1 (0.009 8)	−0.080 7 (0.106 4)	−7.688 4 (4.986 5)	0.006 3 (0.004 0)	0.027 8 (0.004 4)	−0.002 2 (0.012 6)
AVEDUFDI	0.254 5 (0.018 2)							
DXSFDI		0.008 8 (0.005 9)						
ZXSFDI			0.047 8 (0.012 1)					
XXSFDI				0.070 1 (0.092 3)				
TECHWFDI					9.411 5 (5.586 4)			
BACKFDI						0.015 7 (0.004 6)		
FWORKFDI							0.011 1 (0.002 0)	
EDUGFDI								0.019 4 (0.016 2)
Y_0	−1.022 3 (0.004 1)	−1.117 4 (0.010 5)	−1.115 1 (0.006 7)	−1.241 9 (0.138 4)	−5.673 6 (2.127 8)	−1.123 2 (0.009 3)	−1.080 2 (0.004 5)	−1.122 0 (0.023 2)

注:协整方程选有截距的模型,AVEDUFDI 的数据由于受统计资料的限制,本文采用的是 1993—2004 年数据,参加科技活动的人员数为 1987—2004 年数据,其他均采用中国 1985—2004 年间的统计数据,数据来源于各年《中国统计年鉴》,括号中的数据为标准差。协整检验的模型、数据及方法与前文类似,因此本文该处仅直接给出协整系数的结果,协整检验的详细结果将会在附录中给出。

三、Granger 因果检验

我们进一步运用 Pairwise Granger Causality Tests 因果检验法对 GDP 与 AVEDUFDI、DXSFDI、ZXSFDI、XXSFDI、TECHWFDI、BACKFDI、FWORKFDI 以及 EDUGFDI 的因果关系进行检验,结果如表 4 - 22:

表 4-22 Granger 因果检验结果（滞后 1 期）

零 假 设	样本数	F 统计值	概 率
GDP 不是 AVEDUFDI 的原因	11	1.016 67	0.342 83
AVEDUFDI 不是 GDP 的原因		18.327 5	0.002 68
GDP 不是 DXSFDI 的原因	19	0.062 89	0.805 17
DXSFDI 不是 GDP 的原因		14.701 9	0.001 46
GDP 不是 ZXSFDI 的原因	19	0.119 12	0.734 49
ZXSFDI 不是 GDP 的原因		6.334 68	0.022 88
GDP 不是 XXSFDI 的原因	19	0.996 26	0.333 07
XXSFDI 不是 GDP 的原因		3.828 96	0.068 06
GDP 不是 TECHWFDI 的原因	17	0.933 58	0.350 33
TECHWFDI 不是 GDP 的原因		6.237 56	0.025 59
GDP 不是 BACKFDI 的原因	19	0.530 95	0.476 74
BACKFDI 不是 GDP 的原因		9.604 24	0.006 89
GDP 不是 FWORKFDI 的原因	19	0.588 09	0.636 55
FWORKFDI 不是 GDP 的原因		6.974 48	0.008 18
GDP 不是 EDUGFDI 的原因	19	0.896 39	0.357 83
EDUGFDI 不是 GDP 的原因		10.006 7	0.006 02

注：AVEDUFDI 的数据由于受统计资料的限制，本文采用的是 1993—2004 年数据，参加科技活动的人员数为 1987—2004 年数据，其他均采用中国 1985—2004 年间的统计数据，数据来源于各年《中国统计年鉴》，利用 Eviews3.1 统计软件进行处理。

表 4-19 显示，在 95% 置信区间内，人力资本代理指标 AVEDUFDI、DXSFDI、ZXSFDI、XXSFDI、TECHWFDI、BACKFDI、FWORKFDI 以及 EDUGFDI 与 GDP 之间确实存在单向因果关系，也就是说，这些变量的变化确实是引起 GDP 的变化的原因，这种变化的强弱和方向主要看协整方程连乘变量的系数。

四、结果讨论

我们的实证分析目的在于估计 FDI 对于经济增长的效应,即资本积累效应和技术溢出效应,分别用回归方程中 FDI 和 FDI·H 表示。并分析技术溢出的渠道,从而评估我国的 FDI 的技术吸收能力。我们尤其注重 FDI 与人力资本 H 的相互作用所表示的技术溢出效应的分析,即注重分析 FDI·H 与经济增长的相关性。

1. 人力资本各项代理指标如平均受教育年限 AVEDU、留学回国率 BACK、外资企业就业率 FWORK、政府教育投入 EDUG、技术人员比率 TECHW、大学人口比率 DXS、中学人口比率 ZXS 以及 XXS 均与 GDP 呈现正相关关系。其中,平均受教育年限 AVEDU 与 GDP 之间的标准化协整系数为 0.254 5,政府教育投入 EDUG 与 GDP 协整系数为 0.019 4 等等,这验证了提高一国居民的受教育水平对经济增长有促进作用的新增长理论的"人力资本积累论"。因此政府应该加大对教育的投入,提高国民的教育水平,这对提高我国技术吸收能力和促进经济增长具有重大意义。

2. FDI 的资本积累效应在考虑了其技术溢出效应之后变得不确定。表 4-22 的实证结果表明:模型 4.21、4.22、4.23 和 4.26 变量 FDI 的相关系数均为负数,而模型 4.19、4.20、4.24 和 4.25 中变量 FDI 的相关系数均为正数。由此可见,在考虑了 FDI 的技术溢出效应之后,FDI 的资本积累效应是不确定的,甚至主要显示与 GDP 负相关,"双缺口模型"已经不能很好地解释我国现阶段吸引 FDI 的动机。

造成"双缺口模型"失灵和 FDI 的资本积累效应不确定的可能原因在于我国有着较高的居民储蓄和丰富的外汇储备。从 1995 年到 2003 年我国城乡居民储蓄迅速增加,1995 年为 29 662.3 亿元人民币,2003 年突破 10 万亿元人民币,增加到 103 617.7 亿元人民币,并且这种增长势头还在继续。外汇储备也增长迅猛,由 1995 年的 735.97 亿美元增加到 2003 年的 4 032.51 亿美元,成为仅次于日本的世界第二大外汇储备国。在国内居民储蓄与外汇储备如此之高的情况下,考虑到引进外资可能会引起对国内投资的"挤出效应",因此使得我国现阶段 FDI 的资本积累效应显得不确定。这一点与 Borenztein 等(1998)和赖明勇等(2002)研究结果是基本一致的。所以,我国现阶段利用外资的策略应该由注重 FDI 的资本积累效应,转向注重 FDI 的技术溢出效应。确实解决 FDI 的产业投向合理化,内外资的公平待遇,外资在中国市场的行业垄断等问题,加大技术溢出的可能性,同时我国应加大教育投入,努力提高劳动人口的平均受教育年限,提高人力资本存量,重视我国企业自身的技术吸收能力的提高。

3. 人力资本流量指标与 FDI 的结合与经济增长的相关性较强。本文两个典型流动性指标为留学回国人数 BACK 和外资企业就业人数 FWORK,由于量纲的不同,虽然其系数的大小不能直接代表该变量对我国技术吸收能力的提高的作用的大小,但能够肯定的是在我国留学生回国人数 BACK 与外资企业就业人数 FWORK 两项指标与经济增长的显著相关性,其可能的解释是:知识与技术具有强烈人才依附特性,定居全球各地的中国留学生,形成了欧美乃至亚洲各国研发高新技术的新生力量和依附载体。留学生回国一方面可以直接带回国外先进的知识与技术,另一方面因为其与海外的密切联系,可以进一步提高我国的技术吸收能力。从这个角度而言,回国留学生无论是就业还是自主创业都能很好地与外资企业结合,促进经济增长。另外,外资企业从业人员是我国国内与 FDI 结合最紧密的群体,随着经验的积累和观念的更新,他们中的相当一部分可能会选择回到国内企业担任高管或者自主创业。因此,如何引导和鼓励外资企业就业的中国员工进入本国企业或自主创业,是提高我国技术吸收能力和促进我国技术进步和经济增长的又一重要途径。

4. 人力资本结构性指标作用各不相同。结构性指标主要包括技术活动人员数 TECHW、大学人口比率 DXS、中学人口比率 ZXS 和小学人口比率 XXS。由表 4-22 可知 TECHWFDI 与 GDP 的协整系数为 9.411 5,可见参加技术活动人员数对我国技术吸收能力的提高具有重要的推动作用。在大学人口比率 DXS、中学人口比率 ZXS 和小学人口比率 XXS 与 GDP 的关系的实证检验中我们发现:DXSFDI 与 GDP

的协整系数为 0.008 8、ZXSFDI 与 GDP 的协整系数为 0.047 8，XXSFDI 与 GDP 的协整系数为 0.070 1。可见，大、中、小学生人口比率与 FDI 的相互作用对于提高我国的技术吸收能力和促进经济增长的作用依次增强。这点与赖明勇等（2002）的观点基本一致。赖明勇等对中国的实证检验认为中学生入学率要优于大学生入学率，并解释为流入我国的 FDI 投资分布的一个显著特点是以加工贸易业为主。加工贸易业多属劳动密集型行业，对劳动者教育程度要求不高，因此具有中学教育程度的劳动者反而比具有大学教育程度者能够较好地与 FDI 结合在一起，其中一个原因就在于前者有着后者所不具备的相对"廉价劳动力"优势。我们对此实证结果的解释基本和他们一致，但是值得我们注意的是这一点与各教育结构的人力资本对技术吸收能力贡献的理论预期是不一致的，对此我们的解释是：中国应该进一步加强吸引 FDI 的质量，随着我国经济发展和技术进步，跨国公司将会纷纷调整在中国的投资战略，由原先主要以加工贸易为主的投资类型正逐步向先进制造业，甚至在中国越来越多地设立研发机构的转型，这些都需要中国优秀的大学毕业生，因此，现阶段跨国公司在中国投资战略的转型，使得对中国人力资本的需求也发生了转变，表现为对人才的需求结构正逐步提升。

第四节　本章小结

本章主要讨论了基础要素与 FDI 技术吸收能力之间的相互关系。研究思路是先对检验模型中的各时间序列变量进行单位根检验，保证能够对模型进行协整检验，在对自变量和因变量之间的因果关系进行 Granger 因果检验，最后得出相关实证检验结果。综合本章的讨论我们可以得出以下几个简单的结论：

1. 基础要素中的各种决定要素以及各种代理变量与 FDI 相互作用对我国技术吸收能力的提高总体而言均具有正向的推动作用，因此改善我国的基础设施、完善研究与发展的体制和加大人力资本的建设对我国技术吸收能力的提高具有重要意义。

2. 我国基础设施要素 INF 对技术吸收能力的提升仍然主要依靠传统的邮政业务来实现。这一方面说明在我国对传统的基础设施的依赖惯性还较强；另一方面我国现代化基础设施对经济发展的贡献还大有潜力可挖。因此，为增强我国的技术吸收能力，在加强基础设施建设时，应充分重视现代化基础设施的建设。

3. 研究与开发对提高我国技术创新能力和技术吸收能力具有重要作用，现阶段提高技术吸收能力的效应更加明显，同时在 R&D 投入产出的体制建设中，注意平衡基础研究和应用研究之间的关系，我国在加强技术的引进、消化和吸收的同时，应该有重点地加强基础前沿领域的研究。促进我国技术吸收能力的全面提高。

4. 人力资本要素对提高我国技术吸收能力和促进经济增长具有重大意义。我国在人力资本建设和积累时应充分重视人力资本的流动效应和人力资本的结构性要素，鼓励人力资本向国内流动，努力改善高层次人力资本对经济的贡献度。

第五章　环境要素与技术吸收能力

外商直接投资的技术吸收能力的另一个重要决定要素——环境要素,包括一系列的政策、体制和法律要素,本文主要选取三个决定要素,分别为金融市场效率(FINA)、知识产权保护(IPR)和市场体制(MARKET)。本章分别对该三类决定要素进行研究,研究遵循第四章的基本思路。因为涉及时间序列变量,所以先进行平稳性检验,如果平稳性检验通过,再进行协整检验,然后再分析自变量与因变量之间的Granger因果检验,最后得出有关结论。

第一节　金融市场效率与技术吸收能力

如前文讨论,金融市场效率决定要素我们主要考虑两类以及指标:银行部门和股票市场。根据 King 和 Levine(1993)、Levine 和 Zervos(1998)、Levine(2000)等的研究本文选择了 4 种代理指标。其中,银行部门的代理指标有 2 个,即 M2 和各类贷款(LOAN);股票市场的代理指标有 2 个,即当年股票市值(STOCK)和股票筹资额(CZE),他们的计算方法如下:

M2＝ln(广义货币供应量),表示金融系统的流动性负债,这是度量全部金融中介包括中央银行、储蓄存款货币银行和其他金融机构规模的一个指标,也是衡量一国经济货币化程度的重要指标。

LOAN＝ln(各类贷款),表示的是银行金融机构分配社会储蓄的能力。

STOCK＝ln(股票市值),衡量一国股票市场规模的指标。

CZE＝ln(股票筹资额),股票市场筹集资金的能力指标。

$$M2FDI = FDI \times M2$$
$$LOANFDI = FDI \times LOAN$$
$$STOCKFDI = FDI \times STOCK$$
$$CZEFDI = FDI \times CZE$$

同前文,对四项代理指标分别建立如下检验模型,其中 e 为随机误差项:

$$GDP = C_0 + C_1 FDI + C_2 M2FDI + C_3 Y_0 + e \qquad (5.1)$$

$$GDP = C_0 + C_1 FDI + C_2 LOANFDI + C_3 Y_0 + e \qquad (5.2)$$

$$GDP = C_0 + C_1 FDI + C_2 STOCKFDI + C_3 Y_0 + e \qquad (5.3)$$

$$GDP = C_0 + C_1 FDI + C_2 CZEFDI + C_3 Y_0 + e \qquad (5.4)$$

分别采用中国各年的统计数据,运用 Eviews3.1 计量分析软件进行分析,数据来源于各年《中国统计年鉴》。

一、ADF 检验

基本研究思路和第四章类似,对时间序列数据变量 AVEDUFDI、DXSFDI、ZXSFDI、XXSFDI、TECHWFDI、BACKFDI、FWORKFDI 以及 EDUGFDI 进行单整性 ADF 检验,检验结果见表 5-1:

表 5-1 ADF 检验结果

变 量	ADF 统计量	1%临界值	5%临界值	10%临界值
M2FDI 水平序列	-1.639 5(1)	-4.574 3	-3.692 0	-3.285 6
M2FDI 一阶差分	-1.920 7(1)	-3.887 7	-3.052 1	-2.667 2
M2FDI 二阶差分	-3.178 5(1)	-3.922 8	-3.065 9	-2.674 5
LOANFDI 水平变量	-1.612 7(1)	-4.574 3	-3.692 0	-3.285 6
LOANFDI 一阶差分	-1.898 5(1)	-3.887 7	-3.052 1	-2.667 2
LOANFDI 二阶差分	-2.718 2(1)	-2.727 5	-1.964 2	-1.626 9

（续表）

变　　　量	ADF 统计量	1％临界值	5％临界值	10％临界值
STOCKFDI 水平变量	−0.774 9(1)	−5.273 5	−3.994 8	−3.445 5
STOCKFDI 一阶差分	−1.921 5(1)	−4.461 3	−3.269 5	−2.782 2
STOCKFDI 二阶差分	−5.739 2(1)	−4.640 5	−3.335 0	−2.816 9
CZEFDI 水平变量	−2.388 0(1)	−5.273 5	−3.994 8	−3.445 5
CZEFDI 一阶差分	−5.421 4(1)	−4.461 3	−3.269 5	−2.782 2
CZEFDI 二阶差分	−10.980 6(1)	−4.640 5	−3.335 0	−2.816 9

　　注：本分析结果采用 Eviews3.1 软件计算。在对水平变量进行 ADF 检验时，由于变量具有非零均值，且有明显趋势，因此选择既包括截距项又包括趋势项的检验模型，而在对一阶差分和二阶差分进行检验时，由于差分变量没有明显趋势，因此选择仅包括截距项的检验模型，其中 LOANFDI 的二阶差分采用的模型是既无截距项也无趋势项的，第二列括号中的数字表示滞后期。

　　由表 5-1 的 ADF 检验结果可以看出：时间序列变量 CZEFDI 在水平序列时不能拒绝单位根假设，为非平稳变量，而在一阶差分和二阶差分时均可以拒绝单位根假设，为平稳的时间序列变量，但是因为变量 GDP、FDI 和 Y_0 均为二阶差分序列稳定，所以在进行协整检验时也只能取二阶差分序列稳定。M2FDI、LOANFDI 以及 STOCKFDI 变量均是水平序列和一阶差分序列均不能拒绝单位根假设，说明水平序列和一阶差分序列是非平稳的；但是二阶差分序列在滞后期为 1 时均能拒绝单位根假设，所以二阶差分序列是平稳的。满足进行协整检验的条件。

二、协整分析

　　由 ADF 检验结果可知，模型 5.1、5.2、5.3 和 5.4 中的各变量的二阶差分序列为平稳系列，滞后期为 1，因此满足协整检验的条件，于是本文利用 Johanson 协整检验分析方法，检验各变量之间的长期、稳定动态关系，标准化的协整检验结果见表 5-2：

表 5-2　金融市场效率与技术吸收能力的协整检验结果①

变　量	模型 5.1	模型 5.2	模型 5.3	模型 5.4
C	−1.939 3	−1.761 2	−1.848 5	−1.873 4
FDI	0.033 6 (0.004 7)	−0.004 8 (0.017 9)	0.070 8 (0.006 8)	0.037 5 (0.004 9)
M2FDI	0.027 6 (0.004 7)			
LOANFDI		−0.020 7 (0.020 8)		
STOCKFDI			0.003 5 (0.002 3)	
CZEFDI				0.006 1 (0.001 2)
Y_0	−1.044 4 (0.008 3)	−1.126 0 (0.031 3)	−1.069 3 (0.005 8)	−1.078 7 (0.003 0)

注:协整方程选有截距的模型,STOCKFDI 和 CZEFDI 的数据由于收统计资料的限制,本文采用的是 1993—2004 年数据,其他均采用中国 1985—2004 年间的统计数据,数据来源于各年《中国统计年鉴》,括号中的数据为标准差。

Johanson 协整检验结果显示,变量 M2FDI、LOANFDI、STOCKFDI 以及 CZEFDI 与 GDP 之间均存在长期稳定的均衡关系,其关系的密切程度将由协整系数给出,后文将详细讨论。

三、Granger 因果检验

我们进一步运用 Pairwise Granger Causality Tests 因果检验法对 GDP 与 M2FDI、LOANFDI、STOCKFDI 以及 CZEFDI 的因果关系进行检验,结果如表 5-3:

———————

① 协整检验的模型、数据及方法与前文类似,因此本文该处仅直接给出协整系数的结果,协整检验的详细结果将会在附录中给出。

表 5 - 3　　Granger 因果检验结果(滞后 1 期)

零　假　设	样本数	F 统计值	概　率
GDP 不是 M2FDI 的原因	19	2.368 4	0.143 4
M2FDI 不是 GDP 的原因		14.778	0.001 4
GDP 不是 LOANFDI 的原因	19	1.081 0	0.313 9
LOANFDI 不是 GDP 的原因		8.382 4	0.010 5
GDP 不是 STOCKFDI 的原因	11	3.005 6	0.121 2
STOCKFDI 不是 GDP 的原因		8.337 7	0.038 8
GDP 不是 CZEFDI 的原因	11	0.784 5	0.876 2
CZEFDI 不是 GDP 的原因		3.214 3	0.065 6

　　注:协整方程选有截距的模型,STOCKFDI 和 CZEFDI 的数据由于收统计资料的限制,本文采用的是 1993—2004 年数据,其他均采用中国 1985—2004 年间的统计数据,数据来源于各年《中国统计年鉴》,利用 Eviews3.1 统计软件进行处理。

　　表 5 - 3 显示,在约 90% 置信区间内,M2FDI、DXSFDI、ZXSFDI、XXSFDI、TECHWFDI、BACKFDI、FWORKFDI 以及 EDUGFDI 与 GDP 之间确实存在单向因果关系,也就是说,这些变量的变化确实是引起 GDP 的变化的原因,这说明协整分析中的长期均衡关系确实存在。

四、结果讨论

　　1. 回归结果最典型的特征在于银行部门的代理指标与 GDP 之间具有正相关关系,而股票市场的代理指标与 GDP 之间相关系数为负。由表 5 - 3 可知,M2FDI 与 GDP 的协整系数为 0.027 6;而 LOANFDI 与 GDP 的协整系数为 -0.020 7,STOCKFDI 与 GDP 之间的协整系数为 -0.003 5,CZEFDI 与 GDP 的协整系数为 -0.006 1。由此可见,银行的货币化率 M2 对经济增长具有一定的促进作用,而我国的各类贷款、股票市场对经济增长的促进作用不明显,甚至存在微弱的抑制作用。

2. LOANFDI 与 GDP 的相关系数则变成负数,为-0.020 7。这说明,一方面我国的资本化率 M2 所代表的金融市场发展水平有利于提高该国的技术吸收能力,促进经济增长;而我国银行配置储蓄的能力还较低,这表明国内金融市场没能起到积极推动 FDI 促进中国经济增长的目的,这使得国内金融市场与 FDI 相互作用对中国经济增长贡献率为负。说明不断增加的国内储蓄资源没能有效转化为投资(包括国内企业模仿 FDI 企业新产品、新技术的技术革新等投资)和消费,储蓄资源被闲置,所以,LOANFDI 增加反而引起 GDP 的下降;虽然中国引进的 FDI 呈逐年增长态势,但国内金融机构对国内企业模仿、吸收 FDI 先进技术的技术革新和人力资本投资项目的贷款支持力度小且对现有的技术革新投资项目监管效率低,大量信贷资金流向了低水平盲目扩张领域和重复建设领域,换言之,尽管 FDI 不断增加,但国内不良贷款,非技术革新改造、人力资本投资等贷款也在增加,因此,FDILOAN 增加会引起 GDP 的下降。总而言之,国内金融市场在放大 FDI 技术溢出效应中或在推动 FDI 促进中国经济增长中,分配金融资源的低效率状况恰恰是同中国金融系统当前不良资产比率较高以及国内储蓄资源没能充分动员使用的实际相吻合的。

3. 股票市场与 FDI 的结合对技术吸收能力的推动作用效果不佳。由表 5 - 3 可知,股票市值 STOCKFDI 与 GDP 的相关系数为-0.003 5,股票市场筹资额 CZEFDI 与 GDP 的相关关系为-0.006 1。这说明我国股票市场不能有效提高我国的 FDI 技术吸收能力。因为我国股票、债券市场规模小、品种少且不规范,它们没有真正实现资本市场的资源集中和配置功能。

第二节　知识产权保护与
技术吸收能力

一国的法制环境对技术吸收能力也具有重要影响。在法律制度方面知识产权制度(IPR)被认为是对技术的创新、模仿、消化和吸收影响最直接的法律制度。因此,关于法律制度与 FDI 技术吸收能力的关系研究几乎都集中在知识产权制度与 FDI 的技术吸收能力的关系方面。知识产权包括专利、商标和版权等其他工业产权,其中以专利与技术进步关系最为密切,因此在本文主要讨论专利保护制度与技术吸收能力之间的关系。

如前文所述,我们主要讨论外资中国专利申请数(FAPP)和外资中国专利授权数(FGRA)与技术吸收能力之间的关系。其中外资中国专利申请数(FAPP)表示的是外资对中国专利保护的信任度。当然外资在中国申请专利的动机是多方面的,诸如占领市场、技术垄断等市场竞争因素,但至少反映外资对中国的专利保护制度在不同程度上的信任度。另外,外资中国专利授权数(FGRA)反映的是中国实际保护的外资专利比率,本文用这两个指标来表示知识产权保护度,计算方法如下:

$$FAPP = \ln(\text{外资中国专利的申请数})$$
$$FGRA = \ln(\text{外资中国专利的授权数})$$
$$FAPPFDI = FDI \times FAPP$$
$$FGRAFDI = FDI \times FGRA$$

其他 AGDP、FDI 和 Y_0 均与前文所述相同,此处不再赘述。

同前文,对各代理指标分别建立如下检验模型,其中 e 为随机误差项:

$$GDP = C_0 + C_1 FDI + C_2 FAPPFDI + C_3 Y_0 + e \tag{5.5}$$

$$GDP = C_0 + C_1 FDI + C_2 FGRAFDI + C_3 Y_0 + e \tag{5.6}$$

分别采用中国各年的统计数据,运用 Eviews3.1 计量分析软件进行分析,数据来源于各年《中国统计年鉴》。

一、ADF 检验

基本研究思路和第四章类似,对时间序列数据变量 FAPPDI 和 FGRAFDI 进行单整性 ADF 检验,检验结果见表 5 - 4:

表 5-4　ADF 检验结果

变　　量	ADF 统计量	1％临界值	5％临界值	10％临界值
FAPPFDI 水平序列	−2.354 5(1)	−4.574 3	−3.692 0	−3.285 6
FAPPFDII 一阶差分	−2.805 8(1)	−3.887 7	−3.052 1	−2.667 2
FAPPFDI 二阶差分	−3.883 8(1)	−3.922 8	−3.065 9	−2.674 5
FGRAFDI 水平变量	−7.183 8(1)	−4.574 3	−3.692 0	−3.285 6
FGRAFDI 一阶差分	−4.469 5(1)	−3.887 7	−3.052 1	−2.667 2
FGRAFDI 二阶差分	−4.124 1(1)	−2.727 5	−1.964 2	−1.626 9

注：本分析结果采用 Eviews3.1 软件计算。在对水平变量进行 ADF 检验时，由于变量具有非零均值，且有明显趋势，因此选择既包括截距项又包括趋势项的检验模型，而在对一阶差分和二阶差分进行检验时，由于差分变量没有明显趋势，因此选择仅包括截距项的检验模型，第二列括号中的数字表示滞后期。

由表 5-4 的 ADF 检验结果可以看出：时间序列变量 FAPPFDI 在水平序列时不能拒绝单位根假设，为非平稳变量，而在一阶差分和二阶差分时均可以拒绝单位根假设，为平稳的时间序列变量。FGRAFDI 变量在水平序列、一阶差分序列和二阶差分序列在滞后期为 1 时均能拒绝单位根假设，所以序列是平稳的。满足进行协整检验的条件。但是因为变量 GDP、FDI 和 Y_0 均为二阶差分序列稳定，所以在进行协整检验是也只能取二阶差分序列稳定。

二、协整分析

由 ADF 检验结果可知，模型 5.5 和 5.6 中的各变量的二阶差分序列为平稳系列，滞后期为 1，因此满足协整检验的条件，于是本文利用 Johanson 协整检验分析方法，检验各变量之间的长期、稳定动态关系，标准化的协整检验结果得出如下两个标准化协整方程[①]：

————————

① 协整方程选有截距的模型，FAPPFDI 和 FGRAFDI 的数据均采用中国 1985—2004 年间的统计数据，数据来源于各年《中国统计年鉴》。

$$GDP = -1.690\ 1 + 0.006\ 1FDI$$
$$+ 0.016\ 1FAPPFDI - 1.123\ 5Y_0 \tag{5.7}$$

$$GDP = -1.910\ 5 + 0.010\ 5FDI$$
$$- 0.003\ 0FGRAFDI - 1.081\ 2Y_0 \tag{5.8}$$

Johanson 协整检验结果显示,变量 FAPPFDI 以及 FGRAFDI 与 GDP 之间均存在长期稳定的均衡关系,其关系的密切程度将由协整系数给出,后文将详细讨论。

三、Granger 因果检验

我们进一步运用 Pairwise Granger Causality Tests 因果检验法对 GDP 与 FAPPFDI 以及 FGRAFDI 的因果关系进行检验,结果如表 5 - 5：

表 5 - 5 Granger 因果检验结果(滞后 1 期)

零 假 设	样本数	F 统计值	概 率
GDP 不是 FAPPFDI 的原因	19	0.224 2	0.642 2
FAPPFDI 不是 GDP 的原因		1.763 9	0.020 3
GDP 不是 FGRAFDI 的原因	19	0.143 6	0.709 7
FGRAFDI 不是 GDP 的原因		6.922 8	0.018 2

注:协整方程选有截距的模型,均采用中国 1985—2004 年间的统计数据,数据来源于各年《中国统计年鉴》,利用 Eviews3.1 统计软件进行处理。

表 5 - 5 显示,在约 95％置信区间内,FAPPFDI 以及 FGRAFDI 与 GDP 之间确实存在单向因果关系,也就是说,这些变量的变化确实是引起 GDP 的变化的原因,这说明协整分析中的长期均衡关系确实存在。

四、结果讨论

1. 国外机构的中国专利的申请数对我国 FDI 技术吸收能力的提高具有积极意义。由方程 5.7 可知,FAPPFDI 与 GDP 的协整系数为

0.016 1,这说明外资机构申请中国专利数越多越有利于中国技术吸收能力的提高,从而对经济增长有利。对此的解释是:外资机构在中国申请专利的,由于专利制度的公开制度①,使得一大批希望在中国获得专利保护的先进技术在中国公开,大大提升我国技术吸收能力在获取技术阶段的能力,有利于技术吸收能力的提升。

2. 与 FAPPFDI 与 GDP 的关系不同,由方程 5.8 可见 FGRAFDI 与 GDP 的协整系数为 $-0.003\,0$,也就是说,国外机构在我国获得专利保护制度对我国技术吸收能力的促进作用不明显,甚至抑制经济增长,尽管这种抑制作用很小(表现为相关系数均趋为 0)。这种结果与通常的知识产权保护激励技术创新,从而促进经济增长的结论不一致。造成这种不一致的可能原因是由于我国技术创新的能力与发达国家还有一定差距,随着中国的改革开放,以美国、日本和欧洲为首的发达国家加紧了在中国的专利布局,并迅速占领了主要产业领域,因此,随着中国知识产权保护的国际化,知识产权保护对国内技术创新产生了"挤出效应"。

知识产权经济学认为一国知识产权保护度增强,跨国公司将愿意将更先进的技术输入到东道国,这样东道国的企业就有更多的机会获取、学习和模仿跨国公司的先进技术,从而增强该东道国的技术吸收能力。但是,本文对我国的实证检验并未能证明这一点,相反发现,知识产权保护度的提高可能会降低我国的 FDI 技术吸收能力。造成这种现象的原因可能有:(1)我国知识产权保护的执法机制还不完善,使得 FDI 与知识产权保护度的相互作用对技术吸收能力的促进作用不明显。随着 WTO 的加入,我国知识产权的法律规定已经与 TRIPs 协议所规定的基本一致,但是我国的知识产权的执法力度还未能真正达到要求,这点降低了我国的知识产权的实际保护度。知识产权实际保护

① 专利制度其实是以公开发明人发明的技术内容,使其为公众所知,从而换取专利法的保护。我国专利法规定,一般发明专利的申请自申请日起 18 个月后进入公开程序,这客观上为我国的单位和个人提供技术吸收的对象,对提升我国技术吸收能力的提升具有很大推动作用。

度的降低使得跨国公司不愿意将最先进的技术引入中国,从而降低了我国的技术吸收能力,从一个方面抑制了经济增长,这才造成回归结果中知识产权保护度与 GDP 负相关的结果。(2)知识产权保护度的增强保护的是技术的领先者的利益,挤出的是技术落后国的利益。跨国公司作为技术领先国的代表,充分利用我国的知识产权保护制度,利用在我国的知识产权战略布局,大力打压中国的有关产业,如:DVD 的专利纠纷案,在汽车、摩托车等等产业领域到处可见跨国公司对中国的专利围堵,这从一定程度上降低了中国的技术吸收能力,抑制了中国的相关产业的发展。可能因为这两个原因才出现表 5-4 中与理论推导不一致的结果。

第三节　市场体制与技术吸收能力

市场体制涉及的因素较多,如经济开放度,市场化程度,市场竞争程度等等。因为市场竞争程度主要用于行业分析中作为某行业竞争的激烈程度的衡量指标,而本文主要考察的是国家层面 FDI 技术吸收能力,因此主要采用经济开放度和市场化程度两个指标来考察市场体制对技术吸收能力的影响。经济开放度本文运用外贸依存度(DEPEND)表示,市场化程度本文主要指的是国有工业总产值在工业总产值的比重(GYCZ)来表示。他们的计算方法为:

DEPEND=ln(进出口贸易总额/GDP×100),表示的是一国贸易开放程度。学界普遍认为经济开放度与一国的技术吸收能力和经济增长有着显著相关关系,在进行实证检验时有学者采用贸易壁垒或者黑市交易费用等指标来表示经济开放度,但因为这些数据很难获得,因此,学界也常采用贸易开放度来表示经济开放度,本小节同样取各变量的对数形式进行分析。

GYCZ=ln(国有及国有控股工业产值/全国工业总产值×100)

DEPFDI ＝ FDI × DEPEND

GYCZFDI ＝ FDI × GYCZ

其他变量如:AGDP、FDI、Y_0 与前文经济学含义及计算方法完全相同。

同前文,对各代理指标分别建立如下检验模型,其中 e 为随机误差项:

$$GDP = C_0 + C_1 FDI + C_2 DEPFDI + C_3 Y_0 + e \qquad (5.9)$$

$$GDP = C_0 + C_1 FDI + C_2 GYCZFDI + C_3 Y_0 + e \qquad (5.10)$$

分别采用中国各年的统计数据,运用 Eviews3.1 计量分析软件进行分析,数据来源于各年《中国统计年鉴》。

一、ADF 检验

基本研究思路和第四章类似,对时间序列数据变量 DEPFDI 以及 GYCZFDI 进行单整性 ADF 检验,检验结果见表 5-6:

表 5-6　ADF 检验结果

变　　量	ADF 统计量	1%临界值	5%临界值	10%临界值
DEPFDI 水平序列	−1.928 3(1)	−4.574 3	−3.692 0	−3.285 6
DEPFDI 一阶差分	−1.935 6(1)	−3.887 7	−3.052 1	−2.667 2
DEPFDI 二阶差分	−2.626 4(1)	−2.727 5	−1.964 2	−1.626 9
GYCZFDI 水平变量	−1.208 6(1)	−4.574 3	−3.692 0	−3.285 6
GYCZFDI 一阶差分	−2.200 0(1)	−3.887 7	−3.052 1	−2.667 2
GYCZFDI 二阶差分	−3.173 9(1)	−3.922 8	−3.065 9	−2.674 5

注:本分析结果采用 Eviews3.1 软件计算。在对水平变量进行 ADF 检验时,由于变量具有非零均值,且有明显趋势,因此选择既包括截距项又包括趋势项的检验模型,而在对一阶差分和二阶差分进行检验时,由于差分变量没有明显趋势,因此选择仅包括截距项的检验模型,其中 DEPFDI 的二阶差分采用的模型是既无截距项也无趋势项的,第二列括号中的数字表示滞后期。

由表 5-6 的 ADF 检验结果可以看出:时间序列变量 DEPFDI 和 GYCZFDI 在水平序列和一阶差分时不能拒绝单位根假设,为非平稳变量,而二阶差分均可以拒绝单位根假设,为平稳的时间序列变量,说明水平序列和一阶差分序列是非平稳的;但是二阶差分序列在滞后期为 1 时均能拒绝单位根假设,所以二阶差分序列是平稳的。满足进行协整检验的条件。

二、协整分析

由 ADF 检验结果可知,模型 5.9 和 5.10 中的各变量的二阶差分序列为平稳系列,滞后期为 1,因此满足协整检验的条件,于是本文利用 Johanson 协整检验分析方法,检验各变量之间的长期、稳定动态关系,标准化的协整检验方程结果如下方程 5.11 和 5.12:

$$GDP = -1.769\ 2 + 0.000\ 4FDI$$
$$+ 0.015\ 8DEPFDI - 1.104\ 6Y_{\circ} \qquad (5.11)$$

$$GDP = -1.677\ 1 + 0.036\ 0FDI$$
$$- 0.025\ 2GYCZFDI - 1.099\ 5Y_{\circ} \qquad (5.12)$$

Johanson 协整检验结果显示,变量 DEPFDI 以及 GYCZFDI 与 GDP 之间均存在长期稳定的均衡关系,其关系的密切程度将由协整系数给出,后文将详细讨论。

三、Granger 因果检验

我们进一步运用 Pairwise Granger Causality Tests 因果检验法对 GDP 与 DEPFDI 以及 GYCZFDI 的因果关系进行检验,结果如表 5-7:

表 5-7 Granger 因果检验结果(滞后 1 期)

零 假 设	样本数	F 统计值	概 率
GDP 不是 DEPFDI 的原因	19	0.111 63	0.742 64
DEPFDI 不是 GDP 的原因		15.598 9	0.001 15

（续表）

零　假　设	样本数	F 统计值	概　率
GDP 不是 GYCZFDI 的原因	19	0.274 44	0.607 55
GYCZFDI 不是 GDP 的原因		7.004 35	0.017 59

注：本文采用中国 1985—2004 年间的统计数据，数据来源于各年《中国统计年鉴》，利用 Eviews3.1 统计软件进行处理。

表 5-7 显示，在约 95%置信区间内，DEPFDI 以及 GYCZFD 与 GDP 之间确实存在单向因果关系，也就是说，这些变量的变化确实是引起 GDP 的变化的原因，这说明协整分析中的长期均衡关系确实存在。

四、结果讨论

1. 经济开放能够提高我国的技术吸收能力，促进我国人均 GDP 的增长。在衡量我国的经济开放度时，我们选用贸易依存度作为代理指标，原因在于验证流入我国的 FDI 与贸易之间究竟存在着替代效应（Substitute）还是互补效应（Complement）。按照以芒德尔的"完全替代"模型为代表的传统对外直接投资理论认为国际直接投资实际是在有贸易壁垒的情况下对初始的贸易关系的替代。然而，以小岛清为首的学者们认为，FDI 同样可以在投资国与东道国之间创造新的贸易，使贸易在更大规模上进行。小岛清的投资与贸易互补效应学说的关键在于把直接投资看作是资本技术、经营管理知识的综合体由投资国向东道国的同一产业部门的特定转移，因此 FDI 所带来的先进的生产函数将通过员工、经营管理者的培训以及诱发当地企业参与竞争等形式固定下来，这也是小岛清提出的 FDI"生产函数改变后的比较优势"概念。

回归结果中 DEPFDI 一项协整系数为正，支持了前面我们关于流入我国的 FDI 具有顺贸易性质的设想，这与 Wang（1990）[1]以及

---

[1]　Wang Jian-ye, 1990, "Growth, Technology Transfer, and the Long-run Theory of International Capital Movement", *Journal of International Economics*, 29, pp. 255-271.

Batiz(1991)[1]等人关于对外开放的规模与 FDI 的技术外溢效应之间存在正相关关系的结论相一致。在我国的外资企业大多是出口导向型的,尤其是近十年来外商投资企业日益活跃的贸易活动成为我国对外贸易的主要增长点。进一步分析我国出口贸易结构与外资企业投资产业分布可见:一方面,20 世纪 80 年代末期我国基本完成了出口商品结构由初级产品向工业制成品为主的转变,进入 90 年代以来,工业制成品所占比重稳步攀升,到 1997 年已达 70%以上。另一方面,我国出口贸易结构的飞速转变及优化时期,也正是 FDI 迅猛增长的时期。从全国外商投资企业的产业分布表可看出,截至 1997 年底,我国共引进 FDI 协议金额 5 203.93 亿美元,其中第一产业和第三产业升幅不大,而投向第二产业即加工制造业的 FDI 占了 61.6%。流入我国的 FDI 这种顺贸易现象进一步验证了 FDI 的技术外溢效应大于资本积累效应。FDI 不仅仅是绕开贸易壁垒的结果,而且还正因为 FDI 通过技术转移、扩散等途径提高了东道国的生产能力,带来了小岛清所说的"生产函数改变后的比较优势"。

  2. 国有经济成分在市场中占有的比例过大对技术吸收能力的提高和经济增长不利。由方程 5 - 12 可知,国有及国有控股企业工业产值与 FDI 相互作用变量 GYCZFDI 与 GDP 的协整系数为负数,等于－0.025 2,这说明国有经济成分过大经济增长影响为负。原因可能在于国有经济成分比例上升或限制国内市场竞争程度。而一般认为如果东道国国内市场竞争程度越高,外资企业对当地的技术溢出效应更明显。一方面较高的市场竞争迫使外资企业尽早采用母公司的先进技术以提高其市场竞争力;另一方面国内企业也会在激烈的市场竞争中加强学习和模仿能力。因此国有企业比例过大对加强我国的技术吸收能力,促进经济增长作用为负。

——————————

  ① Batiz R. F. and Batiz L. A., "The Effect of Direct Foreign Investment in the Presence of Increasing Returns Due to Specialization". *Journal of Development Economics*,1991(34): pp. 287 - 307.

第四节 本章小结

本章主要讨论了环境与 FDI 技术吸收能力之间的相互关系。遵循第四章的研究思路,得出以下几个结论:

1. 我国的环境要素对 FDI 技术吸收能力的影响起着非常重要的作用,但目前还存在许多需要改进的地方。如股票市场对技术吸收能力的提升效应并不明显,甚至存在一定的阻碍效应;知识产权制度的执法力度不足导致其技术吸收能力的提升效应有限;国有企业比重过大导致的市场竞争限制也是影响我国技术吸收能力提升的重要因素。

2. 金融市场对技术吸收能力的提升总体而言效应并未发挥出来。银行对创新型中小企业的"惜贷"、股票市场品种少、规模小等均是影响技术吸收能力的重要原因。

3. 国外机构的中国专利的申请数对我国 FDI 技术吸收能力的提高具有积极意义,但是国外机构在我国获得专利保护制度对我国技术吸收能力的促进作用不明显,甚至抑制经济增长。

4. 经济开放能够提高我国的技术吸收能力,促进我国人均 GDP 的增长。国有经济成分在市场中占有的比例过大对技术吸收能力的提高和经济增长不利。

第六章 FDI 技术吸收能力
的扩展研究

前文对 FDI 技术吸收能力的基础要素和环境要素进行了实证研究,分析中是将单个变量纳入回归模型进行实证检验的,结论均从一个方面说明它们对技术吸收能力的影响。但是,以上分析存在两个方面的问题:一是未能说明基础要素和环境要素综合作用的效应;二是忽略了其他对吸收能力具有重大影响的变量的作用。本章试图在这两个方面进一步开展研究。

第一节 决定要素与技术吸收
能力的综合研究

一、模型

本文首先尝试将基础要素(BASE)和环境要素(ENIV)纳入同一检验模型中进行分析,检验模型同样采用构造连乘变量的方法,可以表示为:

$$GDP = c_0 + c_1 FDI + c_2 FDI \cdot BASE$$
$$+ c_3 FDI \cdot ENVI + c_4 Y_0 + \varepsilon \tag{6.1}$$

其中,GDP 为 GDP 的自然对数值;FDI 为当年实际利用外资金额 FDI 与同年 GDP 的比值的对数值;BASE 为基础要素,FDI·BASE 为 FDI 与基础要素 BASE 相互作用的变量对数值;ENIV 为环境要素,FDI·ENIV 为 FDI 与 ENIV 相互作用的变量对数值;Y_0 为初始人均 GDP 的对数值;ε 为随机误差项。

二、指标选择

在线性回归模型(6.1)的基础上,我们必须给出基础要素(BASE)和环境要素(ENIV)的具体代理指标,选取代理指标时本文遵循的基本原则是:为了更好地与已有文献进行比较,本文选取的代理指标均为已有文献中最常用的指标;选区的代理指标之间尽量具有独立性,以便能够消除回归分析中的多重共线性的可能,避免出现伪回归的现象。另外,值得说明的是本章主要探讨这些代理指标共同作用对技术吸收能力的影响,而并非是用这些指标来刻画中国技术吸收能力的整体水平,因为技术吸收能力是一个动态发展的概念,其外延至今仍无法准确界定①。所以如果我们选取的代理指标不同得出的具体结果是必然存在差异的,但是这种差异并不妨碍本书对某个特定决定因素对FDI技术吸收能力影响的结论。本章具体选择的代理指标如下。

(一)基础要素(BASE)

1. 基础设施(INF)

如前文所述,基础设施包括三类一级指标和五类二级指标,在本小节我们根据已有研究文献(Stern,1991②;Broadman和Sun,1997③;赖明勇等,2002④)的经验选择邮电业务量(POST)来代表基础设施的状况。因为由前文的分析可知邮电业务量目前仍然是影响我国技术吸收能力提高的重要因素之一。

2. 研究与发展(RAD)

研究与发展包括两类一级指标:R&D投入状况和R&D产出状

---

① 技术吸收能力是一个动态发展的概念,其外延很难明确,因此本文现在的研究阶段仅是刻画技术吸收能力若干重要的决定要素对技术吸收能力的影响,并非用六大决定要素来测定技术吸收能力整体水平,或许这可能成为今后研究的重要选题之一。

② Stern, Nicholas. (1991), "Public Policy and the Economics of Development" [J], *European Economic Review*, 35, pp. 241 - 271.

③ Broadman, H. G and Sun. X, "The distribution of foreign direct investment in China." *The World Economy*, 1997,20,3, pp. 339 - 361.

④ 赖明勇等:《我国外商直接投资吸收能力研究》[J],《南开经济研究》,2002年第3期,第45—51页。

况,四类二级指标。本文选取国家 R&D 经费投入(GRD)作为研究与开发(RAD)的代理指标。文献中研究 RAD 与技术溢出和技术吸收能力的研究采用最多的指标为 GRD,为了和其他文献能进行比较我们选择它。GRD 的计算方法和前文完全一样。

3. 人力资本(H)

人力资本是影响技术吸收能力最重要的因素之一,人力资本(H)包括受教育水平、人力资本结构和教育投入,具体代理指标有 8 项。关于人力资本的研究文献一般采用比较多的指标为政府教育经费的投入 EDUG,本文也采用这一指标作为人力资本的代理指标。

（二）环境要素(ENIV)

1. 金融市场效率(FINANCE)

如前文讨论,金融市场效率决定要素我们主要考虑两类一级指标:银行部门和股票市场。前文实证研究发现我国由于股票市场还不完善,用该指标除了能够说明股票市场对技术吸收能力贡献较弱之外所能反映的信息实在有限,所以本小节不再讨论股票市场与技术吸收能力之间的关系。为此本文将重点放在银行部门效率对技术吸收能力的影响,所以我们选择文献中最常用的各类贷款(LOAN),因为我国的间接融资仍然是大多数企业获得金融支持的重要渠道,因此能更好地反映金融市场对技术吸收能力的影响。

2. 知识产权保护度(IPR)

前文所述知识产权保护度的代理指标主要有两个:外资中国专利申请数(FAPP)和外资中国专利授权数(FGRA)。本小节选择外资中国专利申请数(FAPP)为代理指标,因为 FAPP 能够较好地反应中国国内的组织和企业获取外部专利信息的机会,与技术吸收能力之间的关系更加密切。

3. 市场体制(MARKET)

市场体制文献讨论最多的是一国的经济开放度,而经济开放度的代理指标大多采用外贸依存度,因此本文采用外贸依存度(DEPEND)作为市场体制的代理指标。

综上所述,本小节关于技术吸收能力的拓展研究中涉及的各决定要素的代理指标有:POST、GRD、EDUG、LOAN、FAPP 和 DEPEND,它们的连乘变量分别为:POSTFDI、GRDFDI、EDUGFDI、LOANFDI、FAPPFDI 和 DEPFDI。他们的计算方法同前文一样。

三、回归分析

根据多元线性回归模型(6.1)以及上述选择的指标,将其连乘变量 POSTFDI、RDFDI、EDUGFDI、LOANFDI、FAPPFDI 和 DEPFDI 代入回归模型(6.1)可得如下回归模型:

$$GDP = c_0 + c_1 FDI + c_2 POSTFDI + c_3 GRDFDI + c_4 EDUGFDI$$
$$+ c_5 LOANFDI + c_6 FAPPFDI + c_7 DEPFDI + c_8 Y_0 + \varepsilon$$
$$(6.2)$$

其中,所有变量的经济学含义同前文一样,计算方法也不变。本文采用中国 1987—2004 年间的相关数据,采用多元线性回归模型,利用 Eviews3.1 软件进行回归分析分析,回归结果如下:

$$GDP = 3.919\ 4 - 0.159\ 6 FDI + 0.018\ 7 POSTFDI + 0.055\ 4 GRDFDI$$
$$(9.495\ 5) \quad (-1.419\ 8) \quad (0.435\ 3) \quad (0.759\ 0)$$
$$(0.000\ 0) \quad (0.089\ 4) \quad (0.067\ 4) \quad (0.046\ 7)$$

$$+ 0.321\ 1 EDUGFDI - 0.336\ 6 LOANFDI + 0.056\ 1 FAPPFDI$$
$$(2.000\ 0) \quad (-1.977\ 9) \quad (1.668\ 4)$$
$$(0.076\ 5) \quad (0.079\ 3) \quad (0.129\ 6)$$

$$+ 0.274\ 3 DEPFDI + 0.890\ 9 Y_0 \qquad\qquad (6.3)$$
$$(3.535\ 9) \quad (5.214\ 7)$$
$$(0.006\ 4) \quad (0.000\ 6)$$

其中,第一个括号中为 t 值,第二个括号中为概率值,且 R^2 为 0.999 6; Adj-R^2 为 0.999 3;F 值为 3 055.335。为进一步验证回归模型各变量间是否存在长期、稳定的协整关系,需对回归方程的残差进行单位根检

验,结果如表 6-1:

表 6-1 回归方程 6.3 残差序列的 ADF 检验结果

ADF 检验统计量	-5. 520 253	1‰的临界值*	-3. 887 7
		5%的临界值	-3. 052 1
		10%的临界值	-2. 667 2

*为拒绝单位根假设的 MacKinnon 临界值。上述结果采用的是回归方程 6.3 产生的残差的水平序列的 ADF 检验结果,采用的是包括截距项,但不包含趋势项的模型检验模型,因为残差项一般不具有确定趋势。

由残差的 ADF 检验结果可以看出,残差的水平序列在 99%的置信区间拒绝单位根假设,所以说明回归方程 6.3 中的各变量具有协整关系,回归方程的结果是有效的。

四、结果讨论

分别对(6.3)式两边对 FDI 求导,可得(6.4):

$$\partial GDP/\partial FDI = -0.159\,6 + 0.018\,7POST + 0.055\,4GRD$$
$$+ 0.321\,1EDUG - 0.336\,6LOAN + 0.056\,1FAPP$$
$$+ 0.274\,3DEP \qquad (6.4)$$

表 6-2 各影响因素回归系数的前后比较

变　量	单因素分析影响系数	综合分析影响系数	影响力
POST	0.155 3	0.018 7	下降
GRD	0.038 0	0.055 4	上升
EDUG	0.019 4	0.321 1	上升
LOAN	-0.020 7	-0.336 6	上升
FAPP	0.016 1	0.056 1	上升
DEPEND	0.015 8	0.274 3	上升

1. 综合分析的结果同本书第四章和第五章分析结果的趋势几乎一致。具体表现为以邮电业务量(POST)为代表的基础设施能够有效

提高我国技术吸收能力,回归系数为(0.018 7);研究与发展(RAD)、政府教育经费的投入(EDUG)、外资中国专利申请数(FAPP)和外贸依存度(DEP)的回归系数依次为 0.055 4、0.321 1、0.056 1 和 0.274 3,这均说明这些指标均能正向推动我国技术吸收能力的提高;同时,代表着国内金融市场效率的指标(LOAN)的相关系数为—0.336 6,这一为负的相关系数同样说明银行系统对创新型中小企业的支持力度不足,无论是第三章还是在本节的讨论中均验证了这些观点。

2. 在综合分析中,对比前文的单因素分析,我们可以得出:除了代表基础设施的变量(POST)的相关系数有所下降外,其他 5 种变量对GDP 的影响力均呈现上升趋势①。这说明:一方面随着我国基础设施的不断完善以及其他替代的通讯手段的发展,邮电业务量对技术吸收能力的影响力越来越小,尤其是当与其他影响因素综合比较时更显得影响力较弱;另一方面其他变量在同 FDI 发生相互作用促进技术吸收能力提高的同时,通过与另外变量的交互作用,进一步强化了其对技术吸收能力的影响。这点提醒我们在考虑技术吸收能力建设时,应该将各影响因素综合考虑,而不是考虑其中部分因素,这样可能会削弱影响因素之间的正反馈效应,降低了制度的运行效率。

第二节　FDI 技术吸收能力的扩展研究

技术吸收能力是一个动态发展的概念,至今为止还没有哪位学者能够对其概念的外延进行一个准确的界定,因此试图用本书选取的 6 大决定要素的 25 种代理指标对我国 FDI 技术吸收能力进行准确界定是不科学的。如前文所述影响技术吸收能力的决定要素还有如一国的经济发展战略、政策、产业联系、文化、宗教、政局的稳定性,甚至腐败等等,这些因素在一定情况下甚至是非常重要的,而且是完全不能忽略

---

① 金融市场效率的代理指标(LOAN)的相关系数虽然是下降的,但因为绝对值是增大的,所以实际效果是变量(LOAN)对技术吸收能力的影响力是上升的。

的。所以对技术吸收能力的这些因素的进一步深入研究是非常重要而且有意义的研究课题。本文的重点在于研究前文所述的 6 大决定要素对我国 FDI 技术吸收能力的影响,但基于对以上扩展研究的重要性的认识,本小节尝试将我国 FDI 政策因素纳入回归模型进行实证检验,也是想为今后的研究工作提供一种有意义的尝试。

一、模型扩展及指标选择

本节引入我国 FDI 政策的虚拟变量,添加入模型 6.2,建立如下扩展回归模型 6.5:

$$GDP = c_0 + c_1 FDI + c_2 POSTFDI + c_3 GRDFDI + c_4 EDUGFDI$$
$$+ c_5 LOANFDI + c_6 FAPPFDI + c_7 DEPFDI + c_8 PDUMMY$$
$$+ c_9 Y_0 + \varepsilon \tag{6.5}$$

其中,变量的经济学含义同前文一样,计算方法也不变。PDUMMY 取值如下:

$$PDUMMY = \begin{cases} 0 & (1987\text{—}1992 \text{ 年}) \\ 1 & (1993\text{—}2004 \text{ 年}) \end{cases}$$

1992 年以后,我国对 FDI 的限制放宽,并且制定了一系列方针、政策来吸引外来投资,投资环境也比较稳定。同时也明确了向市场经济转轨的大政方针,使得跨国公司对我国信心大增,从而引进 FDI 急剧上升,合同利用外资从 1992 年的 581.24 亿美元,猛增为 1993 年的 1 114.36亿美元,增长近 1 倍;实际利用外资金额也从 1992 年的 110.07 亿美元,增长到 275.15 亿美元,增长超过 2 倍。所以本章以 1992 年为政策界限,明确政府引资政策的虚拟变量取值为 1987—1992 年取 0,1993—2004 年取 1。

二、回归分析

根据多元线性回归模型(6.5),本章采用中国 1987—2004 年间的相关数据,采用多元线性回归模型,利用 Eviews3.1 软件进行回归分

析,回归结果如下列方程 6.6:

$$GDP = 3.8828 - 0.1702 FDI + 0.0160 POSTFDI + 0.0540 GRDFDI$$
$$\qquad (8.5295) \quad (-1.3657) \quad (0.3446) \qquad (0.7004)$$
$$\qquad (0.0000) \quad (0.2092) \quad (0.0739) \qquad (0.0504)$$

$$\qquad + 0.3327 EDUGFDI - 0.3358 LOANFDI + 0.0473 FAPPFDI$$
$$\qquad (1.9062) \qquad (-1.8689) \qquad (0.9929)$$
$$\qquad (0.0931) \qquad (0.0986) \qquad (0.0349)$$

$$\qquad + 0.2743 DEPFDI + 0.0154 PDUMMY + 0.8907 Y_0 \quad (6.6)$$
$$\qquad (3.3493) \qquad (0.2778) \qquad (4.9389)$$
$$\qquad (0.0101) \qquad (0.0011) \qquad (0.0788)$$

其中,第一个括号中为 t 值,第二个括号中为概率值,且 R^2 为 0.9996;Adj-R^2 为 0.9992;F 值为 2 437.383。为进一步验证回归模型各变量间是否存在长期、稳定的协整关系,需对回归方程的残差进行单位根检验,结果如下表 6-3:

表 6-3　回归方程 6.6 残差序列的 ADF 检验结果

ADF 检验统计值	−5.705 057	1%的临界值*	−3.887 7
		5%的临界值	−3.052 1
		10%的临界值	−2.667 2

　*为拒绝单位根假设的 MacKinnon 临界值。上述结果采用的是回归方程 6.3 产生的残差的水平序列的 ADF 检验结果,采用的是包括截距项,但不包含趋势项的模型检验模型,因为残差项一般不具有确定趋势。

　由残差的 ADF 检验结果可以看出,残差的水平序列在 99% 的置信区间拒绝单位根假设,所以说明回归方程 6.3 中的各变量具有协整关系,回归方程的结果是有效的。

三、结果讨论

　回归结果中 PDUMMY 一项回归系数为 0.277 8,可以肯定 FDI 对中国经济增长的影响作用是与 PDUMMY 变量所代表的政府政策作用紧密结合在一起的。1992 年邓小平南巡谈话给中国经济注入了新的活力,中国对外开放进入了一个由沿海向内地再向全国扩展的新时期,1993 年起我国外商直接投资出现大幅度的增长,1995 年 6 月,国务院颁布了《指导外商投资方向暂行规定》以及《外商投资产业指导目录》。虽然在我们回归方程式中 PDUMMY 变量的取值只反映了 1992 年这一引资变化的转折点,但从中可以看出政府政策不仅是影响 FDI 本身波动变化的关键因素,而且也深刻地影响了 FDI 对我国经济增长的作用效果。同时,正如我国引资政策本身由引资总量向地区、产业差异这一变动趋势所表明的,政府政策在不同经济区域、不同产业、行业的倾斜将进一步影响到外资对我国经济增长的深层作用。

由此可知,如发展战略、政局稳定性等其他变量也会对我国的技术吸收能力产生重要的影响,在今后的研究中作者将进一步研究其他因素对我国技术吸收能力的影响。

第三节　本章小结

首先,本章将基础要素和环境要素放在同一回归模型中进行实证研究,结果显示:各决定要素和 FDI 的相互作用与 GDP 之间的关系同本文第四章和第五章分析结果的趋势几乎一致,除了代表基础设施的变量(POST)的相关系数有所下降外,其他 5 种变量对 GDP 的影响力均呈现上升趋势。另外,各变量在同 FDI 发生相互作用促进技术吸收能力提高的同时,通过与其他变量的交互作用,进一步强化了其对技术吸收能力的影响,可能存在正反馈效应。

另外,本章将引资政策虚拟变量 PDUMMY 引入回归模型进行实证研究,研究发现 FDI 引资政策对中国技术吸收能力的增长和经济增长具有重大影响作用。

第七章　结论与政策建议

新增长理论告诉我们,一国的经济增长依赖于内生的技术进步,而技术进步的渠道主要可以分成:自主创新和对国外技术的学习与模仿。自主创新主要靠一国自身 R&D 活动,而国外技术输入的途径有多种,如:贸易、FDI、技术许可等等。随着中国成为世界最大的 FDI 流入国,FDI 对中国的技术、经济带来深远的影响。商务部发布的《2005 跨国公司在中国报告》中称,外资带来中国经济繁荣的同时,中国技术水平的提升速度偏慢,"大量 FDI 带来的结果是核心技术缺乏症,这的确让人不可思议却又不得不面对"。因此,如何科学引导 FDI 为我所用越来越显得紧迫,成为必须认真思考的重要问题之一了。

通常认为,FDI 能够通过示范效应、竞争效应、人员培训效应和链接效应等途径产生技术外溢。但经济学家对 FDI 的实证研究发现技术溢出效应存在国别差异,而且技术溢出效应不会自动产生。东道国要充分吸收 FDI 的技术外溢,并推动自身的技术进步,关键在于提高本国的技术吸收能力。

技术吸收能力由多种因素共同决定,无法用单一指标进行测量,因此需要构建一套相对完整指标体系以全面刻画技术吸收能力。本文将技术吸收能力的决定因素分为基础要素和环境要素,并建立了技术吸收能力的指标体系,指标体系包括 6 大一级指标,25 个二级指标(见表1)。在此基础上,利用中国 1985—2004 年间的数据,运用多元线性回归模型,分析各代理指标与技术吸收能力之间的关系,得到的结论不仅较好地验证了我国引资实践,而且对我国经济政策的制定具有重要的借鉴意义。

一、进一步加强基础设施建设,为我国 FDI 技术吸收能力的提高提供必要的基础性条件

基础设施不仅是吸引外商直接投资的一个重要因素,而且是对 FDI 技术溢出的吸收提供必要的条件。本书的实证研究发现基础设施的相关变量与 FDI 构成的连乘变量的系数均为正数,这说明我国基础设施的完备程度确实能增强我国对 FDI 的技术吸收能力的提高。

基础设施的内涵也在不断发展变化。目前,基础设施不仅仅指的是道路交通状况和邮政系统等传统方式,随着科学技术的日新月异,现代化电信设施在基础设施中的重要性越来越不言而喻了,如移动通讯、Internet 和光通讯等等。我们的实证研究发现我国传统基础设施对技术吸收能力的贡献较大,如 POSTFDI 与 GDP 的相关系数为 0.155 3,ROADFDI 与 GDP 的相关系数为 0.019 3,而现代化基础设施的代表 MOBFDI 与 GDP 的相关系数仅为 0.011 2,这说明现代化基础设施对我国技术吸收能力的贡献还不如传统方式。这说明一方面我国对传统的基础设施的依赖惯性还较强,另一方面我国现代化基础设施对经济发展的贡献还大有潜力可挖。因此,为增强我国的技术吸收能力,在加强基础设施建设时,应充分重视现代化基础设施的建设,提高国家信息化水平。

美国政府高度重视信息化建设,其战略目标是:通过继续占领信息技术研发和应用的制高点,提高信息占有、支配和快速反应的能力,从而主导未来世界的信息传播,保持和扩大在信息化方面的整体优势。基本思路是:从规划、政策、示范推广、宣传培训、研究开发五个方面入手,推动全社会信息化的发展,并采取了以下几个方面具体的措施:(1)建设"信息高速公路"。1993 年,克林顿政府提出"国家信息基础设施行动计划(NII)",将"信息高速公路"建设作为其施政纲领。1994 年,美国提出"全球信息基础设施行动计划(GII)",鼓励民营部门投资,促进竞争,为所有信息提供者和使用者提供开放的网络通道,保障普遍服务。(2)引导市场竞争,推动网络基础设施的建设。1996 年美国通过了新的电信法,开放所有的电信市场,促使美国电信行业展开新的竞争和重组,从而推动高速宽带网络的建设。另外,美国注重加强社区网络建设,使低收入家庭也有使用互联网的机会;要求企业开发低成本计算机,帮助学校接入互联网;推动农村和边远地区的互联网发展。1993年美国农业部和国家电信信息局联合实施"农村设施服务计划",以推动农村和边远地区的互联网发展。(3)加强信息技术的研发与应用。1996年,美国提出"新一代互联网计划",积极扶植对新一代互联网及应用技术的开发,以保持美国在互联网方面的优势。(4)建设电子政府,逐步完善政府各项服务。美国政府提出 NII 计划之后,就着手考虑建设电子政府,其目标是:通过信息技术的应用,提高政府组织的效率,重组公共管理,最终实现办公自动化和信息资源的共享,使得人们可以从不同的渠道获得政府信息和服务。美国将政府办公自动化作为政府的首要任务之一,倡导通过建立门户网站带动政府职能的完善。(5)积极发展电子商务。1996年底,克林顿亲自倡导成立了跨部门的电子商务管理协调机构——美国政府电子商务工作组,工作组负责制定有关发展电子商务的政策措施,并协调督促相关部门实施。1997年,美国颁布《全球电子商务框架》,提出 5 项原则:民营部门必须发挥主导作用;政府应避免对电子商务的不当限制;政府必须参与时,应该致力于支持和创造一种可预测的、受影响最小的、持续简单的法律环境;政府必须认清互联网的特性;应该在全球范围内促进互联网上的电子商务。2000 年美国国会通过了《国际与国内商务电子签名法案》,使电子签名与手写签名具有同样的法律效力。(6)增强网络的安全性,提高消费者对网络的信任度。美国提出《关于信息系统保护的国家计划》,旨在构建联邦政府的信息安全模式,推动公众与民营企业之间的自愿合作,以保护信息基础设施。美国商务部所属的国家标准与技术研究院成立网络安全研究所。商务部企业服务局与产业界、消费者代表和政府部门共同合作,开发一种新的电子商务密码系统,专门用于网上消费者的保护。美国联邦贸易委员会(FTC)采用网上冲浪的方法,对网上的违规行为进行调查。此外,美国联邦调查局(FBI)与国家白领犯罪中心开放互联网投诉中心。

德国是欧洲头号经济大国为了增强综合国力和国际竞争力,德国非常重视信息化建设,1999 年制订的"21 世纪信息社会的创新与工作机遇纲要"是德国第一个走向信息社会的战略计划。进入新世纪后,德国又制订了"2006 年德国信息社会行动纲领",这是德国走向信息社会的主体计划,对信息化建设的主要方面提出了明确的目标,强调要通过政府创造环境,实行政府与产业界及社会各界的合作,形成向信息社会转移的体制和机制。德国的信息化战略中有以下几个突出特点。(1)在电子政务建设中重视信息系统的整合。德国把推行电子政务作为实施信息化战略的重要组成部分。(2)开放软件源代码。德国在制订和实施信息化战略时认为,联邦整个信息化战略是由好多软件支撑的,很多网络攻击也是由软件引起的。只有开放软件源代码,才能增强信息平台的独立性,提高信息系统的可操作性和互操作性,促进网络安全。(3)高度重视信息安全。德国在信息安全方面是欧洲的典范,主要做法包括三方面。一是有明确的责任部门。德国联邦经济和劳工部下属的联邦电信和邮政总局主要负责联邦电信基础设施的安全维护工作;内政部和其下属联邦信息安全署主要负责信息技术应用方面的安全问题。联邦安全署还负责对互联网进行内容监管,对需要跨部门协调的工作制订统一的方案。二是重视运用法律手段。德国联邦经济和劳工部下属的联邦电信和邮政总局在为德国联邦其他部门提供基础电信服务的同时,还负责起草和制定《电信法》和《数字签名法》等法律,并协调联邦政府各部门有效使用数字签名来保障信息安全。(4)重视信息技术创新及信息产业发展。德国政府把信息技术发展看成是其他领域创新的基石,在信息技术创新方面的任务是帮助本国企业走进全球市场,帮助企业保持和扩大竞争优势。

我国发布的《2006—2020 年国家信息化发展战略》指出信息化是推动经济社会变革的重要力量。目前我国信息化发展存在着一些亟待解决的问题,如:思想认识需要进一步提高;信息技术自主创新能力不足,核心技术和关键装备主要依赖进口;信息技术应用水平不高,整体上,应用水平落后于实际需求,信息技术的潜能尚未得到充分挖掘;在部分领域和地区应用效果不够明显;信息安全问题仍比较突出;数字鸿沟有所扩大,信息技术应用水平与先进国家相比存在较大差距;体制机制改革相对滞后。在对我国信息化的现状和形势分析的基础上提出我国信息化战略目标是:到2020年,综合信息基础设施基本普及,信息技术自主创新能力显著增强,信息产业结构全面优化,国家信息安全保障水平大幅提高,国民经济和社会信息化取得明显成效,新型工业化发展模式初步确立,国家信息化发展的制度环境和政策体系基本完善,国民信息技术应用能力显著提高,为迈向信息社会奠定坚实基础。

《2006—2020年国家信息化发展战略》提出我国信息化建设的战略重点是:(1)推进国民经济信息化。包括推进面向"三农"的信息服务;利用信息技术改造和提升传统产业;加快服务业信息化;鼓励具备条件的地区率先发展知识密集型产业。(2)推行电子政务:改善公共服务。逐步建立以公民和企业为对象、以互联网为基础、中央与地方相配合、多种技术手段相结合的电子政务公共服务体系。(3)建设先进网络文化,加强社会主义先进文化的网上传播;改善公共文化信息服务,鼓励新闻出版、广播影视、文学艺术等行业加快信息化步伐,提高文化产品质量,增强文化产品供给能力;加强互联网对外宣传和文化交流,建设积极健康的网络文化。(4)推进社会信息化,进一步加快教育科研信息化步伐,加强医疗卫生信息化建设,完善就业和社会保障信息服务体系,推进社区信息化。(5)完善综合信息基础设施。推动网络融合,实现向下一代网络的转型。优化网络结构,提高网络性能,推进综合基础信息平台的发展。建立和完善普遍服务制度。加强宏观管理,拓宽多种渠道,推动普遍服务市场主体的多元化。(6)加强信息资源的开发利用。充分发挥信息资源开发利用对节约资源、能源和提高效益的作用,发挥信息流对人员流、物质流和资金流的引导作用,促进经济增长方式的转变和资源节约型社会的建设。加强全社会信息资源管理。实现信息资源的深度开发、及时处理、安全保存、快速流动和有效利用,基本满足经济社会发展优先领域的信息需求。(7)提高信息产业竞争力。突破核心技术与关键技术。积聚力量,攻克难关,逐步由外围向核心逼近,推进原始创新,力争跨越核心技术门槛,推进创新型国家建设。培育有核心竞争能力的信息产业。优化环境,引导企业资产重组、跨国并购,推动产业联盟,加快培育和发展具有核心能力的大公司和拥有技术专长的中小企业,建立竞争优势。加快"走出去"步伐,鼓励运营企业和制造企业联手拓展国际市场。(8)全面加强国家信息安全保障体系建设。坚持积极防御、综合防范,探索和把握信息化与信息安全的内在规律,主动应对信息安全挑战,实现信息化与信息安全协调发展。不断提高信息安全的法律保障能力、基础支撑能力、网络舆论宣传的驾驭能力和我国在国际信息安全领域的影响力,建立和完善维护国家信息安全的长效机制。(9)提高国民信息技术应用能力,造就信息化人才队伍。为落实国家信息化发展的战略重点,保证在"十一五"时期国家信息化水平迈上新的台阶,按照承前启后、以点带面的原则,优先制订和实施六大战略行动计划:国民信息技能教育培训计划;电子商务行动计划;电子政务行动计划;网络媒体信息资源开发利用计划;缩小数字鸿沟计划;关键信息技术自主创新计划。

二、加大 R&D 投入力度,改善 R&D 投入结构,科学权衡自主创新和技术吸收之间的关系

R&D 投入能促进经济增长是基于研发的内生经济增长理论的核心思想,内生的技术进步是 R&D 活动的直接结果。我们的实证检验验证了 Cohen 和 Levinthal(1989,1990)所说的 R&D 活动存在两个方面技术进步效应,即技术创新能力和技术吸收能力。而且从本文实证检验的结果来看,其中的技术吸收能力的效应更加明显(GRDFDI 与 GDP 的相关系数为 0.037 8)。因此,加大 R&D 经费的投入力度,无疑会对我国技术吸收能力的提高具有正向的推动作用,有利于促进技术进步和经济增长。

另外,在制定 R&D 投入的政策时,应充分重视 R&D 收益率,在自主创新与技术吸收之间进行权衡。自主创新是一国经济和科技发展到一定阶段的必然选择。跨国公司进入中国的目的是利用我国廉价劳动

力,占领中国的市场,实现自身商业利益的最大化,而不是推动我国技术进步。我国要真正实现技术赶超,必须通过提高自主创新能力来实现。但是,自主创新的成本要远远高于技术模仿,而且发展中国家经济发展面临的普遍问题是资源短缺约束,尤其是研发资源投入的短缺。况且,一国技术的整体水平较低的情况下,自主创新能力也必然受到限制。因此,自主创新能力不是一蹴而就的,需要通过不断的技术引进、消化和吸收,而增强自身的技术能力来实现。所以我国在充分重视自主创新的同时,要格外重视技术吸收。毋庸置疑,我国整体技术水平与发达国家还有相当的差距,要实现经济的"条件收敛"必须加强以提高技术吸收能力为目的的 R&D 投入,通过学习和模仿发达国家的先进技术,实现技术吸收和自主创新的均衡发展。因此,在制定有关政策时需要将自主创新与技术吸收、技术引进结合起来,既以较低成本引进、吸收外部先进技术从而避免重复研发导致的资源浪费,又能培育自身独立研发能力与创新体系。如加大在引进、消化和吸收方面的投入,在制定贸易、引资政策时,不仅要注意进口、引资总量的增加,更要注重进口、引资结构的调整,即通过优化产业结构、加强内外资企业产业关联度、鼓励外资企业研发中心转移来更为有效地促进外资对我国经济的作用。

同时,应逐步改变 R&D 的结构,努力实现基础研究与应用研究的有效平衡。我国目前 R&D 投入的主体主要是政府,从事 R&D 活动的主要是公共研究机构和大学,而各个研究机构和大学的 R&D 活动瞄准的是科学前沿,对技术的产业化并不十分关心,这从一定程度上降低了 R&D 的收益率。本书认为对本国经济发展最重要的贡献来自于国内富于创新能力的本土企业,而不是 FDI。因此,我国应调整 R&D 投入的主体,将更多的经费投入到企业的研发中去,并鼓励企业将利润留成进一步用于研发。当然,在若干前瞻性技术前沿要加强基础研究,但更多的是进行应用技术的研发,强化科技成果的产业化,促进经济增长。

美国是当今世界科技最发达的国家,其综合国力竞争的优越地位主要得益于美国科技投入社会化机制,这是新经济在美国率先崛起的内在条件。美国科技投入社会化供给机制的制度安排内容包括以下六个层次:(1)国家创新体系层次包括国家科技计划层次;(2)科技投入优惠政策层次;(3)风险投资层次;(4)科技工业园区层次;(5)国际科技合作层次;(6)官产学研合作层次。在这六个层次中,官产学研合作是核心的层次,它是美国科技投入社会化微观机制和制度安排一体化的核心;国家科技计划是政府财政科技投入层次,风险投资是高新技术商业化和产业化层次,国际科技合作是科技投入社会化供给机制国际化的手段;而国家科技计划层次、科技投入优惠政策、风险投资和知识产权制度是促进科技投入供给机制形成的主要制度安排。美国科技投入社会化制度安排的特点:一是科技投入社会化供给机制具有有效的制度安排;二是企业在美国科技投入社会化供给机制中处于核心位置;三是政府在引导科技投入社会化供给机制形成方面发挥出了不可替代的重要作用;四是科技投入社会化供给的多元化主体结构的形成;五是政府财政是科技投入社会化供给机制的重要引导力量;六是科技投入社会化供给机制的国际化趋势明显,美国对世界科技资源配置竞争力是有独一无二的比较优势。这是美国世界第一强国地位巩固的基础。

美国的科技机构可以划分为四大系统:联邦政府系统、企业系统、高等院校系统和其他非赢利系统。在美国联邦政府系统内,国家实验室是主要的科技骨干力量,其中著名的有新墨西哥州的洛斯阿拉莫斯国家实验室、田纳西州的橡树岭国家实验室、佛罗里达州的肯尼迪航天中心等。目前全美大约有 800 个国家实验室,年度经费约占政府 R&D 总经费的 1/3。企业的科技工作在全美占有重要地位。大约 3/4 的 R&D 工作是企业部门完成的,3/4 的科研人员分布在企业科研单位,这里还吸纳了全国 60% 以上的 R&D 总经费。大学是美国从事基础研究的主要基地。在全美 3 000 多所高等院校中,拥有研究生院的综合大学有 300 多所,其中麻省理工学院、斯坦福大学和哈佛大学等研究型大学更是科学研究的佼佼者。

美国科技投入社会化制度创新无疑是富有启发的。一方面,美国科技投入的社会化制度安排的成熟性是一个渐进过程;另一方面,发展中国家特别是我国应当从中获得很多启示。其一,科技投入社会化既需要微观基础或微观行为主体的有力支撑,更需要相应制度安排的有力保障;其二,政府是科技投入社会化制度创新的主体,我国各级政府应在加强政府行为创新的同时,不失时机地加快政府科技行为的制度创新步伐;其三,要进一步强化企业在我国科技投入社会化机制中的第一主体功能,创造有效的制度安排,促进企业科技投入外部性的内在化,提升企业科技投入整体竞争力;其四,要完善我国官产学研合作的制度安排,整合有限科技资源,形成以市场为导向,以产业竞争力提升为目标,以协作、集成为机制的国家创新和区域创新的动力机制。相对而言,我国科技投入供给规模还很弱小,社会科技投入有效需求长期严重不足,科技能力建设存在着结构性的缺陷。一方面,科技投入的供求处于双重低迷状态;另一方面,科技投入主体地位不牢固,企业市场化主体地位还有很大差距,政府科技投入又缺乏相应的制度约束。表面上看,我国科技能力不强是由于科技投入缺少微观基础如微观行为主体等,但本质上,这是由我国科技投入社会化制度欠缺所引致的必然结果。因此,强化我国科技能力建设对于21世纪我国综合国力的跨越式发展具有特别重要意义。显然,研究美国科技投入社会化的有效制度安排及其创新机制对我国科技能力建设和制度创新具有重要启示。

三、加大人力资本投资,改善人力资本结构,鼓励人力资本科学、有效流动

知识和技术的载体是人,因此人力资本始终是 FDI 技术吸收能力最重要的因素之一。本文认为人力资本积累对经济增长具有双重效应:一方面人力资本投资通过提高劳动者受教育程度、职业技能、技术熟练程度以及劳动生产率而直接增加产出水平,另一方面人力资本投资还通过增强本国技术吸收能力和研发水平而间接促进经济增长。我们的实证检验发现 AVEDUFDI 与 GDP,EDUGFDI 与 GDP 的相关系数分别为 0.254 5 和 0.019 4,正的相关系数说明人力资本的积累和人力资本投资对我国技术吸收能力的提高具有正向推动作用。

人力资本是异质的,不同的人力资本结构对技术吸收能力的提高具有重要影响。尽管本书在第三章的理论模型中假设了人力资本可以在最终产品部门和研发部门进行转移,即忽略了人力资本异质性;然而现实经济中研发部门对人力资本积累、雇员受教育程度的要求要明显高于最终产品部门。本书的实证研究发现技术人员的比例对提高技术吸收能力贡献较大,FDITECHW 与 GDP 相关系数为 9.411 5。在大学、中学和小学人口比例对技术吸收能力贡献的比较中我们发现大学低于中学,中学低于小学。这与我国主要以加工贸易为主的 FDI 结构具有密切关系。但是随着我国经济发展和技术进步,跨国公司纷纷调整在中国的投资战略,由原先主要以加工贸易为主的投资类型正逐步向先进制造业,甚至在中国越来越多地设立研发机构的转型,这些都需要中国优秀的大学毕业生和技术人员,因此,现阶段跨国公司在中国投资战略的转型,使得对中国人力资本的需求也发生了转变,表现为对人才的需求结构正逐步提升。以上均说明我国在培育人力资本时,在充分注重义务教育的同时,应着重培养技术人员,强化高等教育的社会服务功能,已逐步使得人力资本的结构更加符合经济发展的需求。

人力资本流动有利于技术的扩散与传播,对技术吸收能力的提高具有重要作用。在我们的实证模型中选择了两类人力资本流动性指标留学回国率 BACK 和外资企业就业率 FWORK。发现流动性指标与 GDP 均成正相关关系,这说明在我国留学生回国率 BACK 与外资企业就业率 FWORK 两项指标对技术吸收能力的提高具有促进作用,这已经被我国的实践所证明。知识与技术具有强烈人才依附特性,定居全球各地的中国留学生,形成了欧美乃至亚洲各国研发高新技术的新生力量和依附载体。留学生回国一方面可以直接带回国外先进的知识与技术,另一方面因为其与海外的密切联系,可以进一步提高我国的技术吸收能力。从这个角度而言,回国留学生无论是就业还是自主创业都能很好地与外资企业结合,促进经济增长。另外,外资企业从业人员是我国国内与 FDI 结合最紧密的群体,随着经验的积累和观念的更新,他们中的相当一部分可能会选择回到国内企业担任高级管理人员或者自主创业。因此,如何引导和鼓励外资企业就业的中国员工进入本国企业或自主创业,是提高我国技术吸收能力和促进我国技术进步和经济增长的又一重要途径。

需要强调指出的是,人力资本是技术吸收能力最重要的决定要素,一国的技术进步和经济增长,以及综合国力的增强归根到底依靠人才。但是,人才的培养是一个长期的过程,是一个系统工程,所以,我国要实现经济的跨越式发展,除了加大本国的人力资本投资力度,改善人力资本培育结构之外,应充分重视构建良好的人才创新创业及服务环境,吸引全世界优秀的人才为我所用,这点正是美国之所领先世界的最重要的原因之一。

美国十分重视引进优秀人才为我所用,其经济实力之所以强大,并非完全由于他们本身具有高科技人才,而在很大程度上是由于他们善于利用人才,善于从别的国家引进人才。美国制定一系列政策吸引其他国家的人才为美国服务。首先,制定《移民法》限制移民,筛选人才。美国是一个移民众多的国家,但美国接收移民有严格的选择。对高科技人员政策较宽,而对文化素质较低的人把得很严。美国很早就制定了《移民法》,自60年代以来,美国国会多次对《移民法》进行修改,经多次修改后的《移民法》规定,国家每年留出29万个移民的名额专门用于从国外引进高科技人才。新《移民法》规定,凡是著名学者、高级人才和具有某种专业技术的人才,不考虑其所在的国籍、资历和年龄,一律优先允许入境。美国经济的持续繁荣,急需一些有技术的移民,据美国国会移民改革政策发起人詹姆斯·爱德华兹说:移民中的高科技人才对美国的高科技发展起了很大的作用。每年美国高科技公司雇佣的美国大学毕业生中有许多是非美国人。在1996年获得美国各大学电脑硕士学位的人中,38%是外国学生,而哲学博士中则有46%是非美国公民。其次,创立H—IB签证计划。1990年美国国会批准了H—IB签证计划,H—IB签证是美国给具有特殊专长的外国人签发的入境证件,每年签发65万,允许具有学士学位或更高学位的外国人到美国工作。随着科学技术的发展,尤其是电子,信息技术的突飞猛进,美国对高科技人才的需求与日俱增,各高科技公司不断向国会施加压力,要求国会修改移民政策,扩大 H—IB 签证的数额。第三,制定留学生资助政策。美国十分重视招收外国的留学生,政府相继制定了留学生教育的政策,其中最具吸引力的是资助留学生政策。美国 50 年代每年只有留学生 3 万到 4 万人,60 年代增加到 8 万人,进入 70 年代猛增至 15 万人,到了 90 年代,留学人数更是成倍增长,达到 50 多万人。去美国的留学人员不断增长,是与美国吸引留学生政策密切相关的。美国设立了多种资助留学生的资金,如国际开发署和富布赖特基金会,福特基金会,洛克菲勒基金等都为第三世界国家的留学生提供了种类繁多的奖学金。美国每年对外国留学生的投资多达 25 亿美元。美国的外国留学生政策具有一定的连续性,一直鼓励接收外国留学生,在奖学金的发放和交纳学费等问题上,给予外国留学生与本国学生以同等的待遇,这种体现某种平等的政策对外国留学生具有较大的吸引力。目前,美国在世界 180 个国家和地区,广泛搜罗各类人才,数量逾百万,世界权威的诺贝尔奖美国科学家占了一半,而其中相当多数又是有异国国籍的外国人,在硅谷休斯敦航天中心等科技人才密集的地方,外国科技人员占一半以上。美国许多重点科研机构,大公司科研机构的科技带头人,许多重点大学的系主任有 60%—70% 由美籍外国人担任。目前,美国的几所名牌大学几乎网罗了世界最优秀的人才,一方面尽量利用他们在校期间的研究成果;另一方面千方百计留住那些成绩优异者,以使他们在年富力强的黄金时期为美国的科研卖力。尤其值得注意的是,在美国的科研人员和留学生中,中国人所占的比例高居榜首。据《欧洲时报》报道,在 80 年代后期,在全美一流科技人才中,有 1/4 是美籍华人。美国机械工程学会 12 个分会,有 6 个由华人担任主席,美国著名的电子计算机企业——国际商用机器公司的 800 余名工程师中,华人占了一半,美国电脑研究中心有 4 000 余名中国血统的研究人员,在 19 个部级主任中,华人占了 12 个。美国是当今世界吸收外国留学生最多的国家。目前,世界上每三个留学生中就有一个在美国留学。在纽约大学一年级研究生中美国人仅占 1/15。这些留学生毕业后留美不归的占60%以上。

中国政府长期以来也非常重视人才培养和引进。《中华人民共和国国民经济和社会发展第十一个五年规划纲要》中明确指出要全面实施素质教育,着力完成"普及、发展、提高"三大任务,加快教育结构调整,促进教育全面协调发展,建设学习型社会。一是普及和巩固义务教育,重点加强农村义务教育,推进城乡、地区间义务教育均衡发展。二是大力发展职业教育,重点发展中等职业教育,发展多种形式的职业技能培训,改革职业教育教学方式,促进职业教育和普通高中教育协调发展,提高办学水平和质量。三是提高高等教育质量,把高等教育发展的重点放在提高质量和优化结构上,加强研究与实践,培养学生的创新精神和实践能力。四是加大教育投入,保证财政性教育经费的增长幅度明显高于财政经常性收入的增长幅度,逐步使财政性教育经费占国内生产总值的比例达到4%。五是要深化教育体制改革,明确各级政府提供公共教育职责,制订和完善学校的设置标准,支持民办教育发展,形成公办教育与民办教育共同发展的办学格局。形成权责明确的教育管理体制。推进人才强国战略:实施党政人才培养工程,完善培训制度,加强理论教育、专业培训和实践锻炼,提高党政人才思想政治素质和执政能力,建设高素质党政领导人才队伍。实施企业家培养工程,培养造就一批富有创新意识和能力、适应经济全球化要求的企业家,推进企业经营管理人才职业化、市场化。实施专业技术人才知识更新工程和战略高技术人才培养工程,重点培养造就一批科技领军人才、学科带头人和战略科学家。实施高技能人才培养工程,建立一批高技能人才培训基地和公共实训基地,建设高技能人才队伍。加强农村实用人才培养。加强中西部地区和东北地区人才资源开发和人才队伍建设。鼓励和引导海外留学人员回国工作、为国服务。积极吸引海外高层次人才。创新人才工作机制,推进市场配置人才资源,消除人才市场发展的体制性障碍,规范人才市场管理,营造人才辈出、人尽其才的社会环境。深化干部人事制度改革,完善机关、企业和事业单位干部人事分类管理体制,健全以品德、能力和业绩为重点的人才评价、选拔任用和激励保障机制。建立符合科学发展观要求的干部综合考核评价体系,注重在实践中锻炼培养人才。深化职称制度改革。贯彻实施公务员法,完善公务员制度。各级政府和企事业单位要加大人才资源开发投入,加强人才资源能力建设,形成多元化投入机制。

四、不断完善金融市场,加强对科技创新创业以及中小型科技企业的金融支持

我国金融市场效率整体不高,制约着我国技术吸收能力的提高。国内金融市场的不发达或金融发展水平低下主要表现在"信贷配给"现象严重,金融市场对民营经济和高科技产业以及外商直接投资企业贷款支持力度小、贷款数量有限;国有商业银行的信贷垄断现象没有起到扶持或支持国有企业、民营私营企业和外商直接投资企业发展的目的,信贷风险大量存在。股票、债券市场规模小、品种少且不规范,没能真正实现资本市场的资源集中和配置功能。利率、汇率等金融市场信号还不同程度地被扭曲,造成了金融市场的低效率。

要提高我国金融市场效率,首先必须加快金融市场的深化改革步伐,逐步放松金融管制,减少政府干预。进一步开放金融服务市场,逐步引进外资金融机构。开放金融服务市场,逐步引进外资金融机构不仅可直接影响 FDI 的流入数量,还可间接促进中国提高外资引进的水平和外资利用的效率,因金融服务市场开放,引进外资金融机构有助于增进 FDI 的投资者信心,有利于他们在东道国发展并购投资等高层次的投资方式,也更有益于东道国对技术、专利投入型 FDI 的引进。

为满足企业科技创新和人才培训过程中的金融服务需求,应提高金融机构对企业特别是国有企业技术模仿、吸收等技术革新、技术改造和人力资本培训等项目贷款支持力度。在国内金融市场推动 FDI 促进东道国经济增长的作用机制中,国内金融市场通过为国内企业和FDI 企业的科技改造、科技创新提供资金支持和投资实现来提高企业的生产效率和东道国的技术总水平,从而推动东道国的经济增长,是一个十分重要的作用机制。胡立法(2006)更是建议设立科技开发银行,

以有效弥补现有银行体系在科技融资功能上的缺陷。

进一步发展债券和股票市场,使之能为科技创新企业、FDI 企业或国内企业与 FDI 的竞争提供更多的融资渠道。股票市场融资是我国高新技术企业重要融资渠道,但总体规模有限。近年来我国股票市场发展迅速,已成为我国企业外源融资中仅次于金融机构贷款的第二大融资渠道。债券融资、风险投资、投资基金、信用担保以及政府引导下的银企合作等其他科技投入方式,仅处于起步阶段。针对股票市场融资,债券融资、风险投资、投资基金、信用担保以及政府引导下的银企合作等存在的规模有限、覆盖面小的缺陷,考虑增加债券市场和股票市场的品种,允许国内企业和 FDI 企业发行企业科技创新债券或大力发展"二板市场";进一步放宽外资进入中国资本市场的条件,提高外资进入中国资本市场的力度和范围,使外资企业能与国内企业建立广泛的前、后向联系,借以提高国内企业的技术水平,提高 FDI 的技术吸收能力。

科技型中小企业在发展壮大过程中面临的突出问题之一是资金瓶颈。为此,许多发达国家采取各种金融支持政策和手段来帮助中小企业解决资金来源问题,并收到了良好的效果。政府作为中小企业融资的纽带发挥着至关重要的作用,政府既可以通过直接或间接的融资优惠政策支持中小企业,又可以通过担保或监督的形式为中小企业提供融资支持。世界各国的金融支持举措主要有:(1)设立专门的政府部门和政策性金融机构。在美国,小企业管理局作为一个永久性的联邦政府机构,其主要任务是帮助小企业解决资金不足的问题。大多数发达国家除专设主管政府部门外还设有专门的中小企业金融机构。如日本政府在战后相继成立了三家由其直接控制和出资的中小企业金融机构,专门向缺乏资金但有市场、有前途的中小企业提供低息融资,保证企业的正常运转。德国的中小企业银行主要有合作银行、储蓄银行和国民银行等,根据有关法规,年营业额在 1 亿马克以下的企业,可得到总投资 60% 的低息贷款,德国政府本身还对通过"马歇尔计划援助对等基金"直接向中小企业提供贷款。(2)建立和健全对中小企业融资的信用担保体系,帮助中小企业获得商业性融资。发达国家的政府部门虽然也为中小企业提供资金,但最主要的形式还是提供担保支持,信用保证制度是发达国家中小企业使用率最高且效果最佳的一种金融支持制度。美国小企业管理局对中小企业最主要的资金帮助就是担保贷款;日本官方设立有专门为中小企业提供融资担保的金融机构——中小企业信用保险公库,民间设有 52 个信贷担保公司,并在此基础上设立了全国性的"信贷担保协会",他们共同致力于为中小企业提供信贷担保服务。(3)鼓励创业投资和风险资本,以促进高新技术对中小企业的培育和发展。政府的作用表现为对中小企业需要的管理制度和市场机会的支持。发达国家的实践证明,创业投资是中小企业尤其是高新技术企业发展的孵化器和催化剂。美国官方的中小企业投资公司和民间的风险投资公司是中小企业筹资的重要来源之一。(4)鼓励中小企业到资本市场直接融资,积极拓展中小企业直接融资渠道。中小企业规模小,其股票难以到一般的股票交易市场上与众多的大企业竞争。为解决中小企业的直接融资问题,一些国家探索开辟"第二板块",为中小企业,特别是科技型中小企业,提供直接融资渠道。如美国的那斯达克(NASDAQ)市场,是全世界规模最大和最成功的第二板市场,其最具成长性的公司中有 90% 以上的公司在该市场上市。直接融资渠道的开辟与拓展,在一定程度上促进了发达国家中小企业筹资来源的多元化。

可见,中小企业的融资难是一个世界范围内的难题。解决中小企业融资难的问题,需要全社会的共同努力,需要企业、金融机构和政府三者之间形成正常的经济关系,需要政府提供相关政策,拓宽中小企业融资渠道;需要中小企业自身健康、快速和完善的发展,提高自身的信用度,适当利用金融产品,从而达到融资的目的。中国政府目前也非常重视解决中小企业的融资难的问题,为解决好该问题可以借鉴世界各国的成功经验,采取以下几个方面的措施:(1)建立专门的中小企业金融机构,鼓励中小企业间建立互助金融组织。随着我国金融机构专业化程度的不断加深,专门服务于中小企业的金融机构必将应运而生。实践证明,金融机构是偏爱实力雄厚的大型企业的,特别是大型的金融机构更是主要为大型企业提供服务,即使它们设有中小企业金融服务机构也往往是一种摆设,并不起什么作用。专门化的中小企业金融机构则不同,它们的金融实力与中小企业相当,或有政府的大力支持,可以专门从事对中小企业的融资活动,从而有利于不断积累为中小企业服务的经验,提高中小企业融资的质量,促进金融业和中小企业的共同健康发展。(2)建立和完善我国中小企业资金扶持政策体系。各国的实践表明,中小企业的资金困难问题,需要从多种渠道去解决,单靠一种途径是不行的。目前,特别重要的是应尽快在进一步鼓励银行开展中小企业信贷工作的基础上,建立和完善我国中小企业的信贷担保机制。(3)推进中小企业信用体系和中小企业信用担保体系建设。由于在现阶段,中小企业融资的主要途径是来自银行的贷款。因此,中小企业自身应提高其信用度,构建融资信誉。中小企业为取得融资信誉,必须比一些大中企业多付出成本,即可称为信誉成本,为取得银行的金融支持而做好自身的努力。同时要加快中小企业信用担保体系建设,运用必要的政策扶持,创造条件重点扶持一批经营业绩突出、制度健全、管理规范的担保机构,加快组建中小企业信用再担保机构。

五、切实加强知识产权的实际保护度,科学运用知识产权保护战略

实证检验中显示我国知识产权保护的技术吸收效应不明显,其原因可能是由于我国知识和产权的实际保护度不高的原因造成的。知识产权经济学认为一国知识产权保护度增强,跨国公司将愿意将更先进的技术输入到东道国,这样东道国的企业就有更多的机会获取、学习和模仿跨国公司的先进技术,从而增强该东道国的技术吸收能力。尽管随着我国加入 WTO,我国知识产权的法律规定历经多次修改,已经与 TRIPs 协议所规定的基本一致,但是我国的知识产权的执法力度还未能真正达到要求,这点降低了我国的知识产权的实际保护度。跨国公司正是基于这一原因往往不愿意将先进的技术引入中国,从而降低了我国企业获得发达国家先进技术的机会,不利于技术吸收能力的提高。

目前,我国正在加紧制定新的国家知识产权战略,作者认为知识产

权战略的制定应遵循的原则之一是有利于技术吸收能力的提升。知识产权保护是中性制度，它保护的不仅是我国企业的技术创新，同时也保护了技术的领先者的利益。这种对技术领先者的保护是否会"挤出"技术落后者的利益，关键看知识产权保护战略的运用是否科学。眼下美国、日本和欧盟宣称已经基本完成了在中国的知识产权战略布局，甚至有专家预言知识产权战争一触即发，日本更是在它的国家知识产权战略中明确指出要加强对东南亚和中国的知识产权侵权的打击。我国在这场没有硝烟但异常残酷的战争中如何应对，是这次国家知识和产权战略中应着重解决的问题之一。

当然，知识产权保护必须遵循几个重要原则：一是必须遵循国际规则，在 TRIPs 协议的框架下合理运用知识产权战略。二是必须有利于本国科技人员的技术创新活动。三是必须在这场所谓的"知识产权战争"中保证我国利益的同时，努力实现多赢。

六、坚持适度的开放原则，完善规范的市场环境，加强有序的市场竞争

经济开放对我国经济发展的重要意义已经被我国 20 多年改革开放的实践所证明，同时，本文的实证检验也证明贸易开放度对提高我国的技术吸收能力具有正面的促进作用。但是，经济开放应遵循适度开放原则。唐海燕（2000）认为适度开放涵盖八大原则：（1）主动性原则，以积极主动的姿态进行改革开放，汲取经济全球化的丰富养料，发展本国经济；（2）有序性原则，要根据我国国际竞争力的国际对比关系科学拟定对外开放的总体规划和具体实施方案；（3）渐进性原则，对外开放必须与我国的国际竞争力的提高相适应；（4）有条件性原则，在对外开放的过程中坚持权利和义务对等的原则；（5）相机性原则，必须根据国际国内的实际情况的变化，相应调整对外开放的理念、思路和步骤；（6）弹性原则，要保持对外开放总体部署和相关政策措施的弹性，从而更好地维持其适度性；（7）类比性原则，根据国际竞争力的国际类比来判断开放是否适度；（8）有效性原则，对外开放必须以利益为中心，凡是

有利于国家利益,增强本国国际竞争力的开放就应该坚持。因此,如何综合权衡经济开放的短期产出水平效应与长期增长效应,确定一个合适的经济开放度是发展中国家制定经济政策的重点所在。

规范的市场环境,有序的市场竞争是增强我国技术吸收能力的重要变量。继续完善社会主义市场经济法制环境,形成一种有利于自主创新和技术吸收的良好氛围,促进市场朝着更加规范化的方向发展。竞争对 FDI 技术吸收能力的影响也是一个被广泛研究的课题。学者们认为:一方面跨国公司的进入会增加东道国的市场竞争程度,本地企业面对强大的竞争对手的状况下,会努力采用新技术以提高生产效率,从而避免原有的市场份额丢失或者被挤出市场(Kokko,1992)。另一方面当东道国市场处于激烈竞争的状态时,跨国公司面对巨大竞争压力,为保持其竞争优势,不得不采用更为先进的技术(Wang 等,1992;Blomstrom 等,1994,1995)。因此,我国应努力培育能够与跨国公司相竞争的国内企业,这是保持市场竞争性的一个重要方面。同时,要形成实力相当的外资企业之间的竞争,一面在某些行业形成跨国公司的垄断局面。

综上所述,为了提高外资利用的效率,提高我国的技术吸收能力是关键。如何从提高本国吸收能力出发,不断完善基础设施;加大 R&D 投入力度,改善 R&D 投入结构;提高人力资本存量,改善人力资本结构,鼓励人力资本科学、有效流动;不断完善金融市场,加强对科技创新创业以及中小型科技企业的金融支持;切实加强知识产权的实际保护度,科学运用知识产权保护战略;坚持适度的开放原则,完善规范的市场环境,加强有序的市场竞争等,将成为发展中国家政府制定贸易引资政策、产业政策的一个基本政策导向。我们一方面要通过引进外资的形式来获取模仿、学习机会,另一方面更要注重对自身吸收能力的培育。在不再处于外汇约束境况的中国,引进外资应该以增强我国技术吸收能力和自主创新能力为目的,努力实现经济增长和国家富强。

附　　录

一、中国各年 FDI 技术吸收能力决定要素相关数据

附表 1　GDP、FDI 和 Y_0 的相关数据

YEAR	GDP	ln(GDP)	FDI	ln(FDI/GDP)	Y_0	ln(Y_0)
1985	8 964. 4	9. 101 0	48. 776 9	−5. 213 8	692	6. 539 6
1986	10 202. 2	9. 230 4	64. 705 5	−5. 060 5	853	6. 748 8
1987	11 962. 5	9. 389 5	86. 129 4	−4. 933 7	956	6. 862 8
1988	14 928. 3	9. 611 0	118. 883 9	−4. 832 9	1 104	7. 006 7
1989	16 909. 2	9. 735 6	127. 712 2	−4. 885 8	1 355	7. 211 6
1990	18 547. 9	9. 828 1	166. 790 2	−4. 711 4	1 512	7. 321 2
1991	21 617. 8	9. 981 3	232. 415 3	−4. 532 7	1 634	7. 398 8
1992	26 638. 1	10. 190 1	606. 992 0	−3. 781 6	1 879	7. 538 5
1993	34 634. 4	10. 452 6	1 585. 414 3	−3. 084 0	2 287	7. 735 0
1994	46 759. 4	10. 752 8	2 910. 276 4	−2. 776 8	2 939	7. 985 8
1995	58 478. 1	10. 976 4	3 133. 378 7	−2. 926 5	3 923	8. 274 6
1996	67 884. 6	11. 125 6	3 469. 100 0	−2. 973 9	4 854	8. 487 6
1997	74 462. 6	11. 218 1	3 751. 714 8	−2. 988 1	5 576	8. 626 2
1998	78 345. 2	11. 268 9	3 763. 927 2	−3. 035 7	6 054	8. 708 5
1999	82 067. 5	11. 315 3	3 337. 727 8	−3. 202 3	6 308	8. 749 6
2000	89 468. 1	11. 401 6	3 370. 550 6	−3. 278 8	6 551	8. 787 4
2001	97 314. 8	11. 485 7	3 880. 092 1	−3. 222 1	7 086	8. 865 8
2002	105 172. 3	11. 563 4	4 365. 538 1	−3. 181 9	7 651	8. 942 6
2003	117 390. 2	11. 673 3	4 428. 608 9	−3. 276 2	8 214	9. 013 6
2004	136 875. 9	11. 826 8	5 108. 220 0	−3. 305 0	9 111	9. 117 2

附表 2　基础设施的相关数据

YEAR	PHONE	ln(FDI*PHON)	MOBILE	ln(MOB*FDI)	POST	ln(FDI*POST)	TURN	ln(FDI*TURN)	ROAD	ln(FDI*ROAD)
1985	312.03	0.529 3	/	/	29.6	-1.826 0	4 437	3.184 0	94.24	-0.667 9
1986	350.38	0.798 5	/	/	32.86	-1.568 3	4 897	3.435 9	96.28	-0.493 3
1987	390.72	1.034 3	/	/	38.84	-1.274 2	5 411	3.662 5	98.22	-0.346 5
1988	472.69	1.325 6	0.32	-5.972 3	54	-0.843 9	6 209	3.900 9	99.96	-0.228 1
1989	568.04	1.456 4	0.98	-4.906 0	64.81	-0.714 4	6 075	3.826 1	101.43	-0.266 5
1990	685.03	1.818 1	1.83	-4.107 1	81.65	-0.308 9	5 628	3.924 1	102.83	-0.078 3
1991	845.06	2.206 7	4.754 4	-2.973 7	204.38	0.787 2	6 178	4.196 0	104.11	0.112 7
1992	1 146.91	3.263 2	17.694 3	-0.908 3	290.94	1.891 5	6 949	5.064 8	105.67	0.878 7
1993	1 733.16	4.373 7	63.826 8	1.072 2	462.71	3.053 1	7 858	5.885 3	108.35	1.601 4
1994	2 729.55	5.135 1	156.778	2.278 1	688.19	3.757 3	8 591	6.281 7	111.78	1.939 8
1995	4 070.566	5.385 0	362.94	2.967 7	988.85	3.970 0	9 001.9	6.178 7	115.70	1.824 5
1996	5 494.737	5.637 6	685.28	3.555 9	1 342.04	4.228 0	9 164.8	6.149 2	118.58	1.801 7
1997	7 031.037	5.870 0	1 323.29	4.199 8	1 773.29	4.492 5	10 055.5	6.227 8	122.64	1.821 2
1998	8 742.094	6.040 2	2 386.29	4.741 8	2 431.21	4.760 5	10 636.7	6.236 4	127.85	1.815 2
1999	10 871.600	6.091 7	4 329.60	5.171 0	3 330.82	4.908 7	11 299.8	6.130 3	135.17	1.704 3
2000	14 482.900	6.301 9	8 453.30	5.763 5	4 792.70	5.196 0	12 261.0	6.135 4	140.27	1.664 8
2001	18 036.800	6.578 1	14 522.20	6.361 3	4 556.26	5.202 2	13 155.1	6.262 5	169.80	1.912 5
2002	21 422.200	6.790 3	20 600.50	6.751 2	5 695.80	5.465 6	14 125.7	6.373 9	176.52	1.991 6
2003	26 274.700	6.900 1	26 995.30	6.927 2	7 019.79	5.580 2	13 810.5	6.256 9	180.98	1.922 1
2004	31 175.600	7.042 4	33 482.40	7.113 8	9 712.29	5.876 2	16 309.1	6.394 5	187.07	1.926 5

附表 3 研究与开发的相关数据

YEAR	ln(FDI*GRD)	GRD	ln(FDI*LAPP)	LAPP	ln(FDI*LGRA)	LGRA	PAPER	ln(FDI*PAP)
1985	/	/	3.096 4	4 065	−1.576 2	38	/	/
1986	/	/	3.098 3	3 494	−1.109 3	52	/	/
1987	−0.629 6	74	3.354 1	3 975	0.806 1	311	9 017	4.173 2
1988	−0.338 6	89.5	3.639 3	4 780	1.592 0	617	11 854	4.547 6
1989	−0.164 6	112.31	3.579 9	4 749	2.101 7	1 083	12 232	4.526 0
1990	0.116 9	125	3.959 7	5 832	2.335 3	1 149	13 352	4.788 0
1991	0.483 2	150.8	4.372 7	7 372	2.645 8	1 311	11 783	4.841 7
1992	1.564 6	209.8	5.431 0	10 022	3.452 6	1 386	15 700	5.879 8
1993	2.462 0	256.2	6.315 6	12 084	4.792 3	2 634	20 218	6.830 3
1994	2.959 2	309.8	6.546 1	11 191	4.637 2	1 659	24 584	7.333 1
1995	2.927 7	348.7	6.285 6	10 018	4.406 5	1 530	26 395	7.254 4
1996	3.028 7	404.5	6.379 2	11 535	4.266 7	1 395	27 569	7.250 5
1997	3.188 8	481.5	6.462 3	12 713	4.346 2	1 532	35 311	7.483 9
1998	3.276 3	551.1	6.491 4	13 726	4.375 9	1 655	35 003	7.427 5
1999	3.318 2	678.9	6.452 6	15 598	4.835 9	3 097	46 188	7.538 2
2000	3.518 8	895.7	6.861 6	25 346	5.449 8	6 177	49 678	7.534 5
2001	3.727 3	1 042.5	7.088 1	30 038	5.371 1	5 395	64 526	7.852 7
2002	3.978 7	1 287.6	7.409 9	39 806	5.495 4	5 868	77 395	8.074 8
2003	4.063 0	1 539.6	7.670 5	56 769	6.065 5	11 404	93 352	8.167 9
2004	4.279 1	1 966.6	7.789 2	65 786	6.506 4	18 241	111 356	8.315 5

附表 4　人力资本的相关数据(1)

YEAR	BACK	ln(FDI*BACK)	FWORK	ln(FDI*FWORK)	GEDU	ln(FDI*GEDU)	TECHW	ln(FDI*TECHW)
1985	1 424	2.047 5	6	−3.422 0	254.31	0.324 8	/	/
1986	1 388	2.175 1	12.48	−2.536 4	305.35	0.660 9	/	/
1987	1 605	2.447 2	21	−1.889 2	320.89	0.837 4	194.5	0.336 8
1988	3 000	3.173 5	31	−1.398 9	387.48	1.126 8	209.4	0.511 4
1989	1 753	2.583 2	47	−1.035 7	449.78	1.222 9	209.9	0.460 8
1990	1 593	2.662 0	66	−0.521 7	462.50	1.425 3	209.9	0.635 3
1991	2 069	3.102 1	165	0.573 2	617.83	1.893 5	228.64	0.899 4
1992	3 611	4.410 2	221	1.616 6	728.75	2.809 7	227.04	1.643 5
1993	5 128	5.458 5	288	2.579 0	867.76	3.681 9	245.21	2.418 1
1994	4 230	5.573 2	406	3.229 6	1 174.74	4.292 0	257.59	2.774 6
1995	5 750	5.730 4	513	3.313 7	1 411.52	4.325 9	262.5	2.643 7
1996	6 570	5.816 4	540	3.317 7	1 671.7	4.447 7	290.3	2.697 0
1997	7 130	5.884 0	581	3.376 7	1 862.54	4.541 6	288.6	2.677 0
1998	7 379	5.870 7	587	3.339 4	2 032.45	4.581 3	281.4	2.604 1
1999	7 748	5.752 9	612	3.214 5	2 287.18	4.532 8	290.6	2.469 7
2000	9 121	5.839 5	642	3.185 8	2 562.61	4.570 0	322.4	2.497 0
2001	12 243	6.190 6	671	3.286 7	3 057.01	4.803 1	314.1	2.527 6
2002	17 945	6.613 2	758	3.448 8	3 491.4	4.976 2	322.2	2.593 3
2003	20 152	6.634 8	863	3.484 2	3 850.6	4.979 7	328.4	2.518 0
2004	24 726	6.810 6	1 033	3.635 2	4 465.9	5.099 2	348.2	2.547 8

附表 4　人力资本的相关数据(2)

YEAR	DXS	ln(FDI*DXS)	ZXS	ln(FDI*ZXS)	XXS	ln(FDI*XXS)	AVEDU	ln(FDI*AVEDU)
1985	16.1	-2.434 9	481	0.962 1	1 263	1.927 5	/	/
1986	17.5	-2.198 3	495	1.144 0	1 226	2.051 0	/	/
1987	17.9	-2.048 9	494	1.268 9	1 174	2.134 5	/	/
1988	18.6	-1.909 7	473	1.326 2	1 129	2.196 2	/	/
1989	18.5	-1.968 1	448	1.219 0	1 098	2.115 4	/	/
1990	18	-1.821 0	447	1.391 2	1 071	2.265 0	/	/
1991	17.6	-1.664 8	451	1.578 7	1 050	2.423 8	/	/
1992	18.6	-0.858 4	457	2.343 1	1 041	3.166 4	/	/
1993	21.4	-0.020 6	454	3.034 1	1 048	3.870 6	5.83	-1.321 0
1994	23.4	0.376 0	476	3.388 7	1 070	4.198 6	5.94	-0.995 1
1995	24	0.251 5	511	3.309 8	1 089	4.066 5	6.08	-1.121 5
1996	24.7	0.232 9	542	3.321 4	1 112	4.040 0	6.25	-1.141 3
1997	25.7	0.258 4	566	3.350 5	1 132	4.043 7	6.48	-1.119 4
1998	27.3	0.271 2	588	3.341 1	1 118	3.983 6	6.56	-1.154 7
1999	32.8	0.288 2	621	3.229 1	1 076	3.778 8	6.66	-1.306 1
2000	43.9	0.503 1	660	3.324 7	1 028	3.656 6	7.11	-1.317 3
2001	56.3	0.808 6	697	3.324 7	983	3.668 5	7.16	-1.253 6
2002	70.3	1.070 9	733	3.415 3	946	3.670 4	7.24	-1.202 2
2003	86.3	1.181 6	763	3.361 0	910	3.537 2	7.37	-1.278 7
2004	142	1.650 8	788.2	3.364 8	872.5	3.466 4	7.53	-1.286 3

附表 5　金融市场的相关数据

YEAR	M2	ln(FDI*M2)	LOAN	ln(FDI*LOAN)	STOCK	ln(FDI*STOCK)	CZE	ln(FDI*CZE)
1985	4 264.9	3.144 4	5 905.51	3.469 882	/	/	/	/
1986	5 354.7	3.525 2	7 590.4	3.874 126 7	/	/	/	/
1987	6 517	3.848 5	9 032.35	4.174 886 6	/	/	/	/
1988	7 425.8	4.079 8	10 551.33	4.431 140 3	/	/	/	/
1989	10 786.2	4.400 2	12 409.27	4.540 365 2	/	/	/	/
1990	15 293.4	4.923 8	15 166.36	4.915 459 9	/	/	/	/
1991	19 349.9	5.337 7	18 043.95	5.267 819 2	/	/	/	/
1992	25 402.2	6.361 0	21 615.53	6.199 585 2	/	/	/	/
1993	34 879.8	7.375 7	26 461.14	7.099 430 9	862	3.675 3	375.47	2.844 2
1994	46 923.5	7.979 5	40 810.1	7.839 917 6	969	4.099 5	326.78	3.012 5
1995	60 750.5	8.088 0	50 544.1	7.904 061 1	938	3.917 2	150.32	2.086 2
1996	76 094.9	8.265 8	61 156.6	8.047 279	5 204	5.583 3	425.08	3.078 4
1997	90 995.3	8.430 5	74 914.1	8.236 013 4	5 204	5.569 1	1 293.82	4.177 3
1998	104 498.5	8.521 3	86 524.1	8.332 516 5	5 746	5.620 6	841.52	3.699 5
1999	119 897.9	8.492 1	93 734.3	8.245 968 1	8 214	5.811 3	944.56	3.648 5
2000	134 610.4	8.531 3	99 371.1	8.227 810 6	16 088	6.407 0	2 103.08	4.372 4
2001	158 301.9	8.750 2	112 314.7	8.406 967 8	14 463	6.357 3	1 252.34	3.910 7
2002	185 007.0	8.946 3	131 293.9	8.603 334 7	12 485	6.250 4	961.75	3.686 9
2003	221 222.8	9.030 7	158 996.2	8.700 396 5	13 178.52	6.210 1	1 357.75	3.937 3
2004	253 207.7	9.137 0	178 197.8	8.785 670 9	11 688.64	6.061 4	1 510.94	4.015 5

附表 6 知识产权保护的有关数据

YEAR	FAPP	ln(FDI* FAPP)	FGRA	ln(FDI* FGRA)
1985	4 493	3. 196 5	2	−4. 520 6
1986	4 515	3. 354 6	4	−3. 674 2
1987	4 084	3. 381 2	111	−0. 224 2
1988	4 872	3. 658 4	408	1. 178 4
1989	4 910	3. 613 2	1 220	2. 220 8
1990	4 305	3. 656 2	2 689	3. 185 5
1991	4 051	3. 774 0	2 811	3. 408 5
1992	4 387	4. 604 8	2 580	4. 074 0
1993	7 534	5. 843 2	3 922	5. 190 4
1994	7 876	6. 194 8	2 224	4. 930 3
1995	11 618	6. 433 8	1 863	4. 603 4
1996	16 982	6. 766 0	1 581	4. 391 9
1997	20 953	6. 962 0	1 962	4. 593 6
1998	22 234	6. 973 7	3 078	4. 996 4
1999	21 096	6. 754 6	4 540	5. 218 4
2000	26 401	6. 902 4	6 506	5. 501 7
2001	33 166	7. 187 2	10 901	6. 074 5
2002	40 426	7. 425 4	15 605	6. 473 5
2003	48 549	7. 514 1	25 750	6. 880 0
2004	64 347	7. 767 1	31 119	7. 040 6

附表 7　市场体制的相关数据

YEAR	DEPEND	ln(FDI*DEP)	GYCZ	ln(FDI*GYCZ)
1985	23.054 5	−2.075 9	64.862 1	−1.041 5
1986	25.292 6	−1.830 0	62.274 4	−0.929 0
1987	25.782 2	−1.684 0	59.726 3	−0.843 9
1988	25.601 0	−1.590 2	56.798 7	−0.793 4
1989	24.577 7	−1.684 0	56.061 2	−0.859 4
1990	29.977 0	−1.310 9	54.606 3	−0.711 2
1991	33.425 2	−1.023 4	56.169 0	−0.504 4
1992	34.235 2	−0.248 3	51.515 9	0.160 3
1993	32.542 8	0.398 6	46.950 5	0.765 1
1994	43.588 9	0.998 0	37.336 1	0.843 2
1995	40.185 8	0.767 0	33.973 9	0.599 1
1996	35.551 2	0.597 1	36.320 1	0.618 5
1997	36.215 8	0.601 4	31.624 9	0.465 9
1998	34.281 2	0.498 9	49.634 5	0.869 0
1999	36.428 8	0.393 1	48.923 9	0.688 0
2000	43.896 3	0.503 0	47.335 9	0.578 5
2001	43.347 6	0.547 2	44.430 5	0.571 8
2002	48.851 4	0.706 9	40.783 9	0.526 4
2003	60.042 1	0.818 8	37.539 5	0.349 2
2004	69.799 8	0.940 7	35.237 1	0.257 1

二、协整分析的相关结果

附表 8　模型 4.19 中变量协整检验结果（滞后 1 期）

特征值	似然率	5%临界值	1%临界值	假定协整方程的个数
0.999 890	141.872 1	47.21	54.46	None**
0.921 381	34.567 08	29.68	35.65	At most 1*
0.690 651	13.592 52	15.41	20.04	At most 2
0.060 492	0.686 392	3.76	6.65	At most 3

标准化的协整系数及标准差（括号内数字表示）

GDP	FDI	AVEDUFDI	Y_0	C
1.000 000	0.251 261 (0.014 78)	0.254 513 (0.018 20)	$-1.022\ 319$ (0.004 07)	$-1.980\ 731$

　　注：＊（＊＊）为在 5%（1%）的显著性水平下拒绝原假设，协整方程选有截距。数据同样采用中国 1993—2004 年间的统计数据，数据来源于各年《中国统计年鉴》。

附表 9　模型 4.20 中变量协整检验结果（滞后 1 期）

特征值	似然率	5%临界值	1%临界值	假定协整方程的个数
0.997 636	149.805 7	47.21	54.46	None**
0.721 489	34.906 59	29.68	35.65	At most 1*
0.396 878	10.618 96	15.41	20.04	At most 2
0.051 864	1.011 890	3.76	6.65	At most 3

标准化的协整系数及标准差（括号内数字表示）

GDP	FDI	DXSFDI	Y_0	C
1.000 000	0.017 327 (0.004 14)	0.008 758 (0.005 88)	$-1.117\ 441$ (0.010 48)	$-1.602\ 884$

　　注：＊（＊＊）为在 5%（1%）的显著性水平下拒绝原假设，协整方程选有截距。数据同样采用中国 1987—2004 年间的统计数据，数据来源于各年《中国统计年鉴》。

附表 10　模型 4.21 中变量协整检验结果（滞后 1 期）

特征值	似然率	5％临界值	1％临界值	假定协整方程的个数
0.998 046	146.487 4	47.21	54.46	None＊＊
0..705 217	27.966 10	29.68	35.65	At most 1＊
0.218 720	4.757 284	15.41	20.04	At most 2
0.003 556	0.067 675	3.76	6.65	At most 3

标准化的协整系数及标准差（括号内数字表示）

GDP	FDI	Y_0	ZXSFDI	C
1.000 000	−0.023 105 (0.009 76)	−1.115 146 (0.006 68)	0.047 775 (0.012 07)	−1.898 054

注：＊（＊＊）为在 5％（1％）的显著性水平下拒绝原假设，协整方程选有截距。数据同样采用中国 1985—2004 年间的统计数据，数据来源于各年《中国统计年鉴》。

附表 11　模型 4.22 中变量协整检验结果（滞后 1 期）

特征值	似然率	5％临界值	1％临界值	假定协整方程的个数
0.995 438	165.639 3	47.21	54.46	None＊＊
0.955 061	33.619 04	29.68	35.65	At most 1＊
0.507 950	12.775 07	15.41	20.04	At most 2
0.000 551	0.009 930	3.76	6.65	At most 3

标准化的协整系数及标准差（括号内数字表示）

GDP	FDI	Y_0	XXSFDI	C
1.000 000	−0.080 691 (0.106 42)	−1.241 944 (0.138 36)	0.070 130 (0.092 26)	−1.196 654

注：＊（＊＊）为在 5％（1％）的显著性水平下拒绝原假设，协整方程选有截距。数据同样采用中国 1985—2004 年间的统计数据，数据来源于各年《中国统计年鉴》。

附表 12　模型 4. 23 中变量协整检验结果(滞后 1 期)

特征值	似然率	5%临界值	1%临界值	假定协整方程的个数
0. 998 050	131. 741 8	47. 21	54. 46	None**
0. 384 874	13. 187 49	29. 68	35. 65	At most 1*
0. 186 253	3. 954 842	15. 41	20. 04	At most 2
0. 002 041	0. 038 821	3. 76	6. 65	At most 3

标准化的协整系数及标准差(括号内数字表示)

GDP	FDI	BACKFDI	Y_0	C
1. 000 000	0. 006 313 (0. 003 99)	0. 015 730 (0. 004 57)	−1. 123 219 (0. 009 28)	−1. 675 993

注:*(**)为在 5%(1%)的显著性水平下拒绝原假设,协整方程选有截距。数据同样采用中国 1985—2004 年间的统计数据,数据来源于各年《中国统计年鉴》。

附表 13　模型 4. 24 中变量协整检验结果(滞后 1 期)

特征值	似然率	5%临界值	1%临界值	假定协整方程的个数
0. 998 348	161. 949 3	47. 21	54. 46	None**
0. 732 745	24. 245 01	29. 68	35. 65	At most 1*
0. 546 539	15. 173 50	15. 41	20. 04	At most 2
0. 007 730	0. 147 439	3. 76	6. 65	At most 3

标准化的协整系数及标准差(括号内数字表示)

GDP	FDI	FWORKFDI	Y_0	C
1. 000 000	0. 027 777 (0. 004 36)	0. 011 057 (0. 001 95)	−1. 080 245 (0. 004 47)	−1. 847 222

注:*(**)为在 5%(1%)的显著性水平下拒绝原假设,协整方程选有截距。数据同样采用中国 1985—2004 年间的统计数据,数据来源于各年《中国统计年鉴》。

附表 14　模型 4.25 中变量协整检验结果（滞后 1 期）

特征值	似然率	5%临界值	1%临界值	假定协整方程的个数
0.997 267	124.605 3	47.21	54.46	None**
0.389 562	12.461 56	29.68	35.65	At most 1*
0.149 792	3.083 573	15.41	20.04	At most 2
1.92E-05	0.000 365	3.76	6.65	At most 3

标准化的协整系数及标准差（括号内数字表示）

GDP	FDI	Y_0	GEDUFDI	C
1.000 000	−0.002 161 (0.012 62)	−1.122 030 (0.023 16)	0.019 443 (0.016 20)	−1.706 102

　　注：*（**）为在 5%（1%）的显著性水平下拒绝原假设，协整方程选有截距。数据同样采用中国 1985—2004 年间的统计数据，数据来源于各年《中国统计年鉴》。

附表 15　模型 4.26 中变量协整检验结果（滞后 1 期）

特征值	似然率	5%临界值	1%临界值	假定协整方程的个数
0.932 524	69.880 68	47.21	54.46	None**
0.675 913	24.049 08	29.68	35.65	At most 1*
0.235 161	4.894 452	15.41	20.04	At most 2
0.019 625	0.336 934	3.76	6.65	At most 3

标准化的协整系数及标准差（括号内数字表示）

GRD	FDI	TECHWFDI	Y_0	C
1.000 000	−7.688 391 (4.986 52)	9.411 505 (5.586 36)	−5.673 577 (2.127 80)	−6.023 259

　　注：*（**）为在 5%（1%）的显著性水平下拒绝原假设，协整方程选有截距。数据同样采用中国 1985—2004 年间的统计数据，数据来源于各年《中国统计年鉴》。

附表 16   模型 5.1 中变量协整检验结果(滞后 1 期)

特征值	似然率	5%临界值	1%临界值	假定协整方程的个数
0.999 120	167.549 2	47.21	54.46	None**
0.787 634	33.871 80	29.68	35.65	At most 1*
0.207 247	4.432 389	15.41	20.04	At most 2
0.001 040	0.019 772	3.76	6.65	At most 3

标准化的协整系数及标准差(括号内数字表示)

GDP	FDI	M2FDI	Y_0	C
1.000 000	0.033 621 (0.004 74)	0.027 600 (0.004 66)	−1.044 419 (0.008 32)	−1.939 281

注:*(**)为在 5%(1%)的显著性水平下拒绝原假设,协整方程选有截距。数据同样采用中国 1985—2004 年间的统计数据,数据来源于各年《中国统计年鉴》。

附表 17   模型 5.2 中变量协整检验结果(滞后 1 期)

特征值	似然率	5%临界值	1%临界值	假定协整方程的个数
0.996 951	132.161 6	47.21	54.46	None**
0.613 402	22.095 16	29.68	35.65	At most 1*
0.166 904	4.038 136	15.41	20.04	At most 2
0.029 483	0.568 606	3.76	6.65	At most 3

标准化的协整系数及标准差(括号内数字表示)

GDP	FDI	Y_0	LOANFDI	C
1.000 000	−0.004 805 (0.017 91)	−1.125 991 (0.031 26)	−0.020 717 (0.020 80)	−1.761 187

注:*(**)为在 5%(1%)的显著性水平下拒绝原假设,协整方程选有截距。数据同样采用中国 1985—2004 年间的统计数据,数据来源于各年《中国统计年鉴》。

附表 18　模型 5.3 中变量协整检验结果(滞后 1 期)

特征值	似然率	5%临界值	1%临界值	假定协整方程的个数
0.999 279	136.111 0	47.21	54.46	None**
0.961 649	35.522 53	29.68	35.65	At most 1*
0.824 787	12.651 87	15.41	20.04	At most 2
0.126 889	1.492 614	3.76	6.65	At most 3

标准化的协整系数及标准差(括号内数字表示)				
GDP	FDI	STOCKFDI	Y_0	C
1.000 000	0.070 843 (0.006 80)	0.003 501 (0.002 34)	−1.069 309 (0.005 78)	−1.848 470

注:*(**)为在 5%(1%)的显著性水平下拒绝原假设,协整方程选有截距。数据同样采用中国 1985—2004 年间的统计数据,数据来源于各年《中国统计年鉴》。

附表 19　模型 5.4 中变量协整检验结果(滞后 1 期)

特征值	似然率	5%临界值	1%临界值	假定协整方程的个数
0.999 612	135.023 5	47.21	54.46	None**
0.928 946	34.862 94	29.68	35.65	At most 1*
0.813 505	19.541 97	15.41	20.04	At most 2
0.092 617	1.069 103	3.76	6.65	At most 3

标准化的协整系数及标准差(括号内数字表示)				
GDP	FDI	CZEFDI	Y_0	C
1.000 000	0.037 549 (0.004 86)	0.006 080 (0.001 24)	−1.078 666 (0.003 04)	−1.873 425

注:*(**)为在 5%(1%)的显著性水平下拒绝原假设,协整方程选有截距。数据同样采用中国 1985—2004 年间的统计数据,数据来源于各年《中国统计年鉴》。

附表 20　模型 5.5 中变量协整检验结果（滞后 1 期）

特征值	似然率	5%临界值	1%临界值	假定协整方程的个数
0.998 509	149.497 4	47.21	54.46	None**
0.567 270	25.839 37	29.68	35.65	At most 1*
0.401 094	9.924 181	15.41	20.04	At most 2
0.009 628	0.183 813	3.76	6.65	At most 3

标准化的协整系数及标准差（括号内数字表示）

GDP	FDI	FAPPFDI	Y_0	C
1.000 000	0.006 143 (0.003 40)	0.016 125 (0.003 10)	−1.123 490 (0.006 19)	−1.690 082

注：*（**）为在 5%（1%）的显著性水平下拒绝原假设，协整方程选有截距。数据同样采用中国 1985—2004 年间的统计数据，数据来源于各年《中国统计年鉴》。

附表 21　模型 5.6 中变量协整检验结果（滞后 1 期）

特征值	似然率	5%临界值	1%临界值	假定协整方程的个数
0.998 695	157.252 5	47.21	54.46	None**
0.679 517	31.062 96	29.68	35.65	At most 1*
0.378 863	9.442 367	15.41	20.04	At most 2
0.020 550	0.394 512	3.76	6.65	At most 3

标准化的协整系数及标准差（括号内数字表示）

GDP	FDI	Y_0	FGRAFDI	C
1.000 000	0.010 481 (0.002 66)	−1.081 224 (0.003 67)	−0.003 011 (0.000 45)	−1.910 486

注：*（**）为在 5%（1%）的显著性水平下拒绝原假设，协整方程选有截距。数据同样采用中国 1985—2004 年间的统计数据，数据来源于各年《中国统计年鉴》。

附表 22　模型 5.9 中变量协整检验结果（滞后 1 期）

特征值	似然率	5％临界值	1％临界值	假定协整方程的个数
0.997 117	132.213 0	47.21	54.46	None**
0.600 972	21.080 36	29.68	35.65	At most 1*
0.161 877	3.624 611	15.41	20.04	At most 2
0.014 078	0.269 387	3.76	6.65	At most 3

标准化的协整系数及标准差（括号内数字表示）

GDP	FDI	DEPFDI	Y_0	C
1.000 000	0.000 396 (0.010 19)	0.015 782 (0.012 69)	−1.104 642 (0.009 48)	−1.769 163

注：*（**）为在 5％（1％）的显著性水平下拒绝原假设，协整方程选有截距。数据同样采用中国 1985—2004 年间的统计数据，数据来源于各年《中国统计年鉴》。

附表 23　模型 5.10 中变量协整检验结果（滞后 1 期）

特征值	似然率	5％临界值	1％临界值	假定协整方程的个数
0.997 370	133.154 7	47.21	54.46	None**
0.583 567	20.277 11	29.68	35.65	At most 1*
0.148 581	3.632 570	15.41	20.04	At most 2
0.029 881	0.576 393	3.76	6.65	At most 3

标准化的协整系数及标准差（括号内数字表示）

GDP	FDI	Y_0	GYCZFDI	C
1.000 000	0.035 978 (0.009 20)	−1.099 540 (0.005 04)	−0.025 190 (0.009 24)	−1.677 055

注：*（**）为在 5％（1％）的显著性水平下拒绝原假设，协整方程选有截距。数据同样采用中国 1985—2004 年间的统计数据，数据来源于各年《中国统计年鉴》。

参 考 文 献

[1] Abramovitz, M. (1986), "Catching Up, Forging Ahead and Falling Behind", *Journal of Economic History* 46(2),385 – 406.

[2] Aghion and P. Howitt (1992), "A Model of Growth through Creative Destruction". *Econometrica*, 60(2),1992, pp. 323 –351.

[3] Aitken B. and Harrison A. (1999), "Do Domestic Firms Benefit from Direct Foreign Investment, Evidence from Venezuela", *American Economic Review*, 89,3, pp. 605 – 618.

[4] Aitken B. and A. Harrison (1991), "Are There Spillovers From Foreign Direct Investment? Evidence from Venezuela", *American Economic Review*, 89,3, pp. 605 – 618.

[5] Alfaro etal. (2000). "FDI and Economic Growth: The Role of Local Markets" [J], *OECD Working Paper*.

[6] Bailliu, Jeannine N., 2000. "Private Capital Flows, Financial Development, and Economic Growth in Developing Countries," *Working Papers* 00 – 15, Bank of Canada.

[7] Balasubramanyam, V. N., David Sapsford and Mohammed Salisu (1996): "Foreign Direct Investment and Growth in EP and IS Countries", *Economic Journal*, vol. 106, pp. 92 – 105.

[8] Barrell, R., and N. Pain (1997), "Foreign Direct Investment, Technological Change and Economic Growth within Europe", *the Economic Journal*, 107, pp. 1770 – 1786.

[9] Barro, R. and X. Sala — i-Martin (1995), *Economic Growth*, New York, McGraw Hill.

[10] Barro, R. J. and J. W. Lee (1996), "International Measures of Schooling Years and Schooling Quality" [J], *American Economic Review*, 86(2), May: pp. 218 - 223.

[11] Barro, R. J. and J. W. Lee (1993), "International Comparison of Educational Attainment" [J], *Journal of Monetary Economics*, 32: pp. 363 -394.

[12] Barro, R. J. and J. W. Lee (2000), "International Data on Educational Attainment: Updates and Implications," *CID Working Paper* No. 42, April.

[13] Barro. R. , and X. Sala — i-Martin(1997), "Technological Diffusion, Convergence, and Growth", *Journal of Economic Growth*, 2, pp. 1 - 27.

[14] Basant R. and Fikkert B. (1996), "Impact of R&D, Foreign Technology and Technology Spillovers on Indian Industrial Productivity", *Workingpaper*, No. 11, INTECH.

[15] Beck, T. , R. Levine, and N. Loayza, 2000, "Financial Development and the Sources of Growth," *Journal of Financial Economics*, 58(1 - 2), pp. 261 - 300.

[16] Bhagwati, J. N. ,1985. *Inveting Abroad : Esmée Fairbairn Lecture*, Lancaster University Press, Lancaster.

[17] Blomström, Globerman and Kokko (1999), "The Determinants of Host Country Spillovers from Foreign Direct Investment: Review And Synthesis of the Literature", *SSE/EFI Working Paper Series in Economics and Finance* No. 239.

[18] Blomstrom M. and E. Wolff (1989), "Multinational Corporations and Productivity Convergence in Mexico", Oxford University Press.

[19] Blomström, M. (1986), "Foreign Investment and Productive Efficiency: The Case of Mexico", *Journal of Industrial Eco-*

nomics, 15, pp. 97 – 110.

[20] Blomstrom, M. and A. Kokko (1998), "Multinational Corporations and Spillovers", *Journal of Economic Surveys*, 12, pp. 247 –248.

[21] Blomström, M. and F. Sjöholm (1999), "Technology Transfer and Spillovers: Does Local Participation with Multinationals Matter", *European Economic Review*, 43, pp. 915 – 923.

[22] Blomström, M. (1989), "Foreign Direct Investment and Spillover: A Study of Technology Transfer to Mexico", London: Routledge.

[23] Blomström, M., A. Kokko and M. Zejan (1994), "Host Country Competition and Technology Transfer by Multinationals", *Weltwirtschaftliches Archiv*, 130, pp. 521 – 533.

[24] Blomstrom, M., Lipsey, R. and Zejan, M. (1996), "Is Fixed Investment the Key to Economic Growth?", *Quarterly Journal of Economics* 111, pp. 269 – 276.

[25] Blomstrom. M and Persson. H (1983), "Foreign investment and Spillover efficiency in an underdeveloped economy: Evidence from the Mexican manufacturing industry", *World Development*, 11(6), pp. 493 – 501.

[26] Bloom, M. (1992), "Technological Change in the Korean Electronics Industry", *OECD, Paris*.

[27] Borensztein. E, Gregorio J. D. and Lee J-W (1998), "How does Foreign Direct Investment Affect Economic Growth?" [J] *Journal of International Economics*, 45, pp. 115 – 135.

[28] Broadman, H. G and Sun. X, "The distribution of foreign direct investment in China." *The World Economy*, 1997, 20, 3, pp. 339 –361.

[29] Cantwell, J. (1989). "Technological Innovation and Multinational Corporations", Oxford: Blackwell.

[30] Caves, R. E. (1974), "Multinational Firms, Competition and Productivity in Host-Country Markets", *Economy*, 41, pp. 176 –193.

[31] Chee-Keong Choong Zulkornain Yusop Siew-Choo Soo "Foreign direct investment, economic growth, and financial sector development: a comparative analysis" IN: *ASEAN economic bulletin* 21(3,2004): pp. 278 – 289.

[32] Chenery, Hollis and Strout, W. , "Foreign assistance and economic development". *American Economic Review*, 1996,66, pp. 679 –733.

[33] Coe, D. and E. Helpman (1995), "International R &D spillovers", *European Economic Review 39*, pp. 859 – 887.

[34] Cohen, W. and D. Levinthal (1989), "Innovation and learning: The two faces of R&D", *Economic Journal*, 99, pp. 569 – 596.

[35] Cohen, W. and D. Levinthal, (1990), "Absorptive Capacity: A New Perspective on Learning and Innovation", *Administrative Science Quarterly* 35, pp. 128 – 152.

[36] De-long, J. B. and Summers, L-H. (1991), " Equipment Investment and Economic Growth", *Quarterly Journal of Economics* 106, pp. 445 – 502.

[37] Djankov and Hoekman (2000), "Foreign Investment and Productivity Growth in Czech Enterprises", *World Bank Economic Review*.

[38] Dollar, David. (1993) "Technological Differences as a Source of Comparative Advantage. " *American Economic Review Papers and Proceedings*, Vol. 83 No. 2: pp. 431 – 435.

[39] Driffield N. and Taylor K. (2000), "FDI and the labor market: a review of the evidence and policy implications". *Oxford*

Review of Economic Policy, 16(3), pp. 90 – 103.

[40] Dunning J. H. (1992): *Multinational Enterprises and the Global E conomy*, Unwin Hyman Published. 1992.

[41] Eaton, J., and S. Kortum,(1996), "trade in Ideas: Patenting and Productivity in the OECD", *Journal of International Economics*, 40: pp. 251 – 278.

[42] Edwards, S. (1998). "Openness, productivity and growth: what do we really know?" *Economic Journal* 108: pp. 383 – 398.

[43] Evenson, R. E. and Larry E. Westphal (1994). "Technological Change and Technology Strategy." *In T. N. Srinivasan and Jere Behrman (eds.) Handbook of Development Economics* vol. 3, New York: North Holland Publishing Company.

[44] Evenson, R. E. and Westphal L (1994), "Technological Change and Technological Strategy", *UNU/INTECH working paper*, No. 12.

[45] Findlay R. (1978), "Relative Backwardness, Direct Foreign Investment and the Transfer of Technology: a Simple Dynamic Model", *Quarterly Journal of Economics*, 92, pp. 1 – 16.

[46] G. Grossman and E. Helpman (1991), *Innovation and Growth in the Global Economy*. Cambridge: MIT Press, pp. 59 – 83.

[47] Globerman, S. (1979), "Foreign Direct Investment and Spillover Efficiency Benefits in Canadian Manufacturing Industries", *Canadian Journal of Economics*, 12, pp. 42 – 56.

[48] Goldsmith, P. D., and T. Sporleder. (1998). "Analyzing Foreign Direct Investment Decisions by Food and Beverage Firms: An Empirical Model of Transaction Theory" [J]. *The Canadian Journal of Agricultural Economics*, 46: pp. 329 – 346.

[49] Griffith R., S. Redding and J. van Reenen (2000), "Mapping the two faces of R&D: Productivity growth in a panel of OECD

industries", *IFS working paper* W00/02.

[50] Haddad, M. and A. Harrison (1993), "Are there Positive Spillovers from FDI, Evidence from Panel Data for Morocco", *Journal of Development Economics*, 42, pp. 51 – 74.

[51] Harrison A. (1996), "Openness and Growth: a Time-series, Cross-country analysis for Developing Countries", *Journal of Development Economics*, 48, pp. 419 – 447.

[52] Helpman, E. (1998) *General Purpose Technologies and Economic Growth*. MIT Press, Cambridge, MA.

[53] Henley, J. C. and G. Wilde (1999), "Foreign Direct Investment in China: Recent Ttrends and Current Policy Issues" [J], *The World Economy*, 22(2), pp. 233 – 243.

[54] Hobday, M. (1995), *Innovation in East Asia*. Edward Elgar, UK.

[55] Holmes, Thomas J. & Jr., James A. Schmitz, (2001). "A gain from trade: From unproductive to productive entrepreneurship," *Journal of Monetary Economics*, Elsevier, vol. 47(2), pp. 417 – 446, April.

[56] International Transfer of Technological Knowledge." Journal of International Economics. International Transfer of Technological Knowledge." *Journal of International Economics*.

[57] J. Niosi: "The dynamics of regional innovation systems", in Annual Meeting of the European Association for Evolutionary Political Economy, Aix-en-Provence, France, November 2002.

[58] Jammes O. (1999), "Foreign Direct Investment and Human Capital", Discussion Paper of University DeCler-ment-Ferrand.

[59] Jenkins, R. (1990) "Comparing foreign subsidiaries and local firms in LDCs: Theoretical issues and empirical evidence", *Journal of Development Studies*, 26, pp. 205 – 228.

[60] Keller W. (2001), "International Technology Diffusion", *NBER Working Paper* No. 8573.

[61] Keller, W. (1997), "Are international R&D spillovers trade-related? Analyzing spillovers among randomly matched trade partners", *NBER Working Paper* 6065.

[62] Kim, L. (1997). *From imitation to innovation: the dynamics of Korea's technological learning*. Cambridge, MA: Harvard Business School Press.

[63] King R. and R. Levine, 1993, "Finance, Entrepreneurship, and Growth: Theory and Evidence," *Journal of Monetary Economics*, 32(3), pp. 513 - 542.

[64] King, R. and Levine, R. (1993a), "Finance and Growth: Schumpeter Might be Right", *Quarterly Journal of Economics* 108, pp. 717 - 737.

[65] King, R. and Levine, R. (1993b), "Finance, Entrepreneurship, and Growth", *Journal of Monetary Economics* 32, pp. 513 - 542.

[66] Kinoshita, Y., and A. Mody, 2001, "Private Information for Foreign Investment Decisions in Emerging Markets," *Canadian Journal of Economics*, Vol. 34, pp. 448 - 464.

[67] Koizumi, T., and K. J. Kopecky, (1997). "Economic Growth, Capital Movements and the In temational Transfer of Technical Knowledge", *Journal of International Economics*, 7, February, pp. 45 - 65.

[68] Kokko and Zejan (1996), "Local technological capability and productivity spillovers from FDI in the Uruguayan Manufacturing sector", *Journal of Development Studies*, 32(4), pp. 602 - 611.

[69] Kokko, A. (1994), "Technology, Market Characteristics, and Spillovers", *Journal of Development Economics*, 43, pp. 279 - 293.

[70] Kokko, A. (1996), "Productivity Spillovers from Competition

between Local Firms and Foreign Affiliates", *Journal of International Development*, Vol. 8, pp. 517 - 530.

[71] Kokko, A. (1992), "Foreign direct investment, hostcountry characteristics, and spillovers". The Economics Research Institute, Stockholm.

[72] LANGDON, S. W., 1981. *Multinational corporations in the political economy of Kenya*. New York: St. Martin's Press.

[73] Lankhuizen, M. (2001). Catching Up, Absorption Capability and the Organisation of Human Capital. Maastricht. Website. : Maastricht Economic Research Institute on Innovation and Technology.

[74] Levine, R. and Renelt, D. (1992), "A Sensitivity Analysis of Cross-Country Growth Regressions", *American Economic Review* 82, pp. 942 -963.

[75] Levine, R., Loayza, N., Beck, T., 2000. "Financial Intermediation and Growth: Causality and Causes". *Journal of Monetary Economics*, 46:1, pp. 31 - 77.

[76] Levine, R., Zervos, S., 1998. "Stock Markets, Banks and Economic Growth". *American Economic Review* 88, pp. 537 - 558.

[77] Lucas, R. (1990), "Why Doesn't Capital Flow from Rich Countries to Poor Countries?", *American Economic Review* 80, pp. 92 - 96.

[78] Lucas, R. E. (1988), "On the Mechanics of Economic Development", *Journal of Monetary Economics* 22, pp. 3 - 42.

[79] Mansfield, Edwin, Mark Schwartz and Samuel Wagner. 1981. "Imitation Costs and Patents: An Empirical Study," *The Economic Journal*, vol. 91, pp. 907 - 918.

[80] Mark Rogers (2004), "Absorptive Capability and Economic Ggrowth: How do Countries Catch-up?" [J] *Cambridge Journal of Economics*, vol. 28,4, pp. 577 - 596.

[81] Markusen J. R. , Venables A. J. , (1998),"Multinational Firms and the New Trade Theory"[J], *Journal of International Economics* 46, pp. 183 - 203.

[82] Mauro, P. (1995), "Corruption and Growth"[J]. *Quarterly Journal of Economics*, 110: pp. 681 - 712.

[83] McKinnon, R. I. (1973) Money and Capital in Economic Development Washington D. C. : The Brookings Institution.

[84] Mowery, D. C. & Oxley, J. E. (1995). "Inward technology transfer and competitiveness: The role of national innovation systems". *Cambridge Journal of Economics*, 19: pp. 67 - 93.

[85] Narula, R. (2004), Understanding absorptive capacity in an "innovation System" context: consequences for economic and employment growth, MERITInfonomics Research Memorandum series No. 3, Maastricht.

[86] Niels Hermes & Robert Lensink, 2003. "Foreign direct investment, financial development and economic growth," *The Journal of Development Studies*, *Taylor and Francis Journals*, vol. 40 (1), pp. 142 -163, January.

[87] Olofsdotter K. (1998), "Foreign Direct Investment, Country Capabilities and Economic Growth", *Weltwirts chaftliches Archiv*, 134,3.

[88] Ostergard, R. 2000, "The Measurement of Intellectual Property Rights Protection", *Journal of International Business Studies*, 31 (2), pp. 349 - 360.

[89] Ozawa, T. "Imitation, Innovation and Trade: A Case Study of Foreign Licensing Operations in Japan." Ph. D. Dissertation, Columbia University, New York, 1966.

[90] Ozawa, (1992). *Foreign Direct Investment and Economic Development. Transnational Corporations.* , vol. 1,1992, pp. 43.

[91] Pack, H. (1994), "Endogenous Growth Theory: Intellectual Appeal and Empirical Shortcomings", *Journal of Economic Perspectives* 8, pp. 55 – 72.

[92] Pack, H. and Saggi, K. (1997), "Inflows of Foreign Technology and Indigenous Technological Development" [J], *Review of Development Economics 1*, pp. 81 – 98.

[93] Rajan R, Zingales L. Financial Systems, "Industrial Structure and Growth" [R]. mimeo University of Chicago, 1999.

[94] Rivera-Batiz, Luis A. , and Paul M. Romer (1991), "Economic Integration and Endogenous Growth", *Quarterly Journal of Economics*, 106, pp. 531 – 555.

[95] Rodriguez, F. , Rodrik, D. ,(2000). "Trade Policy and Economic Growth: A Skeptic's Guide to the Cross-National Evidence". in Ben S. Gernake and Kenneth Rogoff (ed.), *NBER Macroeconomics Annual* 2000, pp. 261 – 325.

[96] Rodriguez, Francisco, and Dani Rodrik, "Trade Policy and Economic Growth: A Skeptic's Guide to the Cross-National Evidence," in B. Bernanke and K. Rogoff, *NBER Macroeconomics Annual* 2000, Cambridge, MA, MIT Press, 2000, forthcoming.

[97] Romer P. M. (1990), "Endogenous Technological Change". *Journal of Political Economy*, 98(5), pp. S71 – S102.

[98] Romer P. M. (1986), "Increasing Returns and Long — Run Growth", *Journal of Political Economy*, 94, 5 (October), pp. 1002 – 1037.

[99] Ryan, M. , (1998), *Knowledge Diplomacy: Global Competition and the Politics of Intellectual Property*, Brookings Institution Press: Washington, DC.

[100] Sachs, J. and A. Warner (1995). "Economic reform and the process of global integration," *Brookings Papers on Economic*

Activity 1:1 - 118.

[101] Shaw, E. S. (1973) *Financial Deepening in Economic Development* *New York*: Oxford University Press.

[102] Smarzynska, Beata. 1999. "Composition of foreign direct investment and protection of intellectual property rights in transition economies" *CEPR Working Paper* 2228, September.

[103] Stern, Nicholas. (1991), "Public Policy and the Economics of development" [J], *European Economic Review*, 35, pp. 241 -271.

[104] Tortensson J. (1994), *Property Right and Economic Growth*: *An Empirical Study*, *Kyklos*, vol. 47, No. 2, pp. 231 - 247.

[105] Van Den Bosch, F. A. J., R. Van Wijk and H. W. Volberda (2003), "Absorptive Capacity: Antecedents, Models, and Outcomes ", *Blackwell Handbook of Organizational Learning & Knowledge Management*, pp. 278 - 301.

[106] Verspagen, B., 1992, "Endogenous Innovation in Neo-Classical Growth Models: A Survey", *Journal of Macroeconomics*, vol. 14, no. 4 (Fall), pp. 631 - 662.

[107] Wang Jian-ye, 1990, "Growth, Technology Transfer, and the Long-run Theory of International Capital Movement ", *Journal of International Economics*, 29, pp. 255 - 271.

[108] Wang, J. and M. Blomstrom (1992), "Foreign investment and technology transfer: A simple model ", *European Economic Review*, 36, pp. 137 - 155.

[109] Wurgler, J. "Financial Markets and the Allocation of Capital". *Journal of Financial Economics*, 2000, Vol. 58, No. 1 - 2:pp. 187 - 214.

[110] Xu B. (2000), "Multinational enterprises, technology diffusion, and host country productivity growth", *Journal of Development Economics*, vol. 62, pp. 477 - 493.

[111] Yang, G. and K. E. Maskus, (2001), "Intellectual property rights, licensing, and innovation in an endogenous product-cycle model", *Journal of International Economics* 53, pp. 169–187.

[112] Yuko Kinoshita, (2000). "R&D and Technology Spillover via FDI innovation and Absorptive Capacity", *William Davidson Institute Working Papers Series* 349.

[113] Zahra, S. A. and G. George (2002), "Absorptive capacity: a review and reconceptualization, and extension", *Academy of Management Review* 27(2), pp. 185–203.

[114] 包群、赖明勇:《外商直接投资与我国技术进步的实证研究》,《经济评论》,2002 年第 6 期。

[115] 包群、许和连、赖明勇:《贸易开放度与经济增长:理论及中国的经验研究》,《世界经济》,2003,2,第 10—18 页。

[116] 陈炳才:《外商直接投资与中国技术进步的关系》,《国际贸易问题》,1998 年第 1 期,第 13—17 页。

[117] 陈国宏等:《外商直接投资与技术转移关系研究》,《科研管理》,2000 年 5 月,第 23—28 页。

[118] 陈敏敏:《跨国公司对东道国技术进步的反思》,《国际贸易问题》,2000 年第 5 期,第 13—16 页。

[119] 陈涛涛等:《对影响我国外商直接投资行业内溢出效应的因素的经验研究》,《金融研究》,2003 年第 5 期,第 117—126 页。

[120] 陈飞翔、郭英:《关于人力资本和 FDI 技术外溢关系的文献综述》,《财贸研究》,2005.1,第 17—23 页。

[121] 陈飞翔、郭英:《人力资本和外商直接投资的关系研究》,《人口与经济》,2005 年第 2 期第 34—37 页。

[122] 陈飞翔、陈国良、胡靖:《我国三资企业 R&D 活动影响因素分析》,《科学管理研究》,2005.4,第 96—99 页。

[123] 陈飞翔:《努力促进外商直接投资加速技术转移》,《学习论坛》,2005.3,第 43—46 页。

[124] 程惠芳:《国际直接投资与开放型内生经济增长》,《经济研究》,2002 年第 10 期,第 71—78 页。

[125] 何洁:《外商直接投资对中国工业部门外溢效应的进一步精确量化》,《世界经济》,2000 年第 8 期,第 29—36 页。

[126] 江小涓:《内资不能替代外资》,《国际贸易》,2000 年第 3 期,第 4—8 页。

[127] 江小涓、杜玲:《跨国投资理论研究的最新进展》[J],《世界经济》,2001 年第 6 期。

[128] 赖明勇、包群:《技术外溢与吸收能力研究进展述评》,《经济学动态》,2003 年第 8 期,第 75—79 页。

[129] 赖明勇等:《我国外商直接投资吸收能力研究》[J],《南开经济研究》,2002 年第 3 期,第 45—51 页。

[130] 赖明勇等:《经济增长的源泉:人力资本、研究开发与技术外溢》,《中国社会科学》,2005 年第 2 期。

[131] 林毅夫等:《技术选择、技术扩散与经济收敛》,《财经问题研究》,2004 年 6 月第 6 期,第 3—10 页。

[132] 隆国强:《以竞争求技术——开放经济下技术进步的新战略》,《国际贸易》,2000 年第 7 期,第 22—25 页。

[133] 孟亮等:《国外 FDI 技术溢出效应实证研究综述》,《外国经济与管理》,2004 年 6 月,第 36—40 页。

[134] 潘英丽:《人民币汇率内在不稳定性:结构与制度的原因》[J],《国际经济评论》,2004 年 1—2 期。

[135] 秦晓钟:《浅析外商对华直接投资技术外溢效应的特征》,《投资研究》,1998 年第 4 期,第 45—47 页。

[136] 沈坤荣、耿强:《外商直接投资、技术外溢与内生经济增长——中国数据的计量检验与实证分析》,《中国社会科学》,2001 年第 5 期,第 82—93 页。

[137] 沈坤荣:《外国直接投资与中国经济增长》,《管理世界》,1999 年第 1 期。

[138] 沈利生、朱运法:《人力资本与经济增长分析》,社会科学文献出版社,2001 年版。

[139] 孙雅娜:《外商直接投资、技术外溢与中国经济增长》[J],《当代经济管理》,2005 年第 6 期。

[140] 汤文仙、韩福荣:《三缺口模型:对双缺口模型的修正》,《当代经济科学》,2000 年 5 期,第 340 页。

[141] 王成岐:《外商直接投资、地区差异与中国经济增长》,《世界经济》,2002 年第 4 期,第 15—23 页。

[142] 王春法:《FDI 与内生技术能力培育》,《国际经济评论》2004 年第 3—4 期。

[143] 王子君、张伟:《外商直接投资、技术许可与技术创新》,《经济研究》,2002 年第 3 期,第 69—75 页。

[144] 魏后凯、贺灿飞、王新:《外商在华直接投资动机与区位因》[J],《经济研究》,2001 第 2 期。

[145] 魏巍贤:《经济增长与外商直接投资的因果关系分析》,《预测》,1997 年第 5 期,第 56—59 页。

[146] 姚洋:《非国有经济成分对我国工业企业技术效率的影响》,《经济研究》,1998 年第 12 期。

[147] 张斌盛、唐海燕:《外商直接投资的技术吸收能力研究——基于人力资本流量指标的视角》,《华东师范大学学报(哲学社会科学版)》,2006 年第 1 期,第 112—117 页。

[148] 张诚等:《跨国公司的技术溢出效应及其制约因素》,《南开经济评论》,2001 年第 3 期,第 3—5 页。

[149] 张玉杰著:《技术转移:理论·方法·战略》,企业管理出版社,2003 年,第 41 页。

[150] 赵江林:《外资与人力资源开发:对中国经验的总结》[J],《经济研究》,2004 年第 2 期,第 47—54 页。

[151] 朱勇、吴易风:《技术进步与经济的内生增长》,《中国社会科学》,1999 年第 1 期,第 21—39 页。

[152] 邹薇、代谦:《技术模仿、人力资本积累与经济赶超》,《中国社会科学》,2003 年第 5 期,第 26—38 页。

[153] 刘小玄:《国有企业与非国有企业的产权结构及其对效率的影响》,《经济研究》1995 年第 7 期。

[154] 江小娟、李蕊:《FDI 对中国工业增长和技术进步的贡献》,中国工业经济,2002 年第 7 期。

[155] 何洁、许罗丹:《我国工业部门引进外国直接投资的外溢效应的实证研究》,《世界经济文汇》,1999,(2)。

[156] 唐海燕著:《国际贸易创新论》[M],华东师范大学出版社 2001 年 1 月第 1 版。

[157] 唐海燕著:《国际环境论》[M],华东师范大学出版社 1999 年 4 月第 1 版。

[158] 唐海燕著:《中国对外贸易创新论》[M],上海人民出版社 2006 年 1 月第 1 版。

[159] 陈金明著:《金融发展与经济增长——兼论中国金融发展与经济增长问题》[M],中国社会科学出版社 2004 年 10 月第 1 版。

[160] 赖明勇、许和连、包群著:《出口贸易与经济增长》[M],上海三联书店 2003 年 8 月第 1 版。

[161] 菲利普·阿吉翁,彼得·霍依特(美)著:《内生增长理论》[M],北京大学出版社 2004 年 4 月第 1 版。

[162] 周立著:《中国各地区金融发展与经济增长》(1978—2000),清华大学出版社 2004 年 1 月第 1 版。

[163] 罗素·戴维森、詹姆斯·G·麦金农著:《计量经济理论和方法》,上海财经大学出版社 2006 年 4 月第 1 版。

[164] 肖耿:《产权与中国经济改革》[M],北京:中国社会科学出版社,1998.28。

后　记

本书是在我的博士论文的基础上修改完成的。望着桌上刚打印好的书稿，我思绪万千，脑海里浮现出一张张熟悉的面孔，如果说本书存在闪光之处的话，那肯定是他们的智慧之光在闪烁。回首攻读博士学位的日子，我感激万分，感谢所有关心和帮助过我的领导、师长、朋友和亲人，我深知没有他们的关心和帮助，本书是很难在这么短的时间顺利出版的。

我第一个要感谢的是恩师唐海燕教授，六年前是唐老师将一个对经济学充满憧憬但却一无所知的我领进了经济学的大门，生性愚钝的我，虽然努力拼搏着，但却一次次无功而返，望着眼前一座座高不可攀的山峰，我在迷茫中退却了，是唐老师用他那仁厚的胸怀、渊博的知识和严谨的治学态度给予我前进的动力，为我指明了奋斗的方向。唐老师不仅传授给我专业知识，而且培养了我思考能力，更重要的是，从他身上我学会了许多治学做人的道理，这些都将使我终身受益。我还要感谢师母谭影慧，多少次师母在电话的那头耐心细致地为我释疑解惑，让我少走了很多弯路。

同时，我还要感谢黄泽民教授、潘英丽教授、黄济生教授、冯文伟教授、吴信如教授以及华俊副教授、苏同华副教授、方奇华老师等等，他们对经济学理论与方法的精辟讲解构成了本书的基础。黄济生教授、冯文伟教授、蓝发钦教授对我博士论文开题报告的肯定和提出的改进建议，也使本书的框架得到优化。书稿撰写过程中熊琼博士、殷德生博士、曲延英博士、胡立法博士、孔翔博士、韩友德博士、王煜博士、潘晓光博士、罗秦博士提出了很多很好地建议，使我获益匪浅。俞雪梨博士、秦国友博士、董春英硕士对论文书稿中的计量经济学方法的严密性给予了很大帮助。学院研究生管理办公室的陈秀英老师和林瑶琴老师等为我的成长也付出辛勤的汗水。

本书得到上海市科委发展研究处的"上海市科技发展基金软科学研究博士论文资助"项目的资助,在这里由衷地对上海市发展研究处刘俊彦处长、陈丽君老师以及上海市科技发展研究中心高广文先生的指导和帮助表示最诚挚的谢意。

非常感谢校长俞立中教授、副校长陈群教授、王小明教授、校长助理刘家英教授,科技处处长孙真荣教授,韩建水和李恺两位副处长以及科技处其他同事们,他们在我写作期间给予了充分的理解和大力的支持。研究生院李学昌常务副院长、由文辉处长、束金龙副处长和其他老师们给予了许多指点和帮助。正是因为有了他们的支持和帮助,才使我能够较为出色地完成工作的同时,顺利完成本书的撰写。

本书能得以出版要非常感谢华东师范大学学术著作出版基金会,社科处许红珍处长、费斌副处长以及社科处全体老师给予的指导和帮助。还要感谢华东师范大学出版社的责任编辑孔繁荣老师、陈锦文老师为本书的出版倾注的大量心血。

最后,我还要深深地感谢我的父亲母亲、岳父岳母,他们不远千里来到上海照顾我的妻儿,让我得以全身心地投入博士论文的写作和书稿的撰写。太太邱婷勤劳贤惠,主动承担照顾女儿的重任,仅两岁多的女儿张舒涵似乎也懂得用她的聪明乖巧来支持她爸爸,这一切使我得以全心致力于工作与学业。

我要感谢的人太多太多,我无法一一列出他们的名字,在这里我谨以本书向所有关心和帮助过我的领导、师长、朋友和亲人表示我深深的谢意和永远的祝福。

本书的可取之处归功于我的师长和该领域的其他学者同行,不足之处完全是因为作者学识有限,衷心地期望读者能够批评指正,这样能够使我在以后的研究道路上少走弯路。

张斌盛

2008 年 8 月于华东师范大学

图书在版编目（CIP）数据

中国 FDI 技术吸收能力实证研究 / 张斌盛著. —上海：
华东师范大学出版社，2008

ISBN 978 - 7 - 5617 - 6361 - 2

Ⅰ. 中…　Ⅱ. 张…　Ⅲ. 外国投资：直接投资—研究—
中国　Ⅳ. F832.6

中国版本图书馆 CIP 数据核字（2008）第 137868 号

华东师范大学青年学术著作基金资助出版

中国 FDI 技术吸收能力实证研究

著　　者　张斌盛
项目编辑　孔繁荣
审读编辑　付玉洁
责任校对　乔惠文
版式设计　蒋　克
封面设计　高　山

出版发行　华东师范大学出版社
社　　址　上海市中山北路 3663 号　邮编 200062
电话总机　021 - 62450163 转各部门　行政传真 021 - 62572105
客服电话　021 - 62865537（兼传真）
门市（邮购）电话　021 - 62869887
门市地址　上海市中山北路 3663 号华东师范大学校内先锋路口
网　　址　www.ecnupress.com.cn

印刷者　华东师范大学印刷厂
开　　本　890×1240　32 开
插　　页　2
印　　张　7.25
字　　数　203 千字
版　　次　2008 年 10 月第一版
印　　次　2008 年 10 月第一次
印　　数　3100
书　　号　ISBN 978 - 7 - 5617 - 6361 - 2/F·164
定　　价　20.00 元

出 版 人　朱杰人

（如发现本版图书有印订质量问题，请寄回本社客服中心调换或电话 021 - 62865537 联系）